AF145560

Antonia Hansen

# Im vergessenen Garten

Liebesroman

Bibliografische Information
der Deutschen Nationalbibliothek:
Die Deutsche Nationalbibliothek verzeichnet
diese Publikation in der Deutschen Nationalbibliografie;
detaillierte bibliografische Daten sind im Internet über
http://dnb.dnb.de abrufbar.


© 2014 Antonia Hansen
Illustrationen: Lisla/Shutterstock, Sundra/Shutterstock
Herstellung und Verlag: BoD –
Books on Demand, Norderstedt
ISBN: 978-3-7392-3752-7

*Erster Teil*

# I

$\mathscr{B}$eginnen wir mit den Erdbeeren.

Mrs Horton hatte sie am Morgen vor der Abreise im Garten ihrer Schwester gepflückt, und als der kleinen Reisegesellschaft der Gesprächsstoff auszugehen drohte, zauberte sie das Spankörbchen aus ihrem Proviantpaket hervor und bot großzügig daraus an.

Doktor Horton griff fröhlich zu. Mrs Woodkirk lehnte aus Rücksicht auf ihren empfindlichen Magen dankend ab. Linnet, dem Beispiel ihrer Tante folgend, schüttelte ebenfalls den Kopf.

„Was, Miss Carter!" Doktor Horton hatte den größten Teil des Vormittags dösend in seiner Ecke verbracht, weshalb der plötzliche Donnerhall seiner Stimme Linnet beinahe vom Sitz rutschen ließ. „Meine liebe Miss Carter! Wissen Sie, was Ihnen entgeht?"

Linnet war nicht sicher, ob sie das wusste. Natürlich waren dies nicht die ersten Erdbeeren, denen sie begegnete. Die, die das Mädchen ihrer Tante vom Markt holte, waren kränkliche, verschrumpelte, blassrote Früchtchen, aus denen man möglichst schnell Kompott kochte. Mrs Woodkirk musste streng wirtschaften. Linnet zuckte die Achseln.

„Können Sie überhaupt sprechen?", fragte der Doktor wiederum donnerhallend.

„Natürlich kann Miss Carter sprechen", bemerkte seine Gattin, ehe Linnet vor Angst unter den Sitz kriechen konnte. „Und natürlich möchte sie meine Erdbeeren probieren. Bedienen Sie sich, meine Liebe. Lassen Sie sich von dem alten Brummbären nicht einschüchtern."

Linnet warf einen fragenden Blick zu Mrs Woodkirk, die mit heftigem Fächerschlagen antwortete. Nimm dir, sagte ihr Gesichtsausdruck. Aber beklage dich nicht bei mir, wenn deine Verdauung heute Abend nicht mehr funktioniert oder roter Ausschlag dein Gesicht bedeckt.

Mrs Woodkirk hatte sehr wenig gesagt, seit sich herausgestellt hatte, dass ihre Reisebegleitung aus Mr Somervilles Arzt und dessen Gattin bestand. Sie litt an einem guten Dutzend Krankheiten und Gebrechen, die allesamt eingebildet waren. Ihre Arztrechnungen bezahlte sie nie, aus dem einfachen Grund, weil es keinem Mediziner bisher gelungen war, sie zu heilen.

Linnet hatte mit spitzen Fingern in das dargebotene Spankörbchen gegriffen, die kleinste Erdbeere herausgesucht, in ihren Mund gesteckt und hinuntergeschluckt. Doktor Horton folgte diesem Manöver mit kritischem Blick. „Nein, meine Liebe, so geht das nicht", bemerkte er schließlich. „Sie essen da weder Kutteln noch Hirn noch eine andere lästige Innerei, sondern eine Erdbeere. Eine saftige, wohlgeratene englische Gartenerdbeere, der überdies noch die vorzügliche Pflege meiner liebenswerten Schwägerin angediehen ist. Ein solcherart gesegnetes Beweisstück für die Existenz unseres göttlichen Schöpfers mit irgendwelchen anderen Gefühlen als denen des höchsten Genusses zu verzehren, ist ein Sakrileg. Wissen Sie, was ein Sakrileg ist?"

Sie nickte eilig.

„Thomas Beckett würde sich im Grabe umdrehen, wenn er wüsste, wie Sie mit Miss Nicolsons Erdbeeren verfahren."

Sie hatte keine Ahnung, was der heilige Thomas Beckett mit Miss Nicolsons Erdbeeren zu tun hatte. Obwohl ihre Bildung höchst lückenhaft war, kam ihr Verdacht, dass der Doktor den Vergleich nur des Effektes wegen gewählt hatte.

„Gut", fuhr er fort. „Sprechen können Sie offensichtlich nicht, aber das Essen von Erdbeeren kann man Ihnen möglicherweise noch beibringen. Schließen Sie die Augen."

Gehorsam schloss Linnet ihre Augen. Der Doktor wählte eine besonders große, saftige Erdbeere aus Mrs Hortons Körbchen und legte sie auf ihre flache Hand. „So. Und jetzt fühlen Sie."

Linnet fühlte: die raue, nachgiebige Oberfläche, unter der sich das weiche Fruchtfleisch verbarg.

„Jetzt machen Sie den Mund auf. Beißen Sie ab, nehmen Sie ja nicht alles auf einmal. Und lassen Sie Ihre Augen geschlossen. Schlucken Sie nicht, sondern kauen Sie. - Die meisten Verdauungsstörungen sind auf einen unvollendeten Kauvorgang zurückzuführen, wissen Sie", wandte er sich mit einem Seitenblick an Mrs Woodkirk, die energisch mit ihrem Fächer herum wedelte.

Linnet biss von der Erdbeere ab. Sie fühlte den warmen Fruchtsaft, der ihr aus den Mundwinkeln über das Kinn lief und auf ihr Kleid – ihr zweitbestes Kleid – tropfte. Das süße Fruchtfleisch verging auf ihrer Zunge. Doktor Horton schob ihr die andere Hälfte in den Mund.

„Und?", fragte er erwartungsvoll.

Jetzt öffnete sie die Augen und schaute ihn zum ersten Mal richtig an: Einen korpulenten Landarzt mit der gesunden Gesichtsfarbe eines Mannes, der viel Zeit an der frischen Luft verbrachte (oder vor dem Zubettgehen eine Flasche Wein entkorkte), der einen vornehmeren Reiseanzug trug, als es einem Landarzt zukam, und unter dessen Dreispitz graue Haare hervorquollen.

„Wunderbar", sagte sie. „Thomas Beckett persönlich würde vom Himmel herabsteigen, um in Miss Nicolsons Garten Erdbeeren zu pflücken."

„Ha!", rief der Doktor aus und starrte seine Gattin an, als ob er soeben eine bahnbrechende wissenschaftliche

Entdeckung gemacht hätte. „Was sagst du dazu? Sie kann nicht nur sprechen, sie hat auch noch Verstand!"

Die Erdbeeren hatten das Eis gebrochen. Ermutigt durch Doktor Hortons Ausführungen über den Kauvorgang, schlug Mrs Woodkirk ihren Fächer zusammen und bediente sich bald mit dem gleichen Eifer aus Mrs Hortons Spankörbchen wie Linnet und der Doktor.

Am Nachmittag, als die Passagiere an einer Steigung die Kutsche verlassen und ihrem Reisegefährt zu Fuß folgen mussten, teilte sich die kleine Gesellschaft fast von selbst in zwei Gruppen: Mrs Horton bot Mrs Woodkirk, die eine schlechte Fußgängerin war, ihren Arm, während Linnet, deren Aufgabe es gewesen wäre, die Tante zu stützen, an der Seite des Doktors zügig vorausschritt, mit den Händen über die Blumen und Gräser am Wegesrand tanzend, wobei ihre Lungen mit jedem Atemzug die Landluft von Kent aufnahmen und ihre klaren Augen neugierig in den Sonnenschein blinzelten. Linnet war ein Stadtkind, das selten an die frische Luft kam. Das lag an Mrs Woodkirks Heuschnupfen und daran, dass sie in einer Gegend von London wohnten, in der der nächste Park weit weg war – jedenfalls zu weit weg für eine schlechte Fußgängerin wie Mrs Woodkirk, die sich überdies keine Droschke leisten konnte.

Mrs Horton verlor sich eine Weile in den Rückansichten des korpulenten Herrn mittleren Alters und des zaundürren Mädchens an seiner Seite, die zwanzig Schritte vor ihr die Landstraße entlang wanderten. Kein Zweifel, ihr Gatte hatte eine neue Schülerin gefunden. Doktor Horton war ein kluger Mann, der zufällig von der Medizin am meisten verstand. Allerdings wären manche seiner Grundsätze dem einen oder anderen Universitätsgelehrten nicht sehr vertrauenswürdig erschienen. Zweihundert Jahre früher hätte man einen Mann wie ihn ohne viel Federlesens auf einen Scheiterhaufen gestellt und verbrannt. Mrs Horton seufzte und lauschte endlich dem Gesprächsfluss ihrer Begleiterin, die trotz ihres schwachen Herzens und ihrer Kniebeschwerden den Anstieg nicht bewältigen konnte, ohne ihre neue Freundin über das schwere Schicksal ihrer Nichte aufzuklären.

„Ein echtes Kind der Liebe!", rief Mrs Woodkirk. „Allerdings ich habe es sie nie fühlen lassen, niemals. Mrs Woodkirk, habe ich mir immer gesagt, Mrs Woodkirk, was kann die arme Kleine für die Unvernunft ihrer Eltern? Nichts kann sie dafür, gar nichts."

Mrs Horton nickte. Dies war ein Grundsatz, dem ihr Gatte sofort zugestimmt hätte.

„Ich habe mich nie davor gescheut, meinen Teil an Verantwortung einzugestehen", fuhr Mrs Woodkirk fort. „Es war leichtsinnig, das gebe ich zu. Hätte ich noch eine jüngste Schwester, würde ich es nicht wieder erlauben. Damals ... wir waren alle so glücklich, als unsere mittlere Schwester Sir George heiratete. Und als Sir George noch so überaus gütig anbot, unsere kleine Schwester in seinem Haus aufzunehmen und in die Gesellschaft einzuführen ... Wir haben uns gefreut für unsere kleine Emily. Wer hätte denn ahnen können, dass sie sich nicht in einen jungen Herrn verliebt, sondern in Sir Georges Untergärtner?"

„Niemand", erklärte Mrs Horton. „Dergleichen lässt sich nicht erahnen."

Mrs Woodkirk nickte. „Sie sind durchgebrannt nach Schottland. Sie haben zehn Jahre lang zusammengelebt ... zehn gute Jahre, wie ich gehört habe. Bitterarm waren sie, aber glücklich. Am Ende sind sie natürlich gestorben, alle beide, an irgendeinem dummen Fieber. Fünf war meine kleine Linnet, als sie zu mir kam. Sir George und Lady Egerton wollten sie ja nicht einmal anschauen ... ach, verzeihen Sie mir, ich spreche von Mrs Somervilles Eltern, und ich will Mrs Somerville keineswegs in ein schlechtes Licht rücken, zumal sie genauso meine Nichte ist wie meine Linnet. Trotzdem werde ich bis an mein Lebensende zu meiner Meinung stehen: Es war nicht recht von Sir George, die Kleine für den Leichtsinn ihrer Eltern büßen zu lassen."

„Nein", stimmte Mrs Horton zu, „das war nicht recht."

„Aber nun kommt alles wieder ins Lot", stellte Mrs Woodkirk zufrieden fest. „Alles kommt an seinen rechten Platz." - und das klang, als hätte sie in einem unordentlichen Geschirrschrank aufgeräumt.

Dreißig Schritte weiter vorne – der Abstand vergrößerte sich ständig – klärte Doktor Horton Linnet über den Hopfenanbau auf. Er deutete in die Weite der Grafschaft Kent, die sich wie ein lebendiger Flickenteppich aus idyllischen Weilern, grünen Hügeln und plätschernden Bächen unter blauem Himmel vor ihnen ausbreitete, und teilte Linnet mit, dass sie soeben in den Garten Eden Englands schaute. Da Linnet zumindest in ihrer Erinnerung nie aus London herausgekommen war, war sie geneigt, ihm Glauben zu schenken. Er erklärte ihr auch, dass Klatschmohn giftig sein kann, und er pflückte eine Kornblume, um ihr Narbe, Griffel, Fruchtknoten und Staubblatt zu zeigen. Seine Vermutung hatte sich bestätigt: Sie besaß Verstand, war wissbegierig – jedoch vollkommen ungebildet. Sie war eine intelligente Vierzehnjährige, die im dürren Körper einer Zwölfjährigen feststeckte und überdies ihre Tage mit der Krankenpflege einer Tante verbrachte, die nicht wirklich krank war. „Wie lange werden Sie unserer kleinen Landgesellschaft zur Zier gereichen, Miss Carter?", erkundigte er sich, um in

Gedanken einen Lehrplan festzulegen und zu entscheiden, ob sich Französischstunden lohnten.

„Vier Wochen", erwiderte sie. „Und ich glaube nicht, dass wir eine Zier sein werden."

„Oh, da überschätzen Sie das Landleben, meine Liebe. Unser Dasein ist im Allgemeinen so beschaulich, dass schon eine meckernde Ziege Abwechslung verspricht. Wenn es Ihnen in Mr Somervilles Haus zu langweilig wird, kommen Sie herüber ins Monks Cottage und helfen Mrs Horton bei der Erdbeerernte. Allerdings kann ich mir nicht vorstellen, dass Ihnen bei Mr Somerville langweilig werden sollte. Es gibt einen verwilderten Garten, einen kleinen See, Ponys ..."

„Ich kann nicht reiten."

„Bäume, auf die man klettern kann", ging Doktor Horton über ihren Einwand hinweg. „Mindestens zwanzig Zimmer im Haus und ein Kleinkind."

„Wenn ich auch nur auf einen einzigen Baum klettere, wird meine Tante ohnmächtig."

„Ich verstehe mich auf Wiederbelebung", murmelte der Doktor. „Miss Carter!", rief er dann mit seiner Donnerhallstimme aus, die auf der Stelle alle zwitschernden Vögel der Umgebung verstummen ließ. „Haben Sie noch mehr Namen als diesen?"

„Linnet", erwiderte Linnet eingeschüchtert.

„Linnet!", wiederholte der Arzt begeistert. „Ach, mein liebes Kind, das klingt nach Poesie, nach Romantik ... was für wohlbedachte Menschen Ihre guten Eltern gewesen sein müssen! Wissen Sie nicht, wie viel von unserem Vornamen abhängt? Ich zum Beispiel heiße John. Was kann man damit anderes werden als Landarzt in einem verschlafenen Kaff? Mrs Somerville hingegen ... Aurelia! Da bleibt einem natürlich nichts übrig, als blond zu sein, weiße Kleider zu tragen und einen Mann zu heiraten, der ein weißes Haus mit über zwanzig Zimmern besitzt, um fortan von einem Raum zum nächsten zu wandeln. – Nun, Miss Linnet Carter, kann es sein, dass Sie von der Aussicht, vier Wochen Ferien in diesem weißen Haus und einem der zwanzig Zimmer zu verbringen, ganz gegen die Natur nicht beglückt sind?"

„Es ist wohl eher meine Cousine Aurelia, die nicht beglückt sein wird." Linnet dachte düster an die einzige Gelegenheit, bei der sie ihre Cousine Aurelia bisher kennen gelernt hatte, kurz nach ihrer Verlobung mit Mr Somerville. Es hatte sich nicht vermeiden lassen, dass Mrs Woodkirk mit ihrem Schützling bei Sir George und Lady Egerton anlässlich des frohen Ereignisses vorsprach. Damals war niemand beglückt gewesen, weder Sir George noch Lady Egerton noch Miss Aurelia Egerton.

Doktor Horton war bestürzt über den Ausdruck in Linnets Augen, der viel ernster und trauriger war, als es sich für ein vierzehnjähriges Mädchen gehörte. Einen Augenblick lang sah er die elegante, stets in weiß gekleidete junge Herrin von Mr Somervilles Haus vor sich, die so gar nicht dem blassen Kind an seiner Seite ähnelte, und er verstand ihre Verzweiflung. Laut sagte er allerdings donnerhallend und optimistisch: „Ach, meine liebe Miss Carter, wenn Sie nicht willkommen wären, hätte man Sie nicht eingeladen. Hat man Ihnen und Ihrer Tante nicht sogar die Kutsche entgegen geschickt?"

„Die erste Strecke sind wir mit der Post gefahren. Die Kutsche war in Tonbridge, um Sie abzuholen", versetzte Linnet. „Mr Somerville scheint große Stücke auf Sie zu halten." Das tut er, dachte Doktor Horton, das tut er.

Sie waren bei dem wartenden Wagen auf der Kuppe der Anhöhe angekommen. Doktor Horton setzte sich auf das schattige Trittbrett, lehnte sich an den Schlag und ließ sich von einem der Reitknechte eine Flasche Wein öffnen. Linnet pflückte am Feldrain einen Blumenstrauß zusammen, während die beiden Damen langsam den Anstieg bewältigten. Auf dem Feld rief ein Kuckuck, in der Ferne begann eine Kirchenglocke zu schlagen. Plötzlich drehte sie sich zu ihrem Begleiter um. „Dies ist der schönste Tag in meinem Leben", sagte sie lächelnd.

Später, zurück in dem stickigen Kutschenkasten, in dem wegen Mrs Woodkirks empfindlicher Lungen kein Fenster geöffnet werden durfte, nickte sie ein, und als die Kutsche die Eichenallee zu Mr Somervilles Haus entlang fuhr, schlief sie tief und fest. Nur einmal wurde sie kurz wach, als jemand sie von ihrem Sitz hob und ins Haus trug. Flüchtig nahm sie den Duft von Lavendel wahr und einen anderen, stärkeren Geruch, der von ihrem Träger ausging, an dessen Schulter ihr Kopf gebettet war.

# II

*I*n einem hatte Linnet recht gehabt: Wären ihr die Umstände ihrer Einladung zur Sommerfrische nach Kent bekannt gewesen, hätte sie Himmel und Hölle in Bewegung gesetzt, um nicht fahren zu müssen.

Es war an einem sonnigen Aprilmorgen gewesen, als Mr und Mrs Somerville einander in dem hübschen hellen Frühstückszimmer im Erdgeschoss gegenüber gesessen hatten, Mrs Somerville vertieft in ihre Korrespondenz beim ersten Frühstück, Mr Somerville vertieft in seine Zeitungslektüre beim zweiten Frühstück. Es war ein ausgesprochen friedlicher Morgen und seit Tagen der erste, der nicht von dem Gebrüll des zahnenden Erben des Hauses Somerville untermalt wurde. Dies waren Mr Somervilles entspannte Gedanken, als ihn wiederholte Unmuts-äußerungen seiner Gattin aufmerksam werden ließen.

Mr Somerville war ein äußerst friedfertiger Mensch. Er liebte seine Gattin sehr, und an ihrem Wohl und ihrer Zufriedenheit war ihm mehr als an allem anderen gelegen. Trotzdem kam er nicht umhin, sie zuweilen wie ein kleines Kind zu behandeln. Das brachten zehn Jahre Altersunterschied einfach mit sich. „Meine Liebe, was ist dir?", erkundigte er sich, wobei er seine Zeitung zusammenfaltete und die runde Brille von seiner Nase nahm.

Mrs Somerville starrte ihn mit einem Ausdruck an, der weder zu ihrer eleganten weißgekleideten Erscheinung noch zu ihren frischgelegten Locken passen wollte. „Meine Tante!", fauchte sie. „Meine Tante, diese grässliche, aufdringliche Person! Sie kann es nicht bleiben lassen!"

„Kann was nicht bleiben lassen?" Mr Somerville hatte mit seinem väterlichen Freund Doktor Horton genügend

Gespräche über Frauen geführt, um zu wissen, dass das Bilden unvollständiger Sätze eine typisch weibliche Eigenart darstellte, der nur mit Geduld beizukommen war.

„Mir unverschämte Briefe zu schreiben, um auf ihre prekäre finanzielle Situation hinzuweisen und sich mit diesem Gärtnerbalg durch die Hintertür bei uns einzuladen", erklärte Mrs Somerville erregt.

„Hm", machte Mr Somerville, um Zeit zu gewinnen und sich in der Verwandtschaft seiner Gattin zu orientieren. „Mrs Woodcote, nicht wahr?"

„Woodkirk", korrigierte sie. „Und um genau zu sein, es gibt keinen Mr Woodkirk. Die Mrs hat sie sich zugelegt, um respektabler zu wirken."

„Hmhm", machte Mr Somerville abermals und setzte seine Brille wieder auf. Er war eine nicht weniger angenehme Erscheinung als seine Gattin, ein schlanker Mann mittlerer Größe mit kurzen blonden Haaren, auf die er zum Kummer seiner Gattin so gut wie nie eine modische weißgepuderte Perücke setzte, und einer gesunden Gesichtsbräune, die ihm sein Leben lang erhalten bleiben würde, da er den größten Teil seiner Jugend im tropischen Klima der Westindischen Inseln zugebracht hatte.

„Überfällt mich mit Bittbriefen ... als ob die Unvernunft ihrer jüngsten Schwester meine Schuld und ich dafür verantwortlich wäre, dass mein Großvater Woodkirk vor Kummer sein Vermögen verspielt hat!", ereiferte sich Mrs Somerville mittlerweile. „Nein, ich werde nichts tun", entschied sie. „Nichts für diese grässliche Person mit ihren hundert Krankheiten und Gebrechen, und noch weniger für das Balg, dessen sie sich angenommen hat."

Mr Somerville dachte kurz an sein eigenes „Balg", das seine Zahnschmerzen endlich überwunden hatte und ihn jeden Morgen mit dem Spiegelbild seiner blauen Augen begrüßte. Er hoffte inständig, dass sich eine Tante finden würde, ganz gleich mit wie vielen Krankheiten und Gebrechen, die sich um den Kleinen kümmerte, falls ihm und seiner Gattin etwas zustieße. „Meine Liebe", begann er im Ton väterlicher Vernunft. „Es ist nicht gerecht, deine Cousine das Verhalten ihrer Eltern büßen zu lassen."

„Meine Cousine!", blaffte Mrs Somerville. „Du weißt ja nicht, wovon du redest … ein blasses, kümmerliches Kind!" Sie schüttelte sich. „Nein, ich verweigere mich dieser Verwandtschaft. Aufs Entschiedenste: Ich verweigere mich."

Mr Somerville war aufgestanden und an die hohen Fenster getreten, die nach Südosten und auf den verwilderten Garten zeigten. Die Sonne meinte es gut mit ihnen in diesem Jahr, in den kleinen Beeten an der Terrasse blühte es bereits.

Mrs Somerville, die die Angelegenheit als erledigt betrachtete, widmete sich wieder ihrem Frühstück und ihrem nächsten Brief.

„Am besten, du lädst sie einfach ein", sagte er plötzlich.

„Wie bitte? Wen?" Der nächste Brief war von ihrer Schwägerin gewesen, und da diese auf Jamaica zuhause war, konnte man sie nicht einfach einladen.

„Mrs Woodkirk und deine Cousine."

„Was? Die? Habe ich dir eben nicht klipp und klar gesagt ..."

„Aurelia. Meine Liebe." Mr Somerville kam um den Tisch herum, zog sich einen Stuhl heran und nahm neben ihr Platz, so dass er begütigend eine Hand auf ihren Arm legen konnte. Mrs Somerville verstummte vorläufig. Es geschah selten genug, dass er sie mit ihrem Vornamen ansprach.

„Einmal pro Monat echauffierst du dich, weil Mrs Woodkirk dir schreibt – wozu sie ein gutes Recht hat, denn sie ist deine Tante – und sich bei uns einzuladen versucht.

Deiner Ansicht nach ist sie kerngesund und wird noch zwanzig Jahre leben. Das heißt, du wirst mindestens noch zweihundertvierzig derartige Briefe von ihr bekommen, dich zweihundertvierzigmal echauffieren und folglich ein Zweidritteljahr deines Lebens damit verbringen, dich über eine hypochondrische Tante und ihre blasse Nichte zu ärgern. Ich glaube nicht, dass sie diese Mühe wert sind. Lade sie diesen Sommer zu uns ein, dann bist du für den Rest deines Lebens dieser Pflicht ledig."

„Niemals!", rief Mrs Somerville aus, obwohl ihr die Vorstellung, sich ein Zweidritteljahr ihres Lebens über Mrs Woodkirk ärgern zu müssen, zu denken gab.

„Du wirst sie kaum bemerken. Unser Haus hat zwanzig Zimmer. Die Gefahr, dass du ihnen begegnest, ist gering. Deine Tante wird aus Angst vor all der frischen Luft ihr Bett nicht verlassen, und deine Cousine ... kleine Mädchen lieben Babys. Du wirst sehen, sie wird ein perfektes Kindermädchen für Jamie abgeben."

„Nur über meine Leiche!", erzürnte sich Mrs Somerville. „Niemals werde ich zulassen, dass dieses rachitische Gör sich meinem Sohn nähert und Gott weiß welche Krankheiten anschleppt."

Mr Somerville hob abwehrend die Hände. „Gut, dann geht sie Ponyreiten oder hilft Mrs Enderby. Irgendetwas wird uns einfallen."

Mrs Somerville schmollte. Aber sie dachte nach, das sah man an ihren beleidigt aufgeworfenen Lippen, und sie dachte immer noch an das grässliche Zweidritteljahr ihres Lebens, dass sie damit verbringen würde, sich über Mrs Woodkirks Briefe zu ärgern. „Zwei Wochen", sagte sie schließlich.

„Das lohnt kaum den Aufwand. Mindestens sechs", entgegnete er.

„Keinen Tag mehr als vier!"

Mr Somerville zuckte die Achseln. „Gut, vier Wochen. Schreib ihr noch heute. Lass sie im Juni kommen und schick ihnen Fahrgeld für die Post nach Tonbridge. Doktor Horton wird dann bei seiner Schwägerin sein, ich wollte ihm meinen Wagen entgegen schicken."

Mrs Somerville rümpfte leicht die Nase, weil sie für die freundschaftlichen Gefühle ihres Gatten zu einem Landarzt in etwa so viel übrig hatte wie für ihre Tante Woodkirk und deren unglückliche Nichte. Mr Somerville küsste ihr die Stirn. „Du wirst sehen, es wird alles gutgehen. Ein Monat ist schnell vorbei."

„Du hast leicht reden", seufzte sie. „Ein Monat ist schnell vorbei, und dann ist der ganze Sommer vorbei, und du wieder unterwegs nach Westindien, und ich kann schauen, wie ich hier zurechtkomme …"

In diesem Fall duldete Mr Somerville allerdings keine Widerrede und auch kein Gejammer. Seine Verpflichtungen auf Jamaica waren von dringender, unaufschiebbarer Natur. Er rückte seine Brille zurecht, ging zurück an seinen Platz und nahm Zeitung und Frühstück wieder auf. Mrs Somerville murmelte noch etwas von Trinkkuren in Bath und der Wintersaison in London, da jedoch von seiner Seite keine Reaktion mehr kam, vertiefte auch sie sich erneut in die Lektüre des Briefes ihrer Schwägerin. Am Nachmittag verfasste sie ein kurzes Schreiben an Mrs Woodkirk, in dem sie Reisedaten und Routenplanung mitteilte und das nötige Kleingeld für die Postkutsche von London nach Tonbridge unter dem Siegel beilegte. Sechs Wochen später reisten Mrs Woodkirk und Linnet mit spärlichem Gepäck in Richtung Süden.

# III

$\mathcal{M}$rs Woodkirk schlief noch, als Linnet an ihrem ersten Morgen in Mr Somervilles Haus erwachte. Ein paar Minuten lang lauschte sie den schweren, schnaufenden Atemzügen ihrer Tante im Nebenzimmer, dann stand sie auf, lief ans Fenster und schob den Vorhang einen Spalt zurück. Man hatte sie fast im obersten Stockwerk untergebracht, über ihnen waren die Dachschrägen mit den Dienstbotenkammern. Linnets Zimmer ging nach vorne heraus, auf den gepflegten Vorplatz, auf den die eichenbestandene Allee mündete.

Sie schaute zu, wie ein ergrauter Gärtner mit einem Gehilfen und einer Schubkarre über den Vorplatz schlurfte, dann schloss sie den Vorhang und widmete sich ihrer Morgentoilette. Ihr Zimmer war klein, aber gepflegt. Kein Stuhlbein geflickt, nirgendwo hing die Tapete in Fetzen herunter, der Vorhang hatte keinen Riss, die Waschschüssel keinen Sprung. Alles war so heil, dass sie Angst hatte, durch ihre Berührung etwas kaputt zu machen. Eilig schlüpfte sie in ihr erstbestes Kleid – das zweitbeste mit dem Erdbeerfleck auf der Brust hing über dem Stuhl – lauschte noch einmal auf die Atemzüge ihrer Tante, und steckte vorsichtig die Nase aus der Tür.

Sie hatte keine Ahnung, was man von ihr erwartete – wohin sie gehen sollte – wohin sie gehen durfte – wie man sich überhaupt in diesem Haus zurechtfand und wer ihre Gastgeber waren. Mrs Somerville hatte sie nur vor drei Jahren bei dem unglücklichen Teebesuch anlässlich ihrer Verlobung gesehen, und Mr Somerville kannte sie gar nicht. Außerdem knurrte ihr der Magen, denn sie hatte seit dem vorigen Nachmittag nichts mehr gegessen. Zumindest das letzte Problem löste sich, sobald sie die Nase aus der

Tür gesteckt und sich umgeschaut hatte: Vor ihrem Zimmer und vor Mrs Woodkirks ebenso stand ein appetitliches kleines Frühstückstablett. Linnet holte ihres herein und stellte es auf dem Waschtisch ab. Jetzt endlich traute sie sich, die Vorhänge ganz aufzuziehen und das Fenster zu öffnen. Warme Sommerluft strömte sofort in ihr Zimmer. Auf dem Vorplatz pfiff jemand ein kleines Lied.

Vorsichtig bestrich sie einen der Pfannkuchen, die sie auf ihrem Frühstückstablett gefunden hatte, mit Erdbeermarmelade, rollte ihn zusammen und stellte sich kauend ans Fenster. Der Gärtner und sein Gehilfe machten sich an den Blumenkübeln auf dem Vorplatz zu schaffen. Aus den Stallungen, die linkerhand versteckt hinter einer Baumgruppe lagen, führte ein Knecht ein gesatteltes Pferd herbei. Der Gärtner und der Reitknecht grüßten einander freundschaftlich und tauschten ein paar unverständliche Worte aus. Linnet griff nach dem nächsten Pfannkuchen und dem Milchglas, als ihr bewusst wurde, dass die schweren, schnaufenden Atemzüge im Nebenzimmer aufgehört hatten. Und tatsächlich: Kaum hatte sie das Milchglas wieder hingestellt, drang der Ruf ihrer Tante zu ihr: „Linnet! Linnet, mein Engel!"

Mrs Woodkirk hatte sich mitsamt ihrer Nachthaube und vielen Kissen im Rücken aufgerichtet und empfing ihre Nichte mit ausgestreckten Armen. „Linnet! Es geht mir sehr schlecht. All diese Aufregungen ... nein, bei der Liebe Gottes, lass die Vorhänge zu!" Mrs Woodkirk hielt sich eine Hand vor die Augen, bis Linnet die Vorhänge wieder geschlossen hatte.

„Es ist wunderschönes Wetter, Tante. Die Luft ist ..."

„Mörderisch! Linnet, diese Luft bringt mich um. Es war ein Fehler, hierherzukommen, das sehe ich jetzt ein. Eine alte Frau in meinem Zustand sollte sich solche Abenteuer nicht mehr erlauben. Mein Herz flattert, meine Lungen ächzen, meine Augen tränen und meine eigenen Beine halten mich nicht mehr."

Linnet, die mit Mrs Woodkirks medizinischen Ausführungen bestens vertraut war, begegnete ihnen, in dem sie sich erkundigte, ob sie das Frühstückstablett hereinholen sollte. Doch ehe sie von den knusprigen kleinen Pfannkuchen berichten konnte, war Mrs Woodkirk aufgefahren: „Um Himmels Willen, Mädchen, willst du meinen armen Verdauungsorganen endgültig den Garaus machen? Dieser Doktor mit seinen Erdbeeren hat mich vergiftet, soviel steht fest. Ein Wunder, dass du noch am Leben bist, wo du doch viel mehr gegessen hast als ich." Das Frühstückstablett blieb also draußen, die Vorhänge zugezogen und das Fenster geschlossen. „Kann ich denn irgendetwas für dich tun, Tante?"

„Ja. Ja, Linnet, mein Engel, das kannst du. Geh zu Mrs Somerville und entschuldige mich vom Frühstückstisch. Teile ihr mit, in welchem Zustand ich mich befinde. Ich würde mich wundern, wenn ich die kommende Nacht überlebe. Man soll nach einem Arzt schicken. Am besten nach diesem Doktor Horton. Sage aber gleich, dass ich ihn nicht bezahlen werde, da seine unverantwortlichen Reden mich in diese Lage gebracht haben."

„Ja, Tante." Linnet deutete einen Knicks an und ging gezwungenermaßen auf den Flur hinaus, einen bedauernden Blick auf Mrs Woodkirks Frühstückstablett werfend. Zumindest die Entschuldigung vom Frühstückstisch wollte sie auslassen, da sie das Tablett vor ihrer Tür als klare Aufforderung verstanden hatte, an diesem nicht zu erscheinen.

Der dunkle Flur mündete auf eine Treppe, die in die erste, ungleich hellere Etage hinunterführte. Dieser Korridor war breiter als der obere. Er war heller, weil sich an jedem Ende Fenster befanden, unter denen Grünpflanzen in Silberkübeln rankten. Die polierten Dielen glänzten im Sonnenlicht wie ein Spiegel, zwischen den verschiedenen Türen standen gelbbezogene Stühle und weißlackierte Kommoden.

Linnet hatte nicht gewusst, dass auch ein Flur gemütlich wirken konnte. Kein Mensch war zu sehen, doch hinter einer dieser Türen drang das fröhliche Lallen eines Babys hervor. Schüchtern näherte sie sich der großen, nach unten hin breiter werdenden Treppe, die in die Eingangshalle hinunterführte. Im Treppenhaus, in das durch ein Oberlicht die Sonne einfiel, hingen in geschnitzten Goldrahmen die Bildnisse vornehm gekleideter Herren und vornehm, freundlich oder gar herausfordernd dreinschauender Damen. Bei einigen Herrschaften verlor sich der Hintergrund in exotischer Palmenkulisse vor einem weißen Sandstrand mit spielenden dunkelhäutigen Kindern.

Linnet hatte bereits von ihrer bestens informierten Tante von den Aktivitäten der Familie Somerville auf Jamaica gehört. Da ihre Geographie-Kenntnisse jedoch genauso lückenhaft waren wie ihre restliche Bildung, hatte sie sich von diesem fernen Ort nie ein rechtes Bild machen können. Sie betrachtete die Galerie der Somervilles mit einer gewissen Ehrfurcht, die ihr die vor ihr liegende Aufgabe – Mrs Somerville finden und über den traurigen Zustand der Tante zu berichten – nicht leichter machte. Als sie auf der letzen Treppenstufe stand, den Kopf in den Nacken gelegt, um den Sonnenstrahlen im Oberlicht zu folgen, öffnete sich links von ihr eine der Türen. Heraus trat ein schlanker, noch junger Herr mittlerer Größe mit einer gesunden Gesichtsbräune und einer runden Brille auf der Nase. Er betrachtete Linnet erst mit Erstaunen, dann mit Erkennen, und schließlich sagte er: „Guten Morgen! Endlich ausgeschlafen?"

Sie errötete und nickte. Vielleicht war er genauso verlegen wie sie. Immerhin hatte er den Vorteil, dass er zu wissen schien, mit wem er es zu tun hatte, während sie nur angesichts einer gewissen Ähnlichkeit mit den soeben betrachteten Portraits vermuten konnte, dass Mr Somerville oder ein Verwandter vor ihr stand.

„Wie geht es deiner Tante?"

„Es ... es geht ihr gar nicht gut", brachte Linnet stockend hervor. „Sie ist ... sie hat ... – Die Reise hat sie zu sehr angestrengt", erklärte sie schließlich.

„Oh. Das tut mir leid." Mr Somerville wirkte ehrlich bestürzt. „Wenn Doktor Horton nachher kommt, um sich Jamie anzuschauen, wird er nach ihr sehen. Keine Angst, er ist der beste Arzt zwischen Canterbury und Winchester, und was er nicht schafft, schafft Mrs Enderbys Küche."

Linnet wagte nicht, den Zusammenhang zwischen Mrs Woodkirks Krankheit, Doktor Hortons Ansichten zum Kauvorgang und Mrs Enderbys Küche zu erläutern. Also nickte sie stumm.

Mr Somerville starrte das verschüchterte kleine Ding in dem zu kurz geratenen Kleid auf seiner Treppe an und wusste nichts weiter mit ihr anzufangen. Linnet schaute auf ihre abgewetzten Schuhspitzen. Alles war besser, als einen Mann anzuschauen, in dessen Haus ständig die Sonne schien, der knusprige kleine Erdbeerpfannkuchen zum Frühstück servieren ließ und der im Übrigen überhaupt nicht dem stolzen, hochmütigen Edelmann glich, mit dem sie ihre stolze, hochmütige Cousine in Gedanken verheiratet gesehen hatte.

„Nun ja", brach Mr Somerville das Schweigen. „Du wirst sehen, heute Abend geht es deiner Tante schon viel besser. Ich schicke gleich eines von Mrs Enderbys Mädchen zu ihr hinauf. Du kannst in Ruhe spielen gehen. Wenn du ausreiten möchtest, sag Leonards Bescheid. Das ist Mrs Somervilles Reitknecht, er wird dich begleiten." Er deutete eine Verbeugung an und war davon spaziert, ehe Linnet erklären konnte, dass sie aus dem Alter friedlicher Kinderspiele heraus war und noch nie auf einem Pferd gesessen hatte.

Immerhin war der wichtigste Teil ihrer Mission hiermit erfüllt. Obwohl sie nicht wusste, wer Mrs Enderby war, war sie überzeugt, sich keine Sorgen mehr über die Pflege ihrer Tante machen zu müssen, wenn eines der Mädchen dieser Dame sich um sie kümmerte. Also durchquerte sie die Halle, öffnete ungewohnt beherzt die schwere Haustür, und trat hinaus in den frischen Sommermorgen.

Der Reitknecht war verschwunden. Der Gärtner und sein Gehilfe machten sich noch immer an den Blumenkübeln zu schaffen. Sie pflanzten. Linnet hätte sich gerne grußlos an ihnen vorbeigedrückt, doch der Gehilfe hatte beim Klappen der Haustür aufgeschaut, ihr einen erstaunten Blick zugeworfen und seinen Hut gezogen. „Guten Morgen, Miss."

„Häh?", knurrte der alte Gärtner, der ihr den Rücken zugewandt hatte.

„Da ist ... eine ... junge Dame, Vater."

„Was?"

„EINE JUNGE DAME, VATER." Der Gehilfe hatte so laut gesprochen, dass die arme Mrs Woodkirk oben in ihrem Zimmer wahrscheinlich aus dem Bett gefallen war.

Der Gärtner drehte sich schwerfällig um, wobei er ein Hörrohr aus seiner Jacke hervor fingerte, und betrachtete Linnet, die wieder rot angelaufen war und den Impuls unterdrücken musste, vor dem alten Mann einen Knicks zu machen. Hausgäste knicksten nicht vor einem Gärtner.

„Ach so", brummte er. „Das nennst du junge Dame. - Sind Sie eine junge Dame?", erkundigte er sich barsch.

„Ich ... äh, ich ..." Linnet vermutete zumindest, dass sie eine junge Dame war. Wenn man Sommergast eines Gentlemans wie Mr Somerville war und in einem Haus wie dem seinen wohnte, dann hieß das wohl, dass man eine junge Dame war. Andererseits schlichen junge Damen nicht in verschlissenen, zu kurzen Kleidern durch die Gegend, voller Angst, vom Hauspersonal angesprochen zu werden. „Ich heiße Linnet Carter", stellte sie sich vor.

„Was?" Der alte Mann hielt ihr sein Hörrohr entgegen.

„Linnet Carter!", schrie sein Sohn in den Trichter, wobei er sie nicht aus den Augen ließ.

„Hah. Schüchtern. Wie es sich für eine junge Dame gehört. – Ich bin schwerhörig", ließ er Linnet unnötigerweise wissen. „Manchmal ist das nützlich. Das da ist mein Sohn Samuel Henry. Ich bin Josiah Henry. Wenn Sie Blumen für Ihr Zimmer möchten, kommen Sie zu uns, nicht zu Mrs Enderby."

„Vielen Dank, Mr Henry", brachte Linnet hervor. Samuel Henry hatte sich hingekniet und aus den Margeriten, die sie vorher aus den Blumenkübeln gezogen hatten, einen kleinen Strauß zusammengestellt. „Für Sie. Zur Begrüßung, Miss Linnet", sagte er errötend. Sie kam nicht umhin sich vorzustellen, dass genau so die Bekanntschaft zwischen ihrer Mutter und Sir George Egertons Untergärtner begonnen haben mochte.

„Vielen Dank", murmelte sie wieder. „Ich mag Blumen sehr", fügte sie hinzu, weil sie das Bedürfnis hatte, ihrer Dankbarkeit tieferen Ausdruck zu verleihen. „Zuhause haben wir leider gar keine Blumen. Nur eine Topfbegonie auf der Fensterbank."

Mr Henry, der dieser Ausführung mit seinem Hörrohr kritisch gelauscht hatte, schüttelte entsetzt den Kopf. „Nur eine Begonie!"

„Meine Tante verträgt den Blütenstaub nicht", erläuterte Linnet eilig.

„Pah! Und Honig, den isst sie, oder?"

Einen Augenblick lang war sie zu perplex, um zu antworten. Dann musste sie lachen: „Ja, Honig, den isst sie."

# IV

Als Doktor Horton eine halbe Stunde später in seinem Einspänner auf dem Vorplatz einfuhr, entdeckte er zu seiner ebenso großen Freude wie Überraschung das kleine Mädchen, dem er am Vortag den korrekten Erdbeergenuss beigebracht hatte, wie es unter sachkundiger Anleitung von Mr Somervilles halbtaubem Gärtner die Rosenranken an der Haustür beschnitt. Sie ging dieser Aufgabe konzentriert, mit ernster Miene und streng zusammengekniffenen Lippen nach. Doktor Horton beobachtete sie eine Weile, ehe er sich bemerkbar machte. Da ließ sie allerdings vor Schreck die Rosenschere fallen. „Oh Gott ... meine Tante ... ich habe ganz vergessen, wie schlecht es ihr geht!"

Mr Henry hatte so schnell sein Hörrohr nicht greifen können, wohl aber die Schere, die er ihr mit strenger Miene reichte. „Vorsicht mit Werkzeugen, Miss Linnet. – Guten Morgen, Doktor, Sir."

„Guten Morgen, Josiah, wie geht es Ihrem Rheuma? Morgen, Samuel ... meine liebe Miss Carter! Sie sehen bereits vollkommen erholt aus. Man könnte Sie auf der Stelle nach Hause schicken, doch das werde ich zu verhindern wissen. Was muss ich von Ihrer gnädigen Frau Tante hören?"

Linnet fasste Mrs Woodkirks Leiden zusammen, ergänzt um Mr Somervilles Freundlichkeit, eines der Hausmädchen nach ihr sehen zu lassen.

„Dann ist sie erst einmal in guten Händen. Josiah, verzeihen Sie mir, ich werde Ihnen die junge Miss Carter jetzt entführen. Sie haben noch den ganzen Sommer Zeit, ihr Gartenpflege beizubringen."

Linnet holte schnell ihren Margeritenstrauß und nickte Samuel Henry nochmals dankbar zu, während der Doktor ihr die Tür aufhielt. Er ließ sich selbst in Mr Somervilles Haus ein, denn er ging hier wahrhaftig ein und aus. Mrs Enderby, die die Haushälterin war, kam ihm entgegen. „Doktor, Sir, wie gut, dass Sie da sind! Master Jamie hat Fieber, Mrs Somerville hat sich furchtbar aufgeregt ... und Mrs Woodkirk …"

„… liegt im Sterben, ich weiß. Beruhigen Sie sich, meine Liebe. Wo ist Mr Somerville?"

„Ausgeritten."

„Das würde ich auch tun, wenn ich einem solchen Haushalt vorstehen müsste. Mrs Enderby, ich werde Miss Carter jetzt mit zu Master Jamie nehmen, anschließend nach Mrs Woodkirk schauen, und falls Mrs Somerville sich dann immer noch aufregt, bekommt sie Baldriantropfen. Hätten Sie wohl eine Vase für Miss Carters Blumen?"

Nachdem die Margeriten versorgt waren, folgte Linnet dem Arzt in das nächste, sonnendurchleuchtete Stockwerk, in dem sich die Zimmer der Familie befanden. Jamie Somerville, der sich einen hellgelb gehaltenen Raum mit weißlackierten Möbeln mit seiner Amme teilte, entpuppte sich als ein äußerst zufriedenes, rundliches Kleinkind von nicht ganz einem Jahr mit einem dünnen blonden Haarflaum und blauen Augen, die denen seines Vaters glichen – wenn man sich die Mühe machte, die Augen seines Vaters näher zu betrachten.

Mr Somervilles Vermutung, dass alle kleinen Mädchen kleine Kinder liebten, entpuppte sich indes als völlig korrekt. Es war Liebe auf den ersten Blick. Linnet durfte Jamie auf dem Schoß halten, während Doktor Horton ihn vorsichtig abtastete und die Amme eine vollständige Tabelle seiner Nahrungsaufnahme und der Fieberstände der letzten Woche wiedergab. Er schrie nicht, er krähte nicht, er strampelte nicht. Er schaute Linnet einfach mit einem verschmitzten Babylächeln an, versuchte, die verwaschene Spitze an ihrem Kleid zu greifen und versetzte ihr einen mehr freundschaftlichen als schmerzhaften Tritt in den Bauch, als der Doktor ihm mit sanfter Gewalt den Mund öffnete.

Die Amme hatte genügend Babys und genügend kleine Mädchen gesehen, um die Gefühle, die sich auf Linnets Gesicht widerspiegelten, richtig zu deuten. „Kommen Sie man ruhig jederzeit wieder, wenn Sie möchten, Miss", sagte sie, während Doktor Horton seine Tasche zusammenräumte.

„Wirklich? Darf ich?"

„Nu ja, mir soll's recht sein. – Was hat er denn, Doktor, Sir?"

„Er wächst." Doktor Horton strich Jamie liebevoll über den Kopf. „Er wächst, und weil das Wachsen seinem kleinen Körper zu schnell geht, fiebert er. Kein Grund zur Beunruhigung, Annie. Sie und ich und unsere kleine Miss Carter hier haben das auch überlebt."


Linnets Gedanken drehten sich immer noch um Jamie, als sie an der Seite des Doktors in den zweiten Stock hinaufkletterte. Sie konnte es kaum erwarten, wieder hinunter in die Ammenstube zu rennen und ihn erneut in die Arme zu schließen, an sich zu drücken, in seinen klaren blauen Augen tiefes Vertrauen zu lesen … unvermittelt und zum ersten Mal seit vielen Jahren dachte sie an den kleinen Bruder, den ihre Mutter zur Welt gebracht hatte, als sie vier gewesen war, und der an derselben Krankheit gestorben war wie ihre Eltern. Ein starkes, fast heiliges Gefühl durchströmte sie, und sie wusste, dass sie Jamie Somerville vor jedem Leid, jeder Krankheit, jedem Fieber schützen würde.

„So", verkündete der Doktor fröhlich, „dann wollen wir mal schauen, was wir für Ihre Frau Tante tun können."

Da fiel ihr noch etwas ein. Sie zupfte ihn schüchtern am Ärmel, ehe er an Mrs Woodkirks Zimmertür klopfen konnte. „Doktor … Sir … es ist so … meine Tante bezahlt ihre Arztrechnungen erst, wenn sie kuriert ist. Da noch niemand sie jemals wirklich kuriert hat … und sie überdies Ihnen die Schuld an ihrem Zustand gibt …"

„Verstehe. Verstehe vollkommen, meine liebe Miss Carter, und werde dem Rechnung tragen." – und ohne anzuklopfen riss er die Tür auf und füllte das Zimmer mit seiner Donnerhallstimme: „Mrs Woodkirk! Meine liebe Madam! Was muss ich nehmen? Meine eigenen frivolen, leichtsinnigen Ratschläge haben Sie an den Rand des Grabes gebracht?"

Falls Mrs Woodkirk sich am Rand des Grabes befand, war es zumindest ein recht angenehmes. Auf ein halbes Dutzend Kissen gestützt, mit einer etwas abgetragenen, aber adrett auf ihren grauen Locken thronenden weißen Spitzenhaube saß sie in ihrem Bett und knabberte an einem der übrig gebliebenen Pfannkuchen von Linnets Frühstückstablett. Das Tablett, das vor ihrer eigenen Tür gestanden hatte, befand sich jetzt geleert auf der kleinen Anrichte. Ein Hausmädchen machte sich an der dampfenden Teekanne zu schaffen.

Mrs Woodkirk legte den angebissenen Pfannkuchen zurück auf den Teller. „Ich versuche zu essen, Doktor", erklärte sie. „Ich versuche es, weil man mir versichert hat, dass mein Körper sich auszehrt, wenn ich nicht regelmäßige Mahlzeiten einhalte."

„Sehr vernünftig, Mrs Woodkirk, sehr vernünftig. Wollte der Allmächtige, dass alle meine Patienten so einsichtig wären wie Sie! Sally, würden Sie uns bitte während der Konsultation alleine lassen? Und nehmen Sie das Tablett mit. - Ich hoffe, es macht Ihnen nichts aus, dass Miss Carter bei uns bleibt?"

„Nein, nein ... ach Gott, meine liebe kleine Linnet! Welchen Kummer bereite ich dir!" Mrs Woodkirk streckte die Arme nach Linnet aus, die die dargebotene Hand willig ergriff. „Da verspreche ich dir die schönsten Ferien ... und nun siehst du mich hier auf den Tod liegen ..."

„Na, na", machte der Doktor. „Vom Sterben will ich nichts hören, das verbietet mein Berufsethos." Er wühlte umständlich in seiner Arzttasche herum, holte schließlich mehrere Instrumente hervor, deren Anblick sich auf Linnet keineswegs beruhigend auswirkte, und bat Mrs Woodkirk, ihm den Kopf zuzuwenden. Eine ganze Weile verbrachte er damit, mit unterschiedlich starken Lupen in ihre aufgerissenen Augäpfel zu schauen und dabei „Hmhm" zu machen und „Das habe ich mir gedacht" zu murmeln. Anschließend ließ er sie den Mund öffnen und die Zunge herausstrecken und verschiedene Lautgeräusche machen, während er in ihren Rachen schaute.

Linnet, die die ganze Zeit über die Hand ihrer Tante hielt, wurde zunehmend nervöser, während der Doktor sich nachdenklich unter seiner schlecht sitzenden Perücke kratzte. „Mrs Woodkirk", verkündete er, „das gefällt mir alles gar nicht." Ehe Mrs Woodkirk schreckensbleich nach Einzelheiten fragen konnte, begann er ihr Gesicht und ihren Hals abzutasten. „Tut es hier weh?", fragte er mehrmals, und jedes Mal konnte Mrs Woodkirk bestätigen, dass es hier weh tat.

„Ihr Krankheitsbild ist nicht einfach, meine Liebe", gestand er. „Um nicht zu sagen: rätselhaft. Komplex. Auf jeden Fall schwerwiegend. Wären Sie so liebenswürdig, mir noch einmal ganz genau Ihre Beschwerden zu beschreiben?"

„Da wären zunächst meine Herzprobleme. Mein Herz flattert."

„Es flattert oder es fliegt?"

Mrs Woodkirk musste kurz nachdenken. „Es fliegt."

„Das hatte ich befürchtet." Er zog ein Notizbuch hervor, um mit einem Bleistiftstummel Stichpunkte hinein zu kritzeln.

„Dann meine Nieren. Meine Nieren sind sehr empfindlich. Sie erkälten sich beim kleinsten Luftzug. Und meine Lungen sind mein größter Schwachpunkt. Ich weiß nicht, wie ich mit diesen Lungen so alt werden konnte."

Doktor Horton nickte bedächtig. „Über Ihre Verdauungsprobleme haben wir ja gestern bereits gesprochen. Ich vermute, Sie leiden auch an Gelenkschmerzen?"

„Eine Kutschfahrt wie die gestrige tötet mich, Doktor." Mrs Woodkirk hatte Linnets Hand losgelassen, um sich erschöpft an die Stirn fassen zu können. „Ich nehme diese Qualen nicht für mich auf mich, sondern für meine kleine Linnet. Meine Linnet soll in diesem Jahr die Sonne sehen, nicht mehr habe ich mir gewünscht."

„Ich verstehe, Madam, ich verstehe vollkommen. Zu all Ihren Leiden gesellt sich die seelische Belastung, Ihrer lieben Nichte beide Elternteile zu ersetzen. Selten findet man so viel Selbstaufgabe. Weitere Beschwerden, Mrs Woodkirk? Überempfindlichkeiten, Hautreizungen, Schwindelanfälle ..."

„Oh, Sie beschreiben es alles vortrefflich, Doktor. Ich habe furchtbaren Heuschnupfen. Ich reagiere praktisch auf jede Pflanze allergisch. Mehr als eine Topfbegonie kann ich in meinem Haushalt nicht zulassen. Äpfel und Pfirsiche verursachen mir den grässlichsten Ausschlag. Kirschen kann ich essen. Wenn Sie mich jedoch wirklich töten wollen, geben Sie mir eine Nuss. Ich reagiere äußerst empfindlich auf Wetterwechsel. Jeder schwüle Sommertag lässt meinen Kreislauf kollabieren. Meine kleine Linnet wird Ihnen bestätigen, dass ich an manchen Tagen vor lauter Ohrensausen praktisch taub bin und an anderen zu schwach, das Bett zu verlassen. Ich bin eigentlich nie ganz gesund."

„Ja", gestand Doktor Horton, „das kann ich mir vorstellen. Ihr Fall ist wirklich außergewöhnlich, meine liebe Mrs Woodkirk, und wenn Sie mir gestatten, will ich Sie in meine Sammlung persönlicher Fallstudien aufnehmen, die ich demnächst zu veröffentlichen gedenke. Vielleicht nicht ganz so furchterregend wie Sir Frederick Hemsby von Whithersden House, der zwei amputierte Beine hat und in beiden jeden Tag höllische Schmerzen verspürt. Auch nicht so dramatisch wie die Geschichte der Familie Wells, deren fünf Kinder im gleichen Alter nacheinander an den selben nicht-identifizierbaren Symptomen verstorben sind. In jedem Fall ist Ihr Krankheitsbild seiner Komplexität wegen bemerkenswert."

Linnet war mittlerweile schreckensbleich und kurz davor, aus lauter Sorge um ihre Tante selbst Herzflattern, Ohrensausen oder einen Schwindelanfall zu bekommen. Mrs Woodkirk hingegen hatte den Ausführungen des Doktors mit vor Aufregung geweiteten Augen gelauscht. „Doktor Horton", fragte sie ernst, „was habe ich denn?"

„Das ist äußerst komplex, wie ich schon sagte." Der Arzt war ans Fenster getreten, hatte den Vorhang ein wenig zurückgeschoben und auf den Vorplatz geschaut, ehe er sich wieder mit ernster Miene seiner Patientin zuwandte. „Da gilt es zunächst, Ihre insgesamt schwache Konstitution zu bedenken, Mrs Woodkirk. Sie müssen jetzt seelisch sehr stark sein. Ich diagnostiziere eine Fehlfunktion Ihrer Milz."

„Meiner Milz?" Mrs Woodkirk klang, als ob sie von diesem Organ zum ersten Mal hörte.

„Ihrer Milz", bestätigte Doktor Horton. „Sie arbeitet nicht korrekt. Ohne Sie beleidigen zu wollen, meine liebe Mrs Woodkirk, muss ich anmerken, dass diese Fehlfunktion dazu führt, dass Ihr Blut eine bedenklich mangelhafte Qualität aufweist – rein medizinisch gesehen, versteht sich. Da die Milz direkt hinter dem Magen liegt, spüren Sie die Auswirkungen sofort in Ihrem Verdauungssystem. Die Kombination aus gestörtem Verdauungsapparat und mangelhafter Blutqualität hat geradezu dramatische Konsequenzen für Ihre übrigen Organe. Ihr fliegendes Herz, die empfindlichen Nieren, die schwachen Lungen, die starken körperlichen Reaktionen auf äußere Einflüsse ... ein schier unentwirrbares Durcheinander aus Krankheitsfäden, meine liebe Mrs Woodkirk, die alle in einem Organ zusammenlaufen: in Ihrer Milz."

„Können Sie mich heilen?", fragte Mrs Woodkirk schwach, die angesichts dieser Diagnose von feuriger Begeisterung zu zitterndem Elend zusammengeschrumpft war.

„Bedingt, Madam, bedingt. Bei einem Fall wie dem Ihren ist es immer angebracht, sich mit Fachkollegen zu beraten. Ich werde heute gleich nach dem Lunch an Studienkollegen in Paris, Edinburgh und Heidelberg schreiben, um Ihren Fall darzulegen und Rat und Therapievorschläge zu erbitten. Meinerseits verordne ich Ihnen fürs Erste eine Woche strenge Bettruhe, diätetische Kost, Apothekertropfen und einen Aderlass."

„Einen Aderlass!", wiederholte Mrs Woodkirk ehrfurchtsvoll. Keiner von Doktor Hortons Londoner Kollegen war auf eine derartige Idee gekommen.

„Einen Aderlass, um Sie von einer gewissen Quantität Ihres qualitativ bedenklich mangelhaften Lebenssaftes zu befreien. Meine liebe Miss Carter, Sie werden mir assistieren." Der Arzt macht sich an seiner Tasche zu schaffen und hatte Linnet bereits die notwendigen Instrumente in die Hand gedrückt, ehe sie den Mund zum Protest öffnen konnte.

„Mein armes Kind", seufzte Mrs Woodkirk. „Was musst du meinetwegen durchmachen!"

„So ist es mit jeder Krankheit", bemerkte Doktor Horton. „Im Allgemeinen leidet der Pflegende mehr als der Kranke. Miss Carter, waschen Sie sich bitte die Hände und holen Sie zwei Leinentücher. Mrs Woodkirk, wenn Sie so freundlich wären, Ihren linken Arm frei zu machen? Sie sind doch Rechtshänderin? Im linken Arm wird es Sie weniger inkommodieren."

Linnet trat totenblass mit gewaschenen Händen und zwei frischen Leinentüchern an Mrs Woodkirks Bett. „Das eine Tuch kommt unter den Arm Ihrer Tante, und mit dem anderen schützen Sie Ihr Kleid", erläuterte der Doktor, während er seinerseits sein Jackett ablegte, die Uhrkette aus der Westentasche nahm, die Hemdsärmel hochkrempelte und sich die Hände wusch. Linnet gehorchte mit zitternden Fingern.

Doktor Horton hatte seiner Tasche unter anderem eine handgroße, tiefe silberne Schale zwei gegenüberliegenden Eindellungen am Rand entnommen, die er unter Mrs Woodkirks Ellenbogen klemmte. Er drückte Linnet ein Fläschchen und einen Wattebausch in die Hand: „Damit reinigen Sie Mrs Woodkirks Armbeuge. – Nicht alle meine Kollegen legen Wert auf diesen Teil der Operation, Madam", wandte er sich an seine Patientin. „Ich bin allerdings der Meinung, dass Nachlässigkeit das letzte Vergehen ist, dessen sich ein Arzt schuldig machen darf."

Mrs Woodkirk nickte beeindruckt.

„So ... sehr schön, Miss Carter. - Dieses ist mein Aderlass-Messer." Er fuchtelte vor Mrs Woodkirks Nase mit einem kleinen, aber gefährlich spitzen Messer herum.

„Frisch geschliffen, mehr als einen kleinen Piekser werden Sie nicht spüren." Linnet schloss die Augen, als das kleine Messer in Mrs Woodkirks bloßgelegte Armbeuge niederfuhr. Von Mrs Woodkirk war kein Mucks zu hören. „Exzellent. Sie beide könnten Medizinstudenten als Beispielobjekte dienen. Meine liebe Miss Carter, machen Sie die Augen wieder auf. Es ist nur Blut."

Eine ganze Menge Blut von bedenklich mangelhafter Qualität war mittlerweile aus Mrs Woodkirks Armbeuge in die silberne Schale getropft. Es sah frisch und tiefrot aus, nicht kränklich blass, wie Linnet es sich vorgestellt hatte. Seine Besitzerin betrachtete es fasziniert. Linnet fiel auf der Stelle in Ohnmacht.

# V

„Nun ziehe ich Ihnen ein wenig mehr Blut ab, als ich vorgehabt hatte", bemerkte Doktor Horton, der erst Linnet ins Leben zurückholen musste, ehe er Mrs Woodkirks Schnitt verbinden und ihr befehlen konnte, den Arm anzuwinkeln. „Doch wie ich immer sage, lieber zu viel als zu wenig." Mrs Woodkirk nickte zustimmend. Sie wirkte äußerst zufrieden.

„Miss Carter, meine Liebe! Was haben Sie mir für einen Schrecken eingejagt. Ich muss mich tausendmal bei Ihnen entschuldigen. Mrs Horton wird mir die Erdbeergrütze streichen, wenn sie erfährt, was ich Ihnen zugemutet habe. Sie sind eine sehr tapfere junge Dame, ich bin stolz auf Sie." Linnet nickte benommen.

„Linnet, mein kleiner Engel, der gute Doktor sollte dich auch zur Ader lassen. Ich fühle mich schon viel besser." Verarztet und verbunden lehnte Mrs Woodkirk sich in ihr halbes Dutzend Kissen und wirkte äußerst adrett. Doktor Horton hatte eine hübsche große Schleife in ihren Armverband gemacht.

„Ich bin erfreut, das zu hören, Madam, aber für heute reicht es. Miss Carter ist einer solchen Belastung mit ihrer zarten Seele kaum gewachsen. Deshalb muss ich Sie auch bitten, Sally weiterhin als Pflegerin zu akzeptieren und die Gesellschaft Ihrer Nichte auf eine halbe Stunde pro Tag zu beschränken. Miss Carter ist ein sehr empfindsames Wesen, und bei einer ständigen Konfrontation mit Ihrem dramatischen Zustand befürchte ich eine gravierende, um nicht zu sagen zerstörerische Auswirkung auf ihr eigenes gesundheitliches Gleichgewicht."

„Oh, meine Linnet, wie ich dich vermissen werde!" Mrs Woodkirk wollte ihre Nichte in die Arme schließen, als ihr einfiel, dass sie ihren linken Arm angewinkelt halten musste. „Der Doktor hat recht. Wir müssen vernünftig sein. Was bringt es uns, wenn eine alte Frau wie ich vom Totenbett aufersteht, während du dich für mich aufgibst?"

„Nichts als Verdruss", meinte Doktor Horton, wobei er Linnet schützend den Arm auf die Schulter legte. „Verabschieden Sie sich, Miss Carter. Heute Abend können Sie Ihrer Tante eine halbe Stunde vorlesen. – Mrs Woodkirk, ich werde Sie morgen aufsuchen und den Aderlass gegebenenfalls wiederholen. Wegen der Apothekertropfen wird Mr Somerville jemanden ins Dorf schicken. Gute Besserung, und zögern Sie nicht, nach mir zu rufen, wenn sich Ihr Zustand verschlechtert."

Linnet trat ans Bett, um ihre Tante auf die Wange zu küssen und von ihr einen Kuss auf die Stirn zu empfangen. Sie zitterte zu sehr, um ebenfalls eine gute Besserung zu wünschen.

Doktor Horton, mit der schwarzen Instrumententasche in der einen und dem zitternden Mädchen an der anderen Hand, war fast an der Tür, als Mrs Woodkirk noch etwas einfiel. „Doktor Horton! Sir! Was bin ich Ihnen schuldig?" - und ungeachtet der Tatsache, dass sie den linken Arm angewinkelt halten sollte, fingerte sie unter einem ihrer vielen Dutzend Kopfkissen die Geldbörse hervor, die ihre bescheidene Reisekasse enthielt.

Doktor Horton ließ Linnet los, um ihre Börse gestenreich zurückzuweisen. Nobler als der größte Gentleman wirkte er, als er erklärte: „Meine liebe Mrs Woodkirk, Sie würden mich beschämen, wenn Sie mich zwingen wollten, auch nur einen halben Penny von Ihnen anzunehmen. Hätten meine unbedachten Äußerungen über den Verdauungsapparat gestern Sie nicht zu größtem Leichtsinn verleitet, wäre diese Krise nie entstanden. Nicht nur hätten Sie eine ungestörte Nacht gehabt, nein, mir wäre auch nie Ihr komplizierter und wissenschaftlich erschöpfender Fall zu Ohren gekommen."

Soviel Großmut rührte Mrs Woodkirk zu Tränen. „Sir, ich weiß nicht, wie ich Ihnen danken soll."

„Ich entführe Ihnen einstweilen Ihre Nichte. Das Vergnügen ihrer Gesellschaft soll als Dank genügen. Guten Tag, Mrs Woodkirk."

„Guten Tag, Doktor, und möge es ein glücklicher, segensreicher Tag für Sie sein."

Mrs Woodkirk dankte ihm noch, als sich die Zimmertür bereits geschlossen hatte und Linnet auf dem Flur in Tränen ausgebrochen war. „Miss Carter! Oh, meine liebe Miss Carter, was ist denn?" Doktor Horton ließ seine Instrumententasche fallen, um ein sauberes Taschentuch hervorzuzaubern und es der heulenden Linnet zu überreichen.

„Diese Krankheit ... die Milz ... meine arme Tante", schniefte sie zusammenhanglos. „Ich habe nur sie ... und dann das mangelhafte Blut!"

Der Arzt starrte sie einigermaßen entsetzt an. Dann begriff er. „Miss Carter – oh, Sie liebes, unschuldiges Mädchen – Sie müssen mir verzeihen. Ihre Frau Tante ist kerngesund."

Linnet sah verständnislos auf. „Sie sagten doch ..."

„Ich erlaubte mir ein paar medizinische Phantastereien zum Zwecke der Seelenheilkunde. Es war nicht recht, dass ich Sie da mit hineingezogen habe. Kennen Sie den Begriff Hypochonder?"

Sie schüttelte den Kopf.

„Ein Hypochonder ist ein Mensch, der sich einbildet krank zu sein, ohne dass es auch nur die geringste medizinische Grundlage gibt. Wenn Mrs Somerville sich aufregt und Kopfschmerzen bekommt, ist das ein milder

Fall von Hypochondrie. Meistens geschieht es, um Aufmerksamkeit auf sich zu lenken."

Linnet dachte kurz nach. Dann erhellte sich ihr Gesicht. „Oooh ... ich verstehe. Wie klug Sie sind. - Meine arme Tante", schloss sie traurig.

Doktor Horton schaute sie nachdenklich an. „Sie haben ein großes Herz, Miss Carter, und Sie haben recht, Ihre Tante arm zu nennen. Wer das Unglück braucht, um glücklich zu sein, ist ein armer Mensch."

Auch hierüber dachte Linnet kurz nach, und sie kam zu der Erkenntnis, dass der Doktor ein weises Wort gesprochen hatte. Dennoch sorgte sie das Befinden ihrer Tante. „Aber Sie geben sie der Lächerlichkeit preis ... wenn es bekannt wird ..."

„Ah, machen Sie sich keine Sorgen. Im Umkreis von zehn Meilen versteht niemand mehr von einer Fehlfunktion der Milz als ich. Das kleine Geheimnis bleibt unter uns, es sei denn, Sie plaudern. Gönnen Sie Ihrer Tante die Freude, sich eine Woche lang in ihrer Krankheit zu suhlen und anschließend den ganzen Sommer über davon reden zu können, wie sie vom Totenbett auferstanden ist. In gewisser Weise ist Mrs Woodkirk wirklich krank. Ich habe ihrem Leid einen Namen geschenkt – und Ihnen sieben Tage Freiheit."

Linnet war immer noch bestürzt über den Zustand einer Seele, die sich Schmerzen einbildete, um Glück zu empfinden. Doch die Aussicht, Mrs Woodkirks Gejammer eine Woche lang nur eine halbe Stunde pro Tag ertragen zu müssen, war auch für sie verlockend. Sie konnte dem Arzt nicht halb so böse sein, wie ihr Gerechtigkeitsgefühl es verlangte, und sie war geschmeichelt, dass er sie zur Komplizin einer so raffinierten Therapie gemacht hatte.

„Natürlich gilt es nun, diese eine Woche der Freiheit zu nutzen. Nicht nur Ihre Frau Tante soll schöne Erinnerungen an diesen Sommer haben", fuhr Doktor Horton fort, während sie die breite Treppe in die Halle hinunterstiegen. „Ich habe da schon eine Idee." Ohne zu zögern marschierte er auf eine der Türen zu, die von der Eingangshalle zur Gartenseite abgingen. Linnet, die im Traum nicht darauf gekommen wäre, eine fremde Zimmertür zu öffnen, verbarg sich hinter seinem Rücken, als er in den freundlichen, hellen Salon trat, in dem Mrs Somerville in einem weißen Kleid auf einer gelbseiden gepolsterten Chaiselongue dahin gegossen lag. Mr Somerville saß an einem kleinen Sekretär und schrieb einen Brief. Beide begrüßten Doktor Horton freundlich. Linnet hatte ihre Cousine seit dem unglücklichen Verlobungsbesuch nicht mehr gesehen, und auch jetzt warf Mrs Somerville ihr nicht mehr als einen abschätzigen Blick zu. „Wie geht es James?", fragte sie, wie es von einer guten Mutter zu erwarten war.

„Ausgezeichnet, Mrs Somerville, ausgezeichnet", versicherte der Doktor. „Er wächst, mehr ist es nicht. Annie versorgt ihn bestens. Ich habe selten ein glücklicheres, gesunderes Kind gesehen."

Mr Somerville strahlte ebenfalls wie ein glückliches, gesundes Kind, als von seinem Sohn die Rede war. Ehe er jedoch zu einer Lobrede auf seinen Erben ansetzen konnte (wozu er gerne und weitschweifig neigte, wie Doktor Horton wusste), hatte der Arzt Linnet hinter seinem Rücken hervorgezogen und war auf seine zweite Patientin zu sprechen gekommen. „Mrs Woodkirk macht mir allerdings mehr Sorgen." Er umriss kurz und an Mrs Somerville gewandt die Tücken einer Fehlfunktion der Milz, die Einhaltung von Bettruhe, Diätkost und Pflege und die Notwendigkeit, Miss Carter von ihrer Tante zu separieren. Mrs Somervilles Blick, der von Anfang an nicht sonderlich freundlich auf Linnet gelegen hatte, wandelte sich in blankes Missfallen, und als sie ihren Mund aufmachte, versuchte sie gar nicht erst, ihren Unmut zu verbergen. „Das ist Mrs Woodkirk", wandte sie sich an ihren Gatten. „Ich habe es dir von Anfang an gesagt. Nichts als Scherereien haben wir mit ihr. - Dies ist ein Wohnhaus, kein Hospiz, Doktor ... nicht auszudenken, wenn sie James ansteckt -"

„Mrs Woodkirks Leiden ist keineswegs ansteckend, Madam", versicherte Doktor Horton mit einer kleinen Verbeugung. „Was die Scherereien angeht, hatte ich vor, Ihnen zumindest eine Sorge bis heute Abend abzunehmen. Mrs Horton hatte mir ohnehin angedroht mich zu verlassen, sollte ich vergessen, Miss Carter zum Tee nach Monks Cottage einladen, und es spricht meiner Ansicht nach nichts dagegen, die Einladung gleich jetzt in die Tat umzusetzen. Heute Nachmittag kann Miss Carter mich bei meinen Krankenbesuchen begleiten, um die Gegend kennen-zulernen und zu üben, nicht mehr ohnmächtig zu werden. Am Abend bringe ich sie Ihnen pünktlich zurück, damit sie Jamie noch gute Nacht sagen kann."

„Ausgezeichnet", befand Mr Somerville anstelle seiner sprachlosen Gattin. Und weil es angebracht schien, etwas Nettes zu Linnet zu sagen, über deren Kopf die ganze Zeit über hinweg geredet wurde, ohne dass sie ein einziges Wort herausgebracht hätte, fügte er hinzu: „Du wirst sehen, bald geht es deiner Tante besser. Es gibt schlimmere Orte auf dieser Welt, um krank zu sein."

Linnet dachte an die enge Straße in London und Mrs Woodkirks dunkle kleine Wohnung und pflichtete ihm in Gedanken bei. Als sie wenig später neben Doktor Horton auf dem wackligen Sitz des Einspänners saß und durch die sonnenbeschienene Sommerwelt Kents kutschiert wurde, musste sie sich sogar eingestehen, dass es keinen anderen Ort auf der Welt gab, an dem sie schneller gesund geworden wäre, ganz gleich, welches Leiden sie niedergeworfen hätte. Alles in diesem wunderbaren Landstrich atmete Ruhe und Frieden, und obgleich die Felder unregelmäßig, die Hecken ungepflegt und die Mauern schief waren, schien hier eine unsichtbare Hand zu herrschen, die aus der Unordnung ein harmonisches Ganzes schuf. Es ist Gott, dachte Linnet mit einigem Erstaunen, während sie den Vogelstimmen lauschte, die Doktor Horton ihr alle einzeln erklären musste, weil sie von zuhause nur das Piepsen des Kanarienvogels ihrer Nachbarin kannte. Gottes eigenes Land.

Der Doktor hatte den Einspänner die Eichenallee hochgelenkt und war dann scharf nach Südwesten abgebogen, sodass Mr Somervilles Anwesen östlich von ihnen lag. Mehr als einmal begegneten sie Feldarbeitern und Fußgängern, die von Doktor Horton freundlich und mit Namen begrüßt wurden und im Austausch gegen Neuigkeiten über ihren Gesundheitszustand die Information erhielten, dass das junge Fräulein neben ihm Mrs Somervilles Cousine sei. Rechterhand begann alsbald ein schmaler Fluss zu murmeln, und unter dicht begrünten Bäumen wurden die Dächer und der Kirchturm eines kleinen Dorfes sichtbar. Doktor Horton ignorierte die Steinbrücke, die sich über den Wasserlauf zum Dorf schlängelte und in deren Schatten ein paar Jungen Forellen fischten. „Man muss Monks Cottage von dieser Seite aus zum ersten Mal sehen", erklärte er Linnet, und wenige Augenblicke später begriff sie, was er meinte.

In einer grünen Flussschleife, gerade unterhalb des spitzen Kirchturmes, ragte ein Strohdach vor sich im sanften Wind wiegenden Weiden empor. Linnet entdeckte einen kleinen Giebel, um den sich blühende Pflanze rankte, ein Sprossenfenster und eine weiße Bank vor der sonnigen Hauswand. Der Garten zog sich in schmalen, heckenumsäumten Terrassen bis an den Fluss hinunter.

Rechterhand, im Schatten der Kirche, schloss sich ein Obstgarten an.

Doktor Horton ließ Linnet einige Augenblicke in der traumversunkenen Betrachtung seines Zuhauses, ehe er den Weg hinunter deutete, wo das Gelände von Weide in Wald über ging und der kleine Fluss im dichten Grün verschwand. „Da geht's zu Sir Frederick Hemsby nach Whithersden House. Der Wald hier links hinter der Weide gehört noch Mr Somerville. – Ich erkläre Ihnen das, weil Sir Frederick sehr ängstlich auf seine Besitzrechte bedacht ist."

Der Arzt wendete den Einspänner mit einem heiklen Manöver, fuhr zurück zu der Brücke, die er unter den Grüßen der angelnden Jungen überquerte, lenkte sein Gefährt an der Kirche vorbei, durch die Dorfstraße, und brachte es vor der anderen Seite vom Monks Cottage zum Stehen. Mrs Horton, die zwischen Johannisbeersträuchern stehend über den Gartenzaun hinweg mit dem Reverend geplaudert hatte, während dieser den Zustand verschiedener alter Friedhofsbäume inspiziert hatte, kam ihnen lächelnd entgegen. „Du beschämst mich, mein Lieber", wandte sie sich mehr liebevoll als vorwurfsvoll an ihren Gatten. „Ich hatte zu Doktor Horton gesagt, dass Sie uns so bald wie möglich besuchen kommen müssen, Miss Carter. Damit hatte ich allerdings nicht gemeint, dass ich keine Zeit hätte, meine Gartenschürze abzulegen, das Haus aufzuräumen und frischen Kuchen zu backen."

„Es handelt sich um einen Notfall", erläuterte ihr Gatte. „Meine gestrigen Befürchtungen über Mrs Woodkirks Krankheitsbild haben sich leider vollkommen bestätigt. – Mrs Woodkirk ist Mrs Somervilles Tante und leidet an einer signifikanten Fehlfunktion der Milz", wandte er sich an den höflich lauschenden Reverend. „Dieses ist ihr Mündel, Mrs Somervilles Cousine, Miss Linnet Carter.

Miss Carter ist zu jung, um eine so schwerwiegende Krankenpflege unbeschadet zu überstehen. Deshalb wird sie mir heute und in den nächsten Tagen Gesellschaft leisten."

Der Reverend begrüßte Linnet herzlich, und Linnet machte einen Knicks und grüßte den älteren Herrn schüchtern zurück. Mrs Horton lud alle zu einem Imbiss auf ihre kleine, steingepflasterte Terrasse ein, was sich auch der Reverend nicht zweimal sagen ließ. Während die beiden Herren sich auf der weißen Bank vor dem Haus niederließen und ihre Pfeifentaschen aus ihren Röcken hervorholten, nahm Mrs Horton Linnet an der Hand und führte sie in ihr Haus. „Sie sind klein", lächelte sie in der niedrigen Tür, „Sie werden sich nicht wie ich ständig den Kopf anstoßen. – Eliza!", rief sie in die Küche, die fast die Hälfte des Erdgeschosses einnahm. „Vier Gedecke bitte. Der Reverend und Miss Carter werden mit uns essen."

Die unteren Räume des Cottages waren niedrig und die wenigen Fenster so tief gelegen, dass kaum Licht hereindrang. Mrs Horton ließ Linnet einen kurzen Blick in ihr Wohn- und Esszimmer werfen, das zu dunkel war, um mehr als Schemen zu erkennen, jedoch den Eindruck rustikaler Gemütlichkeit vermittelte. „Dieses Haus ist so alt, dass ich sicher bin, man würde es zu den ältesten Kents zählen, wenn irgendjemand sich die Mühe machen wollte, das älteste Haus Kents zu finden", bemerkte Mrs Horton.

„Wie alt ist es denn?", fragte Linnet schüchtern, während sie ihrer Gastgeberin die ausgetretenen Stiegen ins obere Stockwerk folgte.

„Laut Türbalken A. D. 1340. Wenn es der erste Türbalken war."

Auf dem kleinen Flur am oberen Treppenabsatz stand eine alte Holztruhe, die aussah, als ob sie ebenfalls vierhundert Jahre alt war. „Ich werde Ihnen den Anblick von Doktor Hortons Versuchskammer ersparen", erklärte Mrs Horton, wobei sie auf eine der drei Türen deutete, die von dem Flur abgingen. „Er betreibt chemische Experimente, und ich sehe den Tag kommen, an dem uns das ganze Haus um die Ohren fliegt. Hier ist das Gästezimmer." Sie öffnete die dritte Tür zu einer winzigen, liebevoll eingerichteten Kammer. Linnet trat ans Fenster. Es war der kleine, grünumrankte Giebel, den sie von der anderen Seite des Flusses aus gesehen hatte. Die grüne Ranke hatte lila Blüten, die perfekt mit der hellblauen und weißen Einrichtung des Zimmerchens harmonierten. „Wicken", sagte Mrs Horton. „Eine meiner Lieblingspflanzen. So, Miss Carter, ich bin sicher, dass Ihr Zimmer in Mrs Somervilles Haus größer ist. Nichtsdestotrotz möchte ich Ihnen sagen, dass Sie uns hier jederzeit willkommen sind."

„Danke", sagte Linnet leise. Sie begriff nicht, weshalb diese Menschen so freundlich zu ihr waren, aber sie wusste, dass sie nicht viele Chancen auf der Welt hatte, und dass die, die sich ihr boten, freudig ergriffen werden mussten. Fünf Minuten später saß sie neben dem Reverend auf dem Ehrenplatz auf der weißen Bank vor dem Haus, schaute über den Garten und den Fluss auf die Weiden, hinter denen Mr Somervilles Wald die Aussicht beschnitt, knabberte an einem noch warmen Kuchen, lauschte dem Austausch lokaler Neuigkeiten, die sie nicht verstand, und empfand nichts weiter als ein Gefühl ungetrübter Seligkeit. Hundert Fragen hätte sie an ihre Gastgeber stellen mögen - hatten sie keine Kinder? Warum war Mrs Horton mindestens so sehr eine Dame wie Lady Egerton oder Mrs Somerville, nur hundertmal herzlicher? Worauf gründete sich Doktor Hortons Freundschaft mit Mr Somerville? War es recht, hier glücklich zu sein, während ihre Tante sich drüben in dem weißen Haus hinter dem Wald in Todesnähe wähnte? –

Natürlich wagte sie es nicht, ihren Mund so weit zu öffnen. Eine graugetigerte, wohlgenährte Katze strich an den Tischbeinen vorbei, sprang auf die Bank, stellte fest, dass ihr Platz von Linnet belegt war, und rollte sich ohne weitere Umstände auf ihrem Schoß zusammen. Linnet, der bisher nur klapperdürre, aggressive Londoner Stadtkatzen begegnet waren, brauchte einige Ermutigung, bis sie es wagte, Patty zu streicheln. Patty kniff genussvoll die gelben Augen zusammen und begann zu schnurren. Die drei Erwachsenen betrachteten das Mädchen und die Katze lächelnd, ehe sie sich den lokalen Neuigkeiten zuwandten. „Also Sir Frederick schießt mit dem Schrotgewehr aus dem Fenster?", nahm der Doktor den Faden wieder auf. Der Reverend nickte bedauernd. „Es steht schlimm um ihn. Mr Wells hätte es fast das Bein gekostet."

„Eine eigenwillige Auslegung von Auge um Auge, Zahn um Zahn", meinte der Doktor, nachdenklich an seiner Pfeife ziehend. „Hat man von seiner Familie gehört?"

Der Reverend schüttelte den Kopf. „Es gibt einen Neffen in London. Nach allem, was ich in Erfahrung bringen konnte, wartet er nur auf den Tag, an dem er das Anwesen übernehmen kann. Die Nichte ist im Norden verheiratet."

„Sir Frederick ist ein tapferer Mann", wandte sich der Doktor erklärend an Linnet. „Auf dem letzten schottischen Feldzug ist neben ihm eine Kanone explodiert und hat ihm beide Beine abgerissen. Leider muss man sagen, dass die Kanone ihn um mehr als nur um seine Beine gebracht hat." Linnet lief es kalt den Rücken herunter. Das Blau des Himmels verlor von seinem Strahlen, das Vogelgezwitscher von seiner Fröhlichkeit, der Garten um sie herum von seinem Frieden ... als der Doktor sah, was seine Worte angerichtet hatten, wechselte er schnell das Thema. „Waren Sie schon einmal auf einem Ball, Miss Carter?"

Sie schüttelte den Kopf.

„Ach, meine liebe Miss Carter", seufzte der Doktor, „Sie werden lernen müssen, in Gesellschaft von mehr als zwei Menschen den Mund aufzumachen. Schauen Sie sich den Reverend an ... jeden Sonntag muss er vor einer ganzen Gemeinde von Menschen sprechen, und dabei ist er auch kein gesprächiger Mann. Also reißen Sie sich zusammen. - Waren Sie schon einmal auf einem Ball, Miss Carter?"

Linnet streichelte weiter die Katze. „Nein", sagte sie zu dem grauen Fell.

„Und ich sage es nicht gerne, Miss Carter: Es ist äußerst unhöflich, sein Gegenüber im Gespräch nicht anzuschauen. – Waren Sie schon einmal auf einem Ball, Miss Carter?"

Sie gab sich geschlagen. Sie schaute geradewegs in sein gerötetes, vom Pfeifenrauch umnebeltes Gesicht und erklärte: „Nein, ich war noch nie auf einem Ball, Sir."

„Dann wird es Sie freuen, dass sich das bald ändern wird, meine Liebe. Mr Somerville gibt jedes Jahr im Juli einen Ball - eine kleine Provinzveranstaltung natürlich, nichts im Vergleich zu den eleganten Festen, die man in London oder Bath besuchen kann. Ein fröhliches Beisammensein, bei dem jeder satt wird und tanzen darf, so viel er mag. Dieses Jahr wird der Ball wegen Mr Somervilles Reise um zwei Wochen vorgezogen."

Linnet konnte sich nicht vorstellen, dass Mrs Somerville sie und Mrs Woodkirk auf einem Hausball - elegant oder nicht elegant – sehen wollte. Das wagte sie allerdings nicht zu sagen. „Eine halbe Guinee für Ihre Gedanken", lachte der Doktor. „Sie denken gerade: Ich habe nichts anzuziehen für einen Ball."

„Nein, ich ... ich dachte ... ich überlegte ... wohin wird Mr Somerville reisen?"

„Er segelt nach Hause." Und weil sie mit dieser Information nichts anfangen konnte: „In die heiße Welt der

Tropen auf die traumhafte Insel Jamaica, wo seine Schwester verheiratet ist und die Familie ein gewisses Einkommen her bezieht."

Der Reverend kräuselte nachdenklich die Stirn, was Linnet ebenso wenig entging wie dem Doktor. „Der Reverend ist nicht glücklich über die Einnahmequellen von Mr Somervilles Schwager. Ich darf hinzufügen, dass Mr Somerville selbst nicht glücklich darüber ist."

„Und ich darf hinzufügen, dass deine Art zu reden Miss Carter Angst und Bange macht, mein Lieber", ließ sich Mrs Horton vernehmen. „Mr Somerville hängt an seiner Schwester und an Jamaica, nicht jedoch an der Sklaverei, das ist alles." Das war allerdings längst nicht alles. Und Sklaverei war ein weiteres Wort, das Linnets glänzenden Nachmittagshimmel verdunkelte.

„Sie müssen es ertragen lernen, unschönen Tatsachen ins Gesicht zu sehen", meinte der Doktor. „Genauso, wie Sie lernen müssen, laut zu sprechen. Sie werden mir jetzt den Rest des Nachmittages bei meinen Krankenbesuchen Gesellschaft leisten, Miss Carter, und wenn Sie bis heute Abend nicht gelernt haben, einen Verband anzulegen und „Guten Tag" zu Fremden zu sagen, ohne rot zu werden, werde ich Sie doch zur Pflege Ihrer Frau Tante einteilen müssen. Und mir ist noch nicht klar, wer mehr darunter leiden wird - Sie oder Ihre Frau Tante."

Solcherart ermahnt entpuppte Linnet sich als aufmerksame Schülerin, der kein Verbandswechsel zweimal gezeigt werden musste und die jedermann einen guten Tag wünschte, ehe der Doktor seinen Hut gelüpft hatte. Nur zu Sir Frederick Hemsby nahm er sie nicht mit. Die Begegnung mit dem jähzornigen, unnachgiebigen, menschenhassenden und zu all dem noch beinlosen Herrn von Whithersden House konnte weit hartgesottenere Naturen aus der Bahn werfen. Er setzte sie in Mr

Somervilles Eichenallee ab, ehe er den Einspänner wendete und wieder nach Süden fuhr. Linnet kehrte gerade rechtzeitig zurück, um Annie mit Jamies Abendmahlzeit behilflich zu sein und anschließend Mrs Woodkirk den erlaubten halbstündigen Besuch abzustatten.

Mrs Woodkirk, der soeben ein leichtes Essen aus Knochenbrühe und grünem Salat mit Hühnchen serviert wurde, saß gegen ihre Kissen gelehnt im Bett. Es ging ihr ausgezeichnet, versicherte sie. Doktor Hortons Diagnose habe die Hälfte ihrer Heilung ausgemacht. Sally hatte die Verbandsschleife um ihren Arm neu gebunden, und Mr Somerville persönlich war an ihr Krankenbett gekommen, um sich nach ihrem Befinden zu erkundigen und sicherzustellen, dass alles Notwendige für ihre Pflege getan würde. Mrs Somerville hatte sich nicht nach ihrer Tante erkundigt. Das könne man auch nicht erwarten, erklärte Mrs Woodkirk, schließlich habe sie einen ganzen Haushalt und ein kleines Kind zu versorgen. Als Nächstes musste Linnet ihren Tagesablauf berichten, jedes Feld musste sie beschreiben, an dem sie vorbeigekommen waren, jeden Menschen, den sie begrüßt hatte, mit Namen benennen.

Mrs Woodkirk war erfreut über die Güte und Aufmerksamkeit des Doktors für ihre Nichte, und sie war regelrecht entzückt, als Linnet erzählte, dass Mrs Horton sie praktisch eingeladen hatte, ihr Gast zu sein, wann immer sie wollte. „Das ist nämlich eine feine Dame", sagte sie zu ihrer Nichte. „Weit vornehmer als ihr Gatte. - Der Doktor mag ein großes Herz haben", fügte sie nachdenklich hinzu, „seine Gattin hat auf jeden Fall eine große Herkunft." Dann quälte sie wieder ihre Milz, und Linnet musste sich verabschieden. Den Rest des Abends verbrachte sie in Gesellschaft von Annie, der Amme, die eine kleine Kammer neben Jamies Zimmer bewohnte und phlegmatisch genug war, kein Wort der Verwunderung zu äußern, als

Mrs Enderby anklopfte und ihnen ein Abendessen servierte, das für drei gereicht hätte.

Mrs Enderby seufzte innerlich erleichtert, als sie Linnets guten Appetit sah. Es genügte, dass sie und zwei Hausdiener unfreiwillige Ohrenzeugen der unangenehmen Diskussion geworden waren, die Mr und Mrs Somerville ein paar Minuten früher geführt hatten. Die kleine Miss Carter sollte davon nicht belastet werden.

Die Diskussion war entbrannt, als Mr Somerville sich an seiner Dinnertafel niedergelassen und die Zahl der Gedecke gesehen hatte. „Wo speist unser Gast?", erkundigte er sich.

Mrs Somerville bekam wieder den Gesichtsausdruck, der nicht so recht zu ihrer eleganten weißen Erscheinung passen wollte. „Mrs Woodkirk darf das Bett nicht verlassen", erklärte sie. „Das hast du doch gehört."

„Ich meinte deine Cousine. Wenn sie ihre Tante nur eine halbe Stunde pro Tag sehen darf, wird sie nicht unbedingt mit ihr essen wollen."

Mrs Somervilles Gesichtsausdruck wurde noch unwilliger. „Du verlangst nicht ernsthaft, dass wir uns mit diesem ... diesem Kind an einen Tisch setzen?"

„Um Jamies Breichen zu teilen, ist sie zu alt", erwiderte er gleichmütig, wobei er überlegte, wie alt sie eigentlich war. Zwölf? Dreizehn? „Ich hoffe, du erwartest nicht von deiner Cousine, dass sie ihr Abendessen mit den Milchmägden in der Küche einnimmt?"

„Es ist mir vollkommen egal, wo sie ihr Abendessen einnimmt", erwiderte Mrs Somerville ungeduldig. „Hauptsache, sie tut es nicht in meinem Blickfeld." – und weil die Diskussion für sie damit erledigt war, klingelte sie energisch nach dem Diener, der auf der anderen Seite der Tür mit ebenso versteinerter Miene wie Mrs Enderby den Suppentopf balancierte.

Für Mr Somerville war die Diskussion nicht erledigt. Er stand auf, ging zum Büffet hinüber, starrte einen Augenblick lang nachdenklich auf die silbernen Kerzenleuchter, und gerade als der Diener mit dem Suppentopf hereinkam, erklärte er: „Wie kannst du deiner Cousine Unwissenheit und Ungeschicklichkeit vorwerfen, wenn du ihr nicht die geringste Möglichkeit gibst, diese abzulegen?"

Das war zu viel für seine Gemahlin. „Tom Somerville", seufzte sie, „der edle Retter von falschen Witwen und kümmerlichen Waisen."

Mrs Enderby hatte den Diener mitsamt dem Suppentopf am Kragen seiner Livree zurück in den Flur gezerrt und war in das Esszimmer getreten. „Madam", wandte sie sich mit einem knappen Knicks an ihre Arbeitgeberin, „ich wollte Ihnen nur mitteilen, dass Miss Carter gerade bei Mrs Woodkirk ist und den Wunsch geäußert hat, ihr Abendessen mit Annie bei Master Jamie einzunehmen."

„Na also", wandte sich Mrs Somerville zufrieden an ihren Gatten. „Sie sieht selbst ein, wo ihr Platz ist."

Mr Somerville hätte gerne eingewandt, dass sie ihrer Cousine noch am Morgen verboten hatte, sich Jamie auch nur auf zwei Schritte zu nähern. Er unterließ es, des lieben Friedens und des guten Essens wegen, und weil er, wie er sich lächelnd eingestand, glaubte, den Grund für die neuerliche Reizbarkeit seiner Gattin zu kennen.

# VI

*L*innet nahm auch alle weiteren Mahlzeiten in Gesellschaft von Jamies Amme ein. Es erschien ihr weder seltsam noch ungehörig. Es war ein Arrangement, das allen Seiten zusagte – es ersparte Mrs Somerville ihren Anblick, verschaffte der freundlichen Annie Gesellschaft und ihr reichlich Gelegenheit, sich mit dem Kleinkind zu beschäftigen, das sie jeden Morgen und jeden Abend mit begeistertem Quietschen begrüßte.

Die Tage dazwischen füllten sich von selbst. Manchmal lief sie dem Doktor auf der Eichenallee entgegen, manchmal holte er sie von Jamies Wiege. Kein Tag verging jedoch, an dem sie nicht neben ihm auf dem Einspänner saß und abwechselnd die Natur Kents und die Krankheiten seiner Einwohner kennenlernte. Mittags, wenn die Zeit es gestattete, kehrten sie ins Monks Cottage zurück, wo sie eine erfrischende Mahlzeit erwartete und der Doktor mit seiner Pfeife dösend in der Sonne saß, während Mrs Horton Linnet am Arm nahm und mit ihr durch den Garten spazierte.

Der Garten von Monks Cottage war für Linnet eine Welt der Wunder. Mr Somervilles Garten war, der Schönheit seines Anwesens zum Trotz, nicht existent. Es gab die Eichenallee, das runde Blumenbukett auf dem Vorplatz, die Blumenkübel und die Rose, die sich um den Eingang herumrankte, doch auf der anderen Seite des Hauses befand sich nichts weiter als eine Terrasse, die direkt in die Wildnis zu führen schien. Das war nicht immer so gewesen. Wenn man in Jamies Zimmer an dem Fenster zur Gartenseite stand, konnte man auch mit ungeübtem Auge erkennen, dass die Wildwiese zu Füßen der Terrasse vor langer Zeit ein gepflegter Rasen gewesen war, dass die überbordenden Hecken an ihrem Rand früher durchaus die Bekanntschaft einer Heckenschere gemacht hatten, und dass der Waldsaum, der das Grundstück einschloss, einige für einen südenglischen Mischwald recht eigenartige Exemplare anbot. Niemand konnte ihr über diese fragwürdige Vernachlässigung Auskunft geben. Annie zuckte die Achseln und meinte, das sei schon immer so gewesen. Josiah Henry tat, als habe er die Frage nicht verstanden, obwohl Linnet sie ihm durch sein Hörrohr zurief. Selbst Doktor Horton, der jede einzelne Frage mit einem engagierten Vortrag zu beantworten pflegte, erklärte, es sei Mr Somervilles Sache, was er mit seinem Garten machte. Nicht jeder sei ein Gartenfreund wie seine exzellente Mrs Horton. Wenn Linnet am Nachmittag am Arm von Mrs Horton durch den Garten vom Monks Cottage spazierte, um das Meer von Kornblumen an der Sonnenuhr zu bewundern oder den Fortschritt des Kürbiswachstums auf dem Komposthaufen zu prüfen, plauderten sie über alles Mögliche, nicht aber über Mr Somerville und erst recht nicht über seinen Garten.

Mrs Hortons Absichten waren schlicht: Linnet den Schliff zu erteilen, den Mrs Somerville an ihr vermisste. Sie trug dieses Ansinnen nicht in die Welt heraus. Sie teilte es Linnet nie mit. Sie vertraute auf die Wirkung eines guten Vorbildes, und wie ihr Gatte erfreute sie sich an der Gesellschaft und Dankbarkeit eines jungen Mädchens, das jedes Körnchen Wissen und Bildung wie ein Schwamm aufsog und über all dem nie seine Natürlichkeit verlor.

Am Ende von Mrs Woodkirks erster Krankenwoche assistierte Linnet dem Doktor bei einem zweiten Aderlass. Doktor Horton erklärte, er wolle es Mrs Woodkirks eigenem Urteil überlassen, ob sie sich kräftig genug fühlte, in die Welt und die Gesellschaft zurückzukehren, oder ob sie eine weitere Woche unter Marys Pflege (die erschöpfte Sally hatte ausgetauscht werden müssen) bei guter Diätkost rekonvaleszieren wolle. Die Entscheidung war nicht leicht und kostete Mrs Woodkirk zweieinhalb Tage. Am Nachmittag des dritten verspätete sich ihr Teegedeck. Auf Nachfragen stellte sich heraus, dass Mrs Enderby und der Koch durch eine verzögerte Gemüselieferung aus dem Takt gebracht worden waren. Die Gemüselieferung war wichtig, weil Mr und Mrs Somerville am Abend ein kleines Essen geben wollten, ein Dinner unter Nachbarn, die zugleich Freunde waren – Doktor Horton und seine Gattin, der Reverend, eine Miss Carey und ihre verwitwete Schwester ... Mrs Woodkirk erklärte sich für gesund und setzte sich ebenfalls auf die Gästeliste.

Linnet verbrachte den Abend wie immer bei Annie. Nachdem Jamie eingeschlafen war, hockten sie sich oben auf die Treppe, schnupperten nach Bratenduft und Pfeifengeruch und fingen Gesprächsfetzen auf: „Mein qualitativ mangelhaftes Blut", war Mrs Woodkirk mehrfach zu vernehmen. „Rein medizinisch gesehen, natürlich." Und der Doktor: „Eine Fehlfunktion der Milz ist nicht auf die leichte Schulter zu nehmen."

„Wie lange werden Sie in Westindien bleiben?", erkundigte sich der Reverend bei Mr Somerville, wohl um von dem bei einem Essen etwas delikaten Thema abzulenken. Miss Careys Schwester, die ihren Gatten erst vor kurzem an einer plötzlichen und ungeklärten Krankheit verloren hatte, schien medizinischen Rätselfragen allerdings sehr geneigt. Sie erkundigte sich ausgiebig nach Mrs Woodkirks Symptomen, um wiederholt festzustellen, dass ihr Gatte an dem gleichen Herzfliegen, dem gleichen empfindlichen Magen gelitten habe und mithin wohl an der gleichen Fehlfunktion verschieden sei. Dies schien Doktor Horton allerdings zu weit zu gehen. Genauso plump wie der

Reverend, jedoch mit deutlich mehr Erfolg, versuchte er abzulenken: „Meine liebe Mrs Woodkirk, ich muss insistieren, verausgaben Sie sich heute nicht, sonst sehe ich Sie am Ballabend wieder im Krankenbett."

Mrs Woodkirks Besteck blieb in der Luft hängen. Neun Tage Krankenlager hatten sie nicht auf den neuesten Stand der Ereignisse gebracht. „Ball?", wiederholte sie. „Mir hat niemand von einem Ball erzählt."

„Wir geben jedes Jahr einen Sommerball", ließ sich Mrs Somerville mit eisiger Stimme vernehmen.

„Dieses Jahr wird er wegen meiner Reise vorgezogen", erläuterte Mr Somerville.

„Mit Verlaub, Miss Linnet", kicherte Annie oben auf der Treppe. „Ein wenig seltsam ist sie schon, Ihre Tante."

„Sie ist auch Mrs Somervilles Tante", murmelte Linnet, und das war einer der Augenblicke, in denen sie sich wünschte, sie wäre nie in Mr Somervilles Haus gekommen.

Diese Augenblicke waren jedoch selten. Sie hatte befürchtet, dass die Tage der Fahrten auf Doktor Hortons Einspänner und der Spaziergänge im Garten von Monks Cottage nach Mrs Woodkirks Genesung vorbei wären, doch sie irrte sich. Doktor Horton klärte Mrs Woodkirk wortreich über die Vorteile auf, die sie bei ihren zukünftigen Krankheiten haben würde, wenn sie Linnet jetzt gestattete, ihre medizinischen Kenntnisse zu vervollständigen. „Natürlich wird niemand in zwei Wochen zum Arzt", sagte der Doktor. „Eine exzellente Pflegerin, die wird sie aber auf jeden Fall." Also durfte sie ihren Tagesablauf beibehalten. Am Ende der zweiten Woche, als Linnet nicht nur gelernt hatte, Fremden mit einem freundlichen Gruß ins Gesicht zu schauen, sondern auch, dass ein Landarzt sich zuweilen mit einem Huhn oder einem Salatkopf als Bezahlung zufriedengeben musste, lenkte er seinen Einspänner von Norden kommend nicht über die kleine Brücke am Bach, sondern weiter auf den Wald zu. „Wohin fahren wir?", fragte sie.

„Nach Whithersden House", verkündete der Doktor ohne sie anzuschauen. Dieses war ein Experiment, über dessen Ausgang er sich noch nicht im Klaren war. „Sir Fredericks Beine bereiten ihm Höllenqualen. Allerdings bin sogar ich mit Schmerzen überfordert, die sich in einem Körperteil befinden, den er nicht mehr hat."

Schlagartig verdunkelte sich der Himmel, verstummte der Vogelgesang. Linnet schien etwas sagen zu wollen, öffnete halb den Mund, presste dann die Lippen aufeinander und verschloss sich wie eine Muschel. Sie wollte dort nicht hin. Um keinen Preis wollte sie in das Haus des unheimlichen alten Mannes, der keine Beine mehr hatte und deshalb mit einer Schrotflinte auf die anderer Leute schoss. Sie blieb jedoch stumm, und der Doktor, der sie erwartungsvoll angeschaut hatte, seufzte innerlich und trieb seinen Einspänner eiliger auf den dunklen Waldsaum zu. Es würde noch ein weiter Weg sein.

Whithersden House ragte grau zwischen Tannenwipfeln hervor, ein prunkvolles, burgähnliches Gebäude, gegen das sich Mr Somervilles Haus wie eine gemütliche Sommervilla ausnahm. „Sir Frederick kann seine Vorfahren bis zu Wilhelm dem Eroberer verfolgen", informierte der Doktor seine verstummte Begleiterin. „Um genau zu sein: bis in die Zeit vor Wilhelm dem Eroberer. – Es gilt sich allerdings bewusst zu machen, dass wir alle Ahnen aus der Zeit vor Wilhelm dem Eroberer haben – sogar aus der Zeit vor Alfred dem Großen. Wir können ihnen gemeinhin nur keine Namen geben. Aber wer will uns jetzt noch beweisen, dass Sie und ich nicht über Wulfstane den Schmied miteinander verwandt wären?"

Doch selbst die leichteste Plauderei konnte Linnet nicht von dem ablenken, was vor ihr lag. Der Einspänner rollte über einen ausgetrockneten Burggraben einen dunklen Torweg hoch und kam auf dem schattigen Innenhof zum Stehen. Ein Diener lief herbei, um dem Doktor vom Bock zu helfen, während sich ein Knecht des Pferdes annahm. „Vielen Dank, Hodges. Wie befindet sich Sir Frederick?" Der Diener, der von Natur aus eine bekümmerte Miene zu haben schien, senkte die Stimme. „Nicht wohl, Sir. Die Köchin hat gekündigt, und er weigert sich, ihr ein Zeugnis ausstellen zu lassen."

„Jeder, der Sir Frederick kennt, wird die arme Dame ohne Zeugnis einstellen. Ah, Hodges, das ist Mr Somervilles Sommergast, Miss Carter, die mir die immense Freude bereitet, mich auf meinen Krankenbesuchen zu begleiten. Kommen Sie, Miss Carter." Er hielt ihr die Hand entgegen, und sie schlug die letzte Gelegenheit aus, Sir Fredericks Haus nicht betreten zu müssen. Als die große, schwere Eichentür hinter ihr zufiel, hatte sie das Gefühl, einen überdimensionalen Sarg betreten zu haben. Die Halle war zunächst zu dunkel, um irgendetwas zu erkennen. Als ihre Augen sich an die Dunkelheit gewöhnt hatten, stellte sie fest, dass es gar nicht viel zu erkennen gab. Zwei uralte Ritterrüstungen komplett mit Schild und Schwert hielten neben der Treppe grimmig Wache. Ansonsten war die Halle kahl und schmucklos. Im Treppenaufgang hingen die düsteren, staubigen Portraits strenger Soldatengesichter. Linnet verglich diese Bilder mit denen, die Mr Somervilles Haus schmückten: Dort gab es keine Soldaten. Keine Offiziere, sondern tätige Männer vor der Kulisse Londons oder Jamaicas, Männer, die sich nicht schämten, mit der Quelle ihres Wohlstandes abgebildet zu werden. Schöne Frauen in Gärten oder Bibliotheken, den Blick unbekümmert, gerade und interessiert auf den Betrachter gerichtet.

„Kriegshelden", erklärte der Doktor. „Sir Fredericks Urgroßvater, General in den Truppen gegen Oliver Cromwell. Ah, hier haben wir den irischen Hemsby - berühmt, um nicht zu sagen berüchtigt für seinen Anteil an der Befriedung Irlands unter Königin Elisabeth ... Dieser Hemsby fiel den Franzosen in die Hände, eine grauenhafte Geschichte, sie hielten ihn für einen Spion, und Spione richtet man immer möglichst unzivilisiert hin ... ah, mein lieber Sir Frederick. Wie geht es Ihnen heute Abend?"

„Schlecht", kam die Antwort aus einer finsteren Ecke des Raumes, in den der Diener Hodges sie geführt hatte. Der Raum schien gleichzeitig Bibliothek, Arbeitszimmer, Salon und Schlafzimmer zu sein, die missgelaunte Stimme kam aus einer Ecke in der Nähe der Fenster, deren Vorhänge zugezogen waren. Die Luft war unerträglich, es roch nach Essensresten, nach schlechtem Atem, nach Schweiß, nach Medizin und Salben – nach Alter und Krankheit. Linnets erster Impuls war, die Vorhänge aufzureißen und die Fenster zu öffnen.

„Was haben Sie da mitgebracht?", erkundigte sich die missgelaunte Stimme.

„Eine junge Freundin, die mir zur Hand geht. Mrs Somervilles Cousine und Sommergast, Miss Linnet Carter. Miss Carter, ich habe das Vergnügen, Sie mit Sir Frederick Hemsby von Whithersden House bekannt zu machen."

Sir Frederick thronte in einen abgetragenen roten Uniformmantel gewickelt zwischen Laken und Kissen auf einem Zwischending aus Sofa und Bett und starrte ihnen misstrauisch entgegen. Sein abweisender Gesichtsausdruck, die strengen kleinen Augen, die im Vergleich riesige Nase und der verkniffene Mund hätten normalerweise schon ausgereicht, um Linnet Angst und Bange werden zu lassen.

Wirklich furchtbar war jedoch nicht sein Gesicht, seine zerfranste Militärperücke oder die Schrotflinte, die neben seinem Lager lehnte, sondern die Stelle zwischen den Kissen und Laken und den Schößen des Uniformmantels, an der seine Beine aufhörten zu sein. Linnet wollte dort nicht hinschauen. Trotzdem tat sie es ganz von allein.

„Sind Sie Schottin?", fragte Sir Frederick. Sie erinnerte sich an die Kanone, die ihm in Schottland die Beine abgerissen hatte, und schüttelte schnell den Kopf.

„Umso besser. Ich erschieße jeden Schotten auf der Stelle. Sie sind eine wilde, unzivilisierte Rasse. In welchem Regiment hat Ihr Vater gedient?" Sie schaute hilfesuchend zu Doktor Horton, der konzentriert Instrumente aus seiner Arzttasche nahm.

„Sind Sie schwerhörig?"

„Mein ... mein Vater ist tot."

„Ah, tot. Tot, mein Fräulein, das wäre ich auch gerne. Welches Regiment?"

Doktor Horton erlöste sie. „Mr Carter hat nicht Mars, sondern der Muse gedient, Sir Frederick. Er war im Gartenbau tätig."

„Soso, Gartenbau." Die strengen kleinen Augen blitzten, als sie zu Linnet zurückwanderten. „Und das ist Mrs Somervilles Cousine?"

„In der Tat. So, Sir Frederick. Dieses schickt Ihnen der Apotheker gegen die Schmerzen ..."

„Wie alt ist sie?"

„Wie alt sind Sie, Miss Carter?", gab der Doktor die Frage weiter.

„Vierzehn, Sir."

„... und die Salbe ist für Ihre Beine ..."

„Das kann nicht angehen. Ihr Vater ist seit einundzwanzig Jahren tot. Ich habe ihn beerdigt."

„... und ein Schlafmittel habe ich auch dabei. Miss Carter, Sie haben Ihre Tante zur Ader gelassen und Master Tennant den verbrannten Arm versorgt, nun können Sie Sir Frederick den Beinverband wechseln. – Wen haben Sie beerdigt, Sir?"

„Ihren Vater." Er starrte Linnet mit plötzlichem Erkennen an. „Und er war Schotte!" Er hatte die Schrotflinte in der Hand, ehe Linnet an der Tür war. Hodges und der Doktor entwanden sie ihm, während sie die Flucht ergriff.

Der Doktor fand sie unten an der Brücke über den Burggraben, wo sie verzweifelt versuchte, sich die Nase zu putzen und nicht erneut in Tränen auszubrechen.

„Er ist ein verbitterter alter Mann. Nehmen Sie es sich nicht zu Herzen."

Linnet starrte den Doktor an – ihren, wie sie bisher gemeint hatte, besten Freund an diesem Ort. „Er wollte mich erschießen!"

„Er hat Sie mit jemandem verwechselt, obwohl ich bei Gott nicht sagen könnte, mit wem. Aus ärztlicher Sicht muss ich zugeben, dass das Beispiel eines körperlichen Schmerzes, der so stark ist, dass er den Geist beeinträchtigt, äußerst interessant ist. Nicht minder interessant als der Ihrer Tante ... ach, mein liebes Kind, nun hören Sie aber auf zu weinen."

Doch die Erinnerung an den düsteren Raum mit dem grauenhaft verkrüppelten Mann, die wirren, unverständlichen Worte, die auf sie gerichtete Schrotflinte - diese Bilder ließen sich nicht durch ein paar nette Worte beiseiteschieben. Linnet wusste, dass sie sie heute Nacht in ihre Träume verfolgen würden. „Ich wünschte, ich wäre nie hierhergekommen!", platzte es aus ihr heraus.

Der Doktor sah sie erstaunt an. „Meine Liebe, es hat Sie niemand gezwungen. Ein Wort von Ihrer Seite, und ich hätte Sie oben an der Weggabelung abgesetzt. Es liegt keinesfalls in meinem Interesse, braven jungen Mädchen die Ferien zu verderben, indem ich sie der Gesellschaft ungehobelter alter Männer aussetze. Ich bin allerdings Arzt, kein Hellseher, und wenn Sie etwas nicht möchten, müssen Sie es mir sagen."

Jetzt war es an Linnet, den Doktor sprachlos anzustarren.

„Was ich damit meine", fuhr er sanfter fort, wobei er ihr ernst in die Augen schaute: „Sie müssen lernen, Ihre Wünsche laut zu äußern, Linnet. Wenn Sie nicht sprechen, wird man Sie immer wieder verletzen, ohne es zu wollen und zu merken." Er holte er seinen Einspänner und überließ es ihr, über diese Lektion nachzudenken, bis sie zu Mr Somervilles Haus zurückgekehrt waren.

# VII

$\mathcal{M}$rs Woodkirks Genesung stellte eine harte Prüfung für Mrs Somerville dar. Mrs Somerville schätzte ein ruhiges und geregeltes Dasein. Sie verbrachte viele Stunden lesend auf ihrer Chaiselongue oder schreibend an ihrem Sekretär, hatte feste Zeiten, zu denen sie sich ihren Sohn bringen ließ, und verabscheute es, wenn das Dinner unpünktlich auf den Tisch kam. Jede Form von Lärm und Unordnung war ihr zuwider. Die Anforderungen, die die Ballvorbereitungen und eine egozentrische Tante an sie stellten, waren so umfangreich, dass sie sich zwei Tage lang mit einer Migräne zu Bett legte. Mrs Woodkirk hingegen war in ihrem Element. Doktor Horton hatte sie kuriert, und sie war bereit, bis ans Ende aller Tage sein Loblied zu singen - oder zumindest jedermann zu berichten, wie er sie, die mit anderthalb Füßen im Totenreich gestanden hatte, mit seiner messerscharfen Diagnose und einem Aderlass rettete.

Die Aussicht auf einen Ball in Mr Somervilles House hatte ihre Heilung zusätzlich beschleunig. Im Gegensatz zu ihrer Nichte konnte sie sich gar nicht genug in die Vorbereitungen mischen. Kein Tag verging, an dem sie nicht Mrs Enderby und der Köchin neue Vorschläge für ein auch empfindlichen Mägen bekömmliches Ballmenü machte oder Mr Somerville am Ärmel zupfte, um ihn zu überzeugen, statt der Musiker aus Canterbury lieber ein ganzes Orchester aus London zu bestellen. Anders als Mrs Somerville verpönte Mrs Woodkirk es nicht, mit den Hausangestellten zu plaudern. Sie erging sich in langen Erinnerungen an die eleganten Feste, die Mr Woodkirk seinerzeit gegeben hatte. Mrs Woodkirks einziger Wermutstropfen war ihr Ballkleid, denn sie besaß keines, und ganz gleich, wie oft sie diese Tatsache wiederholte, Mrs Somerville war weder bereit, ihr eines zu kaufen, noch ihr eines zu leihen.

Eine Woche vor dem Ball fand Linnet sich wieder in dem Einspänner an der Seite des Doktors auf dem Flussweg, der auf den Waldsaum zuführte, hinter dem sich Whithersden House verbarg. Eine Minute lang gestattete sie der Erinnerung an Sir Frederick Hemsby, sie zu gruseln, dann fragte sie: „Fahren wir nach Whithersden?"

„In der Tat, das tun wir."

„Ich möchte dort nicht hin."

Doktor Horton zügelte sein Pferd. „Sie möchten dort nicht hin, Linnet?"

„Nein, um keinen Preis der Welt."

„Dann bleibt Ihnen nichts anderes übrig, als alleine durch den Wald nach Hause zu gehen. Es ist Mr Somervilles Wald, da gibt es keine Wegelagerer. Wo ist Westen?"

„Da, wo die Bäume bemoost sind", erwiderte sie, ganz seine gelehrige Schülerin.

„Und wo liegt Mr Somervilles Haus von hier aus?" Linnet deutete nach Nordnordost. „Sehr richtig. Wenn es Ihnen nichts ausmacht, alleine Mr Wells Rinderweide zu überqueren, werde ich Sie nicht aufhalten. Am Waldrand halten Sie sich links, bis Sie den Bach erreichen. Der Bach speist den See auf Mr Somervilles Grundstück. Folgen Sie dem Bach bis zum See und gehen Sie dann nach Norden. Sie kommen geradewegs auf Mr Somervilles Terrasse heraus."

Linnet nickte mit glühenden Wangen. Ein solches Abenteuer hatte sie noch nie gewagt. Obwohl sie die Umgebung mittlerweile so gut kannte wie Mrs Woodkirk ihre Krankheiten, war es etwas Neues, sich hier alleine zu bewegen. Mrs Woodkirk und auch Mrs Somerville hätte es nicht gutgeheißen. „Und Linnet", sagte der Doktor, während sie von dem Einspänner kletterte, „das bleibt ein kleines Geheimnis zwischen uns. Ich fürchte ernsthaft um Mrs Woodkirks Gesundheit, sollte sie erfahren, dass ich Sie alleine durch die wilden Wälder Kents spazieren lasse."

„Versprochen", nickte Linnet.

„Noch eine Sache, mein Fräulein." Sie war bereits wenig damenhaft über das Gatter auf Mr Wells Rinderweide geklettert, als der Doktor seinen Einspänner nochmals anhielt und sich zu ihr hinunter beugte. „Ich bin sehr stolz auf Sie. Sie sind meine beste Schülerin, Miss Carter."

Linnet hatte wenig Erfahrung mit Rindern außerhalb von Kochtöpfen. Mr Wells' Exemplare, aus der Nähe betrachtet, flößten schon wegen ihrer Masse Respekt ein. Sie machten jedoch keine Anstalten, diese Massen zu bewegen, als Linnet ihren Esstisch überquerte. Aus trägen großen Kulleraugen schauten sie sie an, bewegten den Kopf, um lästige Fliegen zu verjagen, und grasten weiter. Linnet stellte fest, dass sie vor den Rindern viel weniger Angst hatte als vor Sir Frederick Hemsby.

Am Waldsaum wandte sie sich nach links und stieß nach einigen Schritten auf den Bach. Sie folgte seinem Lauf nach Osten. Es war angenehm, nach dem ganzen Tag in dem Staub und der Hitze der Sandwege in den kühlen Schatten der Bäume einzukehren, den Stimmen des Waldes zu lauschen und Hände und Gesicht mit dem klaren Wasser des Baches zu benetzen. Linnet schob ihre Ärmel bis zu den Ellenbogen hinauf, ihre Hände waren braungebrannt wie die einer Bäuerin, und obwohl Mrs Horton ihr einen breitkrempigen Strohhut mit Netz geschenkt hatte, sammelten sich auf ihrer Nase die Sommersprossen. Am

Vorabend hatten Mrs Woodkirk und Mrs Somerville in einem seltenen Anfall von Einigkeit ihr Entsetzen über diese Form von Verrohung geäußert. Sie waren jedoch von Doktor und Mrs Horton und von Mr Somerville überstimmt worden, die übereinstimmend erklärten, dass Miss Carter erheblich gesünder aussähe als bei ihrer Ankunft vor drei Wochen.

Linnet lächelte ihrem verschwommenen Spiegelbild im seichten Bachwasser zufrieden zu. Sie sah nicht nur gesünder aus, sie fühlte sich auch gesünder. Und sie war glücklich. Das war die wichtigste Entdeckung ihrer Ferien: Die Fähigkeit, glücklich zu sein. Sie war glücklich, wenn sie Jamie morgens aus seiner Wiege hob, um ihn mit seinem Frühstück zu füttern. Sie war glücklich, wenn Josiah Henry ihr eine Gießkanne in die Hand drückte, um die Stockrosen am Haus zu wässern. Sie war glücklich, wenn der Doktor die Eichenallee entlang gefahren kam und sie einlud, neben ihm im Einspänner Platz zu nehmen. Sie war glücklich, wenn sie Mrs Wells mit Rheumasalbe einrieb und wenn Mrs Horton sich bei ihr einhakte, um ihr die Fortschritte ihrer Kürbisse zu zeigen und französische Vokabeln beizubringen. Sie war glücklich, wenn abends Dinnergäste ins Haus kamen und sie gebeten wurde, Jamie nach unten zu tragen, damit Mr Somerville seinen Gästen seinen ausgezeichneten Sohn präsentieren konnte. Sie hatte in drei Wochen so viele Formen von Glück kennengelernt, dass es ihr ein Rätsel war, wie sie bei ihrer Rückkehr nach London auch nur vierundzwanzig Stunden ohne eine einzige von ihnen auskommen sollte.

Solcherart waren ihre Gedanken, während sie dem Bachlauf nach Osten folgte. Ein neues Glück gesellte sich dazu: das Glück der Freiheit, des Alleinseins, des Unbeobachtetseins. Unvermittelt, ein wenig ungeschickt und auf jeden Fall undamenhaft hüpfte sie über den Bach,

68

hüpfte zurück, landete weich im Farnkraut und wollte sich ausschütten vor Lachen über sich selbst. Aus dem Baum über ihr flatterte ein Vogel auf, sein plötzlicher Flügelschlag ließ sie kurz erschauern, dann musste sie wieder lachen: Jeder Vogel war besser als Sir Frederick Hemsby. Wenn man alles Furchterregende auf einer Skala maß, auf der Sir Frederick das Maximum war, verloren im Vergleich die meisten Dinge ihren Schrecken, überlegte sie. Nur Wegelagerer und Wilderer waren schrecklicher. Wegelagerer und Wilderer so dicht am Haus und am Dorf und in Mr Somervilles eigenem Wald waren allerdings auszuschließen.

Die Bäume lichteten sich auf einer offenen Waldwiese. Linnet blieb unvermittelt stehen. Am südlichen Rand dieser Wiese stand etwas, das dort nicht hingehörte - etwas, das Doktor Horton zumindest nicht erwähnt hatte: ein dreistöckiger weißer Turm mit einem schwarzen Schindeldach, an dessen Mauern sich wilde Rosen rankten. Der Turm sah aus wie die Kulisse zu einem Märchenspiel. Hätte sich eines der oberen Fenster geöffnet und eine um Rettung flehende Prinzessin gezeigt, wäre das kein Grund zum Erstaunen gewesen. Linnet trat ein paar Schritte näher. Schmetterlinge und Bienen summten um sie herum in dem hüfthohen Gras, eine Libelle schwirrte durch den Sonnenschein. Vielleicht bin ich dem falschen Bach gefolgt, überlegte sie. Die unteren Fensterscheiben waren blind vor Staub, sie konnte nichts erkennen. Die wilden Rosen – rosa waren ihre Blüten - dufteten sinnesbetäubend. Ich muss Josiah Henry hierher bringen, dachte Linnet. Der alte Gärtner liebte Rosen. Sie ging um den Turm herum und fand eine Tür, die in rostigen Angeln steckte. Vorsichtig drückte sie die Klinke herunter. Die Tür bewegte sich nicht. Fast erleichtert ließ sie sie los. Hier vor dem Eingang stand das Gras weniger hoch, und wenn man genau hinschaute, entdeckte man einen Trampelpfad, der die Wiese teilte.

Linnet trat ein paar Schritte zurück, ohne den Turm aus den Augen zu lassen. Wie ein Leuchtturm stand er da, ein verzauberter Wächter über die Wiese und Mr Somervilles Wald. Sie folgte dem Trampelpfad, wandte sich jedoch alle paar Schritte um, ob der der Turm noch da war. Beleidigtes Quaken erscholl neben ihr, um ein Haar wäre sie blind in den kleinen See gelaufen, bei dem der Pfad mündete. Eine Entenfamilie watschelte direkt vor ihr in das grüngesprenkelte Wasser. Gegenüber, am anderen Ufer, leuchtete eine tiefgrüne Wand. Linnet blinzelte und stellte fest, dass es sich um einen Wall aus Rhododendren handelte. Rhododendren wuchsen nicht von alleine, nicht hier, irgendein Magier musste sie an diesem verzauberten Ort gepflanzt haben.

Eine Weile beobachtete sie die über den See ziehende Entenfamilie, ehe sie sich nach rechts wandte, um den See zu umrunden. Eine tief ins Wasser hängende Trauerweide versperrte ihr den Weg. Hinter der Trauerweide zog sich eine schmale Landzunge wie eine Luftblase in den See. Dichtes Riedgras stand hier am Ufer, auf der Landzunge hatte sich eine Rose ausgewildert und ließ tiefrote Blüten zwischen Seerosen treiben. Linnet wandte den Kopf – und schaute direkt in das verwitterte Gesicht einer Steinbüste. Die Büste befand sich auf einer Stele, ein weibliches Gesicht mit starrer Miene, irgendeine Göttin oder Heldin der griechischen Mythologie, vermutete sie, obwohl sie davon rein gar nichts verstand. Der kleine Platz vor der Büste war merkwürdig leer, nichts als Gras an einem Ort, an dem überall Pflanzen sprießten, und auf der bemoosten Stele war eine Inschrift sichtbar. Sie tastete, um die Buchstaben besser zu erkennen, dann wandte sie sich um, weil sie plötzlich überzeugt war, dass man den Turm sah, wenn man dem Blick des steinernen Kopfes folgte.

Sie sah allerdings keinen Turm, sondern ihren Gastgeber. Mr Somerville stand zwei Schritte von ihr entfernt und schaute mit unbeweglicher Miene auf sie herunter. „Die Inschrift ist lateinisch", sagte er. „Anima mea. Meine Seele, oder: mein Leben, je nachdem, wie man es definieren möchte. Es ist eine Grabinschrift. Der Mann, der unter dem Stein liegt, war das Leben der Frau, die die Büste darstellt."

„Oh", machte Linnet.

„Wie bist du hierhergekommen?" Er schien nicht so verärgert zu sein, wie sie am Anfang befürchtet hatte.

„Doktor Horton ... ich habe ... ich wollte ... ich wollte nicht mit nach Whithersden House. Also hat Doktor Horton mich auf Mr Wells Weide abgesetzt. Er sagte, wenn ich durch den Wald nach Norden gehe, würde ich nach Hause kommen. Ich wollte nicht spionieren."

„Spionieren?" Mr Somerville schaute sie verwundert durch seine runden Brillengläser an, dann warf er den Kopf in den Nacken und lachte. „Guter Gott, du spionierst doch nicht. Du bist zu Gast und kannst dich hier so frei bewegen, wie du möchtest. Ich bin es nur nicht gewohnt, hier auf andere Menschen zu treffen. Mrs Somerville geht ungern spazieren, Sir Frederick kann nicht, und die meisten Leute aus der Gegend machen einen großen Bogen um den Wald."

„Warum?", fragte Linnet.

„Sie glauben, dass es hier spukt."

„Spukt!" Wenn es irgendwo spukte, dann eine Meile weiter südlich, in Sir Fredericks Gespensterburg. Hier jedoch ... am helllichten Tage ... „Hier kann es gar nicht spuken", entschied Linnet. „Hier tanzen vielleicht gute

Feen und entführte Prinzessinnen und verzauberte Prinzen herum, aber sicher keine Gespenster."

„Du bist noch nie nachts hier gewesen", meinte Mr Somerville und lächelte gegen seinen Willen. Nein, er selbst war noch nie auf den Gedanken gekommen, dass dieser Ort für den unvoreingenommenen Betrachter einer Märcheninsel gleichen musste. Er warf einen traurigen Blick auf das steinerne Frauengesicht und beschloss, das Thema zu wechseln. „Deine letzte Ferienwoche", stellte er im Konversationston fest. „Freust du dich auf London?"

„Nein", erwiderte Linnet fast beleidigt. Ach, dachte er mit einem innerlichen Seufzer, Aurelias schlimmste Befürchtungen werden war: Das Kind hat sich an das vornehme Leben gewöhnt. „Du kannst nicht hierbleiben, weißt du", erklärte er. „Ich reise in drei Wochen nach Westindien, und Mrs Somerville trifft sich mit ihren Eltern in Bath."

„Das habe ich nicht gemeint", sagte Linnet, peinlich berührt, dass offensichtlich der Eindruck erweckt worden war, sie wolle sich aufdrängen. „Wenn Sie an meiner Stelle die Wahl hätten zwischen London und hier, würden Sie auch hier bleiben wollen."

„Das ist so eine Eigenart vom Leben, dass man sich nicht alles aussuchen kann. Ich möchte auch nicht nach Jamaica reisen, obwohl es ein gutes Dutzend Leute gibt, die mir diese Reise neiden, und ich habe in dieser Sache keinen freien Willen, ich muss nach Jamaica."

Linnet, die sich sofort zu dem guten Dutzend Neidern gezählt hatte, schaute ihn verwundert an. „Ich würde sehr gerne nach Jamaica reisen."

„Gebe Gott, dass du dort meine Geschäfte abwickeln könntest", lachte Mr Somerville. Dann wurde er wieder ernst. „Nein. Es ist kein schöner Ort. Die weißen Strände, die Palmen und die exotischen Muscheln, die man auf den

Bildern sieht, lügen. Die Kulisse lockt einen an, aber in Wirklichkeit ist es ein schwüler Ort, der Krankheiten ausbrütet, viele gute, unschuldige Menschen tötet und andere auf teuflische Weise erniedrigt. An jedem Farthing, den man dort verdient, klebt Blut. – Nein", wiederholte er, „wenn ich könnte, würde ich hier bleiben. Wie du habe ich keine Wahl."

Es war ein eigenartiger Trost, doch es war einer. Linnet schloss kurz die Augen, um diesen wunderbaren Augenblick – den kleinen See, das traurige Frauengesicht an einem geheimnisvollen Grab, den rosenumrankten Turm, Mr Somervilles Worte – in ihrem Gedächtnis einzuschließen und bei Gelegenheit in London hervorzukramen.

Mr Somerville hatte sich abgewandt und war an das Seeufer zurückgekehrt, wo die Entenfamilie, ein zweites Mal gestört, beleidigt zurück ins Wasser watschelte. Linnet folgte ihm wunderbar leichten Herzens. „Ich glaube, nicht einmal Josiah Henry weiß von der Existenz dieser Wiese, und dabei kennt er jeden Baum rund um das Haus. Man sollte hier ein Picknick machen oder ein Gartenfest. Eines Tages könnte Jamie in dem See baden, und -" Sie brach ab, als sie die Veränderung in Mr Somervilles Miene sah. Schmerz hatte das kurze Aufflackern von Wut und Erstaunen abgelöst, und er sprach mehr zu der Entenfamilie als zu Linnet: „Josiah Henry kennt diese Wiese, und er hat die Anordnung, hier nichts anzurühren. Im Übrigen gehört er zu denen, die lieber einen Bogen um den Turm machen, weil sie glauben, dass es hier spukt. Meine Schwester und ich sind in dem See geschwommen, als wir klein waren, und unsere Mutter hat hier Picknicks veranstaltet. Die Steinbüste trägt ihr Gesicht."

Mr Somerville lehnte sich an den knorrigen Stamm der Trauerweide. Es war richtig zu sagen, dass es hier unmöglich spuken konnte, nicht am helllichten Tag, und nachts auch nicht. Es war richtig, das zu sagen, wenn man Linnet Carter hieß und nichts weiter war als ein unwillkommener Sommergast, dessen Tage in seinem Haus gezählt waren. Doch aus seiner Sicht spukte es hier, auch am helllichten Tag, auch bei strahlendem Sonnenschein. Das hinderte ihn nicht daran herzukommen in dem sinnlosen Versuch, den Geistern Leben einzuhauchen und seine Kindheit heraufzubeschwören. Sie hatten verschiedene Wege gefunden, die Erinnerung zu bewältigen. Seine Schwester war mit keinem Mittel und unter keinen Umständen bereit, nach England zurückzukehren. Ihr Leben hieß Jamaica, sie hatte es dankbar umarmt, hatte sich von der Insel aufnehmen lassen und ihre Lebensform akzeptiert. Er hatte es nicht so leicht gehabt. Vielleicht, weil er drei Jahre älter war. Vielleicht, weil er anders als seine Schwester nicht nur den Schmerz, sondern auch die Freude, die sie erlebt hatten, erinnerte. Er hatte Jamaica gehasst, und er hatte seinen Vater gehasst, weil er sie dorthin verschleppt hatte, auf diese Insel, die sie erlösen sollte von allem, was in England vorgefallen war.

Doch es hatte keine Erlösung gegeben, weder für seinen Vater, der als verbitterter alter Mann gestorben war, verabscheut von seinen Sklaven, verachtet von seinen Nachbarn, noch für seine Schwester, die einen Plantagenbesitzer geheiratet und mit der Tatsache zu kämpfen hatte, dass das Klima ihr bisher jedes Kind genommen hatte, und schon gar nicht für ihn, der der Insel auf dem ersten Schiff den Rücken gekehrt hatte, das nach der Beerdigung seines Vaters nach England ausgelaufen war. Denn der Mann unter der Steinstele, der Mann, der seiner Mutter Seele und Leben gewesen war, war nicht sein Vater.

Der Mann war eines Tages im Winter - es musste im Winter gewesen sein – in einem unmöglichen Mantel und einem zerbeulten Hut angekommen, unter dem einen Arm eine karierte Reisetasche, unter dem anderen die Pläne zur Umgestaltung von Mrs Somervilles Garten. Er war Landschaftsarchitekt und von Londoner Bekannten empfohlen worden. Mrs Somerville fand ihn grässlich ordinär. Mr Somerville, der vom Gartenbau nichts verstand, war erleichtert, dass er Schotte war: „Die knausern. Der wirft mein Geld nicht zum Fenster heraus", sagte er und kehrte zu seinen Geschäften nach London zurück.

Die beiden Kinder waren fasziniert: von seiner Größe, von dem zeltartigen Umfang seines Mantels, von seiner tiefen Stimme mit dem schottischen Akzent, von der Autorität, die von ihm ausging, von der unerwarteten Sorgfalt und Gründlichkeit, mit der er Mrs Somervilles Garten vermaß und neu plante.

Es waren die Kinder, die Mrs Somervilles Ansicht über ihn änderten, ihre ständigen begeisterten Berichte, was er sie heute hatte machen lassen, welches Wunder der Natur er ihnen heute gezeigt hatte. Er war ein guter Pädagoge, sonst hätte er ihre Aufmerksamkeit nicht konstant fesseln können. Und irgendwann suchte die Mutter, die ihre Kinder zur Rede stellen wollte, selber die Nähe des Schotten. Es geschah unter den Augen ihrer Kinder. Dennoch hätten sie später nicht sagen können, wie viel sie wussten – wie viel sie intuitiv verstanden. Auf den ersten Plänen des Schotten hatte eine tempelartige Grotte an dem künstlich aufgestauten See gestanden, später hatte die Mutter daraus einen Turm gemacht. „Mein Refugium", hatte sie gesagt und den Schotten triumphierend angelächelt.

Er erinnerte sich an den Tag, an dem sie den See aufstauten, an das Richtfest des Turmes, an die große Hitze jenes Sommers. Er sah seine Schwester und sich im See baden, sah seine Mutter in einem leichten Sommerkleid eine Karaffe mit Zitronenwasser hinübertragen zu den Gärtnern, dem Schotten ein Glas reichend, der schwitzend und mit aufgerollten Hemdsärmeln auf der anderen Seite des Sees das Pflanzen der Rhododendren überwachte. Dann lagen sie alle zusammen auf Picknickdecken im Gras, die Kinder dösend und trocknend in der Wärme, die Mutter und der Schotte über irgendwelche Gartenpläne gebeugt, die Mutter kichernd, einen Grashalm zwischen den Zähnen. Der Schotte sprach in seinem eigentümlichen Dialekt von der Schönheit der Rosen, die er in London bestellt hatte, und ließ die Mutter dabei nicht aus den Augen. Die Mutter lächelte die ganze Zeit über.

Wie schuldig kann man sich als Kind machen? Diese Frage hatte er sich oft gestellt seit jenem Sommer, wieder und wieder. Meistens war ihm klar, dass er nichts hätte ändern können, nichts hätte verhindern können. Der Vater kehrte im September aus London zurück. Der Vater war kein Dummkopf. Die Mutter wurde unvorsichtig. Der Schotte war stolz, und er glaubte nicht an die Form der Klassenunterschiede, die für den Vater die Welt bestimmten. Vielleicht hatte die Liebe sie beide blind und leichtsinnig gemacht.

Als das Ende kam, war es furchtbar. Eine verregnete Oktobernacht, ein Garten voller Fackeln, der Schrei der Mutter, ein Schuss, eine zerborstene Fensterscheibe, das Stöhnen des Schotten, der sich verletzt in den Garten schleppte. Der Vater und sein Nachbar jagten ihn, und kurz hinter dem See stellten sie ihn. Noch ein Flintenschuss, der durch die Nacht hallte, und die Schreie der Mutter wurden unerträglich.

Sie verscharrten ihn auf der kleinen Landzunge, die in den See ragte, dort, wo die Pläne des Schotten eine Diana-Statue vorgesehen hatten. Die Mutter schrie immer noch.

Der Vater kehrte zurück, Blut klebte an seinen Händen, an seinen Rockschößen, überall. Die Kinder, die längst hatten schlafen sollen, kauerten in ihren Nachthemden oben auf der Treppe, hörten die Mutter schreien, den Vater Befehle bellen. Jemand hob sie hoch, wickelte sie in Reisemäntel und setzte sie in eine Kutsche. Unter dem Donnern der Räder in der Nacht entfernten sich die Schreie der Mutter, der Vater saß ihnen im Dunkel gegenüber und sagte: „Ihr werdet sie nie wiedersehen."

Am Ende dieser Reise durch die Nacht stand das Schiff, das sie nach Westindien brachte, zwei verstörte Kinder und ein hasserfüllter Vater. Vierzehn Jahre lang hatten sie in der schwülen, mörderischen Hitze der Insel mit dem Teufel der Erinnerung gerungen, hatten den Namen der Mutter nie ausgesprochen, ihre Existenz nie erwähnt. Es war, als ob ihrer aller Leben erst in jener Oktobernacht begonnen hätte. Er arbeitete auf der Plantage an der Seite seines Vaters, pflichtbewusst, aber gleichzeitig von einem geheimen Ekel erfüllt und von dem Wunsch besessen, nach England zurückzukehren. Der Vater hätte es nie gestattet. Zwei Jahre, nachdem seine Schwester einen Nachbarn geheiratet hatte, war der Vater gestorben. Er hatte die Plantage seinem Schwager zur Verwaltung überlassen und der Insel den Rücken gekehrt.

England hatte ihn skeptisch willkommen geheißen. Das Haus war seit sechzehn Jahren unbewohnt, der von dem Schotten geplante Garten verwildert. Die Mutter, die in jener Nacht den Verstand verloren hatte, war tot, die Dorfbewohner, die sich noch erinnerten an den großen Mann mit dem zeltartigen Mantel und dem eigenartigen Dialekt, begegneten ihm unsicher. Sir Frederick Hemsby, der in jener Nacht bei seinem Vater gewesen war, befand sich in Schottland. Nur der neue Arzt, ein neugieriger, unkonventioneller Mann mit einem Faible für junge, vielversprechende, aber unsichere Geister, hatte sich ihm vom ersten Tag an als Freund empfohlen. Und so war er hiergeblieben, hatte dem Haus neuen Leben eingehaucht, sich den Respekt seiner Nachbarn verschafft, nach einer einzigen Saison in London eine elegante junge Dame geheiratet, und den Namen und das Ansehen, das seine Eltern zerstört hatten, wiederhergestellt. Das war seine Form von Wiedergutmachung. Seine Buße war das verwilderte Stück Land hinter dem Haus, der Garten, der niemals einer sein würde.

Mr Somerville senkte den Kopf, traf den ruhigen Blick aus Linnets braunen Augen und konnte sich nicht erklären, weshalb er das getan hatte - weshalb er diesem unreifen, verschüchterten, eigenartigen kleinen Ding die Geschichte erzählt hatte, die er selbst seiner Gattin nicht zu erzählen wagte. Die Geschichte war auch keineswegs geeignet für junge Mädchen, die an diesem Ort gute Feen, entführte Prinzessinnen und verzauberte Prinzen vermuteten. Das junge Mädchen ihm gegenüber, Linnet Carter, kurz gewachsen, mager, ängstlich in fremder Gesellschaft und als Kind eines Untergärtners und einer entlaufenen höheren Tochter  vertraut mit der Bürde, die eine romantische Vergangenheit bedeuten kann, schaute ihn weiter ruhig und forschend an, als ob sie eine Fortsetzung erwartete, die er nicht zu bieten hatte. „Es ist trotzdem ein verzauberter Ort", sagte sie schließlich. „Es müssen gute Geister sein, wenn es Liebe war."

# VIII

ie letzte Woche vor dem Ball, der gleichzeitig das Ende von Linnets Ferien markierte, verging wie im Fluge. Linnet war jetzt häufig zu beschäftigt, um Doktor Horton weiter auf seinen Krankenbesuchen zu begleiten, obwohl sie für jeden Augenblick dankbar war, in dem sie den hektischen Vorbereitungen im Haus entkommen konnte. Gästezimmer mussten hergerichtet und das Erdgeschoss ausgeräumt werden, jeden Tag jammerte die Köchin über die unfähigen Gehilfen, die man ihr zur Seite gestellt hatte. Mrs Enderby kritisierte den mangelnden Respekt der Möbelträger vor den Kunstwerken und Wertgegenständen des Hauses. Mrs Somerville legte sich jeden Mittag gegen zwölf mit einer Migräne zu Bett und erhob sich nur um ihre Frisur zu ändern, mit der sie partout nicht zufrieden war, und ihr Ballkleid anzuprobieren, das im letzten Augenblick noch um ein paar Fingerbreit in der Taille geändert werden musste.

Während Mrs Somerville in diesen Tagen Höllenqualen tausend verschiedener Arten litt, erblühte Mrs Woodkirk zu neuem Leben. Selbst Linnet hatte ihre Tante noch nie mit so langanhaltender guter Laune gesehen. Obwohl Mrs Woodkirk, nie vergaß, bei Gelegenheit anzumerken, dass ihr qualitativ bedenklich minderwertiges Blut solchen Aufregungen nicht gewachsen sei und ihr empfindlicher Magen es ihr nicht erlauben würde, auch nur eine einzige der auf dem Ball zu erwartenden kulinarischen Köstlichkeiten zu genießen, tröstete sie die Aussicht, ihre liebe kleine Linnet zwischen lauter vornehmen Herrschaften zu sehen, über alle Maßen.

Linnet schaute dem Ball ein wenig verzagt entgegen. Sie wusste weder, wie man sich unter vornehmen

Herrschaften benahm, noch kannte sie einen einzigen der Tänze, zu denen ihre Tante sie ständig aufgefordert sah. Am schwersten wog natürlich das Problem des Kleides. Linnet besaß kein geeignetes und Mrs Woodkirk genauso wenig. Da Mrs Somerville sich auf alle diesbezüglichen Klagen ihrer Tante beharrlich taub stellte, blieb Mrs Woodkirk nichts anderes übrig, als eine fulminante Geste auszuführen: Sie übergab den Inhalt der Geldbörse, den sie dem Doktor für seine Heilkünste hatte zukommen lassen wollen, Mrs Somervilles Putzmacherin.

Bei der finalen Anprobe von Mrs Somervilles Balltoilette am Donnerstag vor dem großen Ereignis brachte die Schneiderin zwei weitere Kartons mit. Der eine enthielt eine prächtige grüne Taftrobe für Mrs Woodkirk und der andere ein schlichtes, hübsches weißes Mädchenkleid für Linnet.

Linnet wusste nicht, wie sie ihrer Tante danken sollte. Mrs Woodkirk, die sich in grünem Taft immer wieder vor dem Spiegel wiegte und aussah wie eine Herzoginwitwe, wusste selbst nicht, wie sie sich danken sollte. Sie war jetzt bankrott, sie würde an Mr Somervilles Nächstenliebe appellieren müssen, um die Postkutsche nach London bezahlen zu können, und an den guten Willen ihres Vermieters, um die Miete zu stunden. Nichtsdestotrotz wiederholte sie sich und allen, die bereit waren, ihr zuzuhören, dass ihr für das Glück ihrer kleinen Linnet nichts zu teuer sei.

Die letzten vierundzwanzig Stunden vor dem Ball waren die bis dahin schönsten in Linnets Leben. Noch immer fürchtete sie sich vor den vornehmen Herrschaften, doch sie musste keine Angst mehr haben, ihnen in einem abgetragenen Kleid unter die Augen zu treten. Sie kannte keinen Tanz, doch der Doktor und Mrs Horton hatten versprochen, sie nicht aus den Augen zu lassen und dafür zu sorgen, dass sie nie alleine war. Im ganzen Haus spürte man eine geschäftige Spannung. Dieselben Dienstboten, die vor Erschöpfung kaum noch stehen konnten, plapperten aufgeregt durcheinander, wenn es darum ging, wer am meisten essen, wer das geschmackloseste Kleid tragen, wer die meiste Bowle trinken würde. Das Haus war erfüllt von den verschiedensten Aromen, von Gebäck und Kuchen, Süßzeug und Braten, von dem Duft der Blumen, die Josiah Henry und sein Sohn aus dem Garten hereinbrachten und die zu Sträußen und Girlanden gebunden wurden, vom hektischen Kommen und Gehen der Lieferanten, von den Tonübungen des kleinen Orchesters, das aus Canterbury angereist war.

Linnet trug Jamie in dem ganzen Durcheinander umher, damit er sich an die unbekannten Gesichter gewöhnte und am Freitag nicht zur unpassendsten Zeit zu schreien anfing. Im Gegensatz zu Linnet hatte er keine Angst vor Fremden, krähte sie alle fröhlich an und machte seines Vaters Behauptung, er sei das beste Kind der Welt, alle Ehre.

Mr Somerville trug zu den hektischen Vorbereitungen nur bei, indem er die nötigen Wechsel unterzeichnete. Ansonsten verbrachte er viel Zeit in seinem Arbeitszimmer und bei seinem Anwalt in Canterbury mit den Planungen für die Reise nach Jamaica. Wann immer er Linnet begegnete, freute er sich an ihrem offensichtlichen Wohlergehen. In einer zerstreuten Ecke seines Gedächtnisses machte er dann eine Notiz, dass man irgendeine Art von Vorkehrung für das Kind treffen müsste, wenn es mit seiner Tante nach London zurückgekehrt wäre. Ein Pensionat, eine verwitwete Herzogin, die Gesellschaft brauchte oder eine andere Form von Beschäftigung, die ihr bessere Aussichten verschaffte als Mrs Woodkirks Krankenpflege. Dann rief Mrs Somerville seinen Namen, oder ein Diener brachte einen Brief, oder ein Träger zerschlug eine Porzellanvase, und was immer er an Plänen für Linnet Carter im Kopf hatte, verschwand unter tausend anderen Dingen in seinem Gedächtnis.

Da Mrs Somerville sich standhaft weigerte, ihre Zofe zu verleihen, mussten Linnet und Mrs Woodkirk sich gegenseitig ankleiden und frisieren. Mrs Woodkirk schnaufte wie ein altes Pferd, als Linnet sie in den grünen Taft einnähte, ihr Busen quoll so mächtig in ihren Ausschnitt, dass sie am Ende wie eine äußerst unanständige Herzoginwitwe aussah. Mrs Woodkirk, die sonst eine sehr strenge Dame war, machte das nichts aus, im Gegenteil, sie schickte sogar ihre Nichte in Mrs Somervilles Boudoir, um nach einem Schönheitsfleck zu fragen. „Vor zwei Wochen habe ich noch auf dem Totenbett gelegen", sagte sie zu Sally, die Linnet mit den Haaren assistierte. „Und jetzt schau mich an - wenn das kein Grund zum Feiern ist."

Linnet kam ohne Schönheitsfleck zurück. Mrs Somerville, die sehr à la mode war, besaß dergleichen zwar, behielt sie sich jedoch für die eleganten Gesellschaften vor, die sie in London besuchte. Sie war keineswegs bereit, sich bei diesem besseren Dorffest von einer mittellosen alten Tante modisch übertreffen zu lassen.

Als die Kutschen mit den Gästen eintrafen, kauerte Linnet mit Jamie und Annie oben an der Treppe und wagte keinen Schritt hinunter. So vornehm erschienen ihr die Herrschaften da unten, so elegant war Mrs Somerville in ihrer weißen Seidenrobe und den gepuderten Haaren, in denen kleine Diamanten blitzten, so perfekt hieß Mr Somerville, ebenfalls in Weiß und wegen des besonderen Anlasses mit einer gepuderten Perücke auf seinen kurzen blonden Haaren, seine Gäste willkommen.

Mrs Woodkirk hielt sich im Hintergrund, hatte sich jedoch von vornherein den besten Stuhl ausgesucht, um unausgesprochen klarzumachen, dass sie hier eine Art Hausrecht besaß. Linnets Versteck fiel erst auf, als der Doktor und Mrs Horton eintrafen und sich nach ihr erkundigten. Mrs Horton wirkte geradezu königlich in einem schlichten tiefblauen Seidenkleid, zu dem sie eine Perlenkette trug, die mindestens doppelt so lang war wie Mrs Somervilles. Damit bestätigte sie einmal mehr Mrs Woodkirks Vermutung, sie wäre in einem anderen Stand geboren als ihr Gatte. Doktor Horton selbst wirkte mehr wie ein wohlgenährter Gutsbesitzer als wie ein Landarzt, und als er Linnet schüchtern die Treppe heruntersteigen sah, rief er erfreut aus: „Meine liebe Miss Carter! Wie viele Tänze versprechen Sie mir?"

„Ich kann nicht tanzen", sagte Linnet bescheiden.

„Ah, das kann ich von mir auch nicht behaupten. Zum Glück befinden wir uns weder in Bath noch in London noch an irgendeinem anderen eleganten Ort, an dem man perfekte Schrittfolgen von uns verlangen könnte. Dies ist ein gemütlicher Landball, bei dem es gar nichts ausmacht, wenn die Herren den Damen und die Damen den Herren ein wenig auf die Füße treten. Also, meine Liebe, das Menuett, die Gigue ..."

„Sie ist nicht gesellschaftsfähig", bemerkte Mrs Somerville, deren eleganter Kopfputz bei den Worten „gemütlicher Landball" kurz gewankt hatte. „Mrs Woodkirk wird nicht zulassen, dass sie sich vor einer fremden Gesellschaft blamiert."

Doktor Horton warf einen Blick auf seine Gastgeberin und insistierte nicht länger. Allerdings nahmen er und seine Gattin Linnet in ihre Mitte, um sie Miss Carey und ihrer verwitweten Schwester sowie allen anderen Gästen vorzustellen, bis sie bei Mrs Woodkirk auf ihrem schönen Stuhl angekommen waren.

Mrs Woodkirk wedelte sich mit einem Hornfächer frische Luft zu. Die Begrüßungszeremonie hatte ihr genug Abwechslung verschafft, um sie von Linnets Abwesenheit abzulenken. Nun aber wollte sie nicht länger dulden, dass ihre Nichte sich auch nur einen Schritt weit von ihr entfernte, es sei denn, um ihr ein Erfrischungsgetränk zu holen. Linnet hockte sich auf einen Schemel neben ihre Tante. Mrs Horton war so freundlich, sich einen Platz in ihrer Nähe zu suchen, um ihnen die Namen der vorbeiflanierenden Gäste und die nötigen Hintergrund-informationen zuzuflüstern.

Mr und Mrs Bell versuchten seit Jahren vergeblich, Miss Bell zu verheiraten. Miss Bell hatte über die Zeit ein sauertöpfisches, wenig anziehendes Gesicht bekommen und schien auch heute kein Erfolg zu sein. Lady Fleming, die vornehme junge Gattin von Sir Robert, war eine Pensionatsfreundin von Mrs Somerville. Der Reverend hatte seinen Neffen mitgebracht, einen etwas linkischen jungen Mann, der über seine eigenen Füße stolperte und ein Tablett mit Blätterteigtörtchen umwarf, als er die hübsche Miss Elham um einen Tanz bat. Miss Careys Schwester erkundigte sich ausführlich nach Mrs Woodkirks Milz, war allerdings nicht unbedingt erleichtert, von ihrer vollkommenen Genesung zu hören, da es ihr den tragischen und scheinbar unnötigen Verlust ihres Gatten umso bewusster werden ließ. Doktor Horton führte fast jede Dame zum Tanz, nicht jedoch seine eigene, was Linnet erst verstand, als Sir Robert Fleming Mrs Horton aufforderte – wie ihre Perlenkette waren auch Mrs Hortons Tanzkünste eine Klasse für sich. „Normannischer Adel", murmelte Mrs Woodkirk, wobei sie sich mit dem Fächer heftig vors Gesicht schlug.

Das schönste Paar in Linnets Augen blieben aber Mr und Mrs Somerville, die einer am Arm des anderen wie Schneeflocken durch den Raum glitten. Sie konnte kaum den Blick von ihnen abwenden, wie sie mit spielerischer Leichtigkeit die kompliziertesten Schritte ausführten, dabei nie die Augen voneinander ließen, sich am Ende voreinander verbeugten und in die freundliche Konversation mit ihren zahlreichen Gästen zurückkehrten.

„Linnet! Bring mir ein Glas von dem Likör dort!", holte die Stimme ihrer Tante sie in die Wirklichkeit zurück.

Linnet verließ ihren sicheren Platz ungern. Es war ihr unangenehm, fremde Menschen zu bitten, sie durchzulassen, und es war ihr noch viel unangenehmer, den jungen Diener, der von Lady Fleming ausgeliehen war und sie nicht kannte, um ein Glas Likör zu bitten. „Für meine Tante", setzte sie hinzu. Der Diener zog trotzdem eine Augenbraue hoch und schaute sie anzüglich an. Als sie zurückkehrte, war Mrs Woodkirk gerade damit beschäftigt, Mrs Bell von den eleganten Gesellschaften zu erzählen, die ihr Vater früher in seinem Haus gegeben hatte. Mrs Woodkirk war sehr rot im Gesicht, so dass Linnet sie fragte, ob sie anstelle des Likörs vielleicht ein Glas Wasser bevorzugte. „Unsinn, Linnet, mein liebes Kind. - Ich habe dem Tod ins Auge gesehen", wandte sie sich an Mrs Bell. „Keine vier Wochen ist das her. Doktor Horton und mein Pflichtgefühl haben mich am Leben erhalten. Ich leide an einer Fehlfunktion der Milz, und mein Blut ist qualitativ bedenklich mangelhaft - rein medizinisch gesehen, natürlich. Wenn ich stürbe ... wen hätte meine kleine Linnet dann noch? Niemanden hätte sie, das arme kleine Herzchen."

Mrs Bell nickte verständnisvoll, während Mrs Woodkirk an ihrem Likör nippte und Linnet sich am liebsten unsichtbar gemacht hätte. Mrs Bell entschuldigte sich, um nach ihrem Gatten zu sehen, der sich nach ihrem Geschmack schon viel zu lange in der Nähe der Cremeröllchen aufhielt. Mrs Horton tanzte mit dem linkischen Neffen des Reverends, während der Doktor die junge Miss Bell aufgefordert hatte und Mrs Somerville sich von Sir Robert zum Menuett führen ließ. Mrs Woodkirk schlug mit ihrem Zeigefinger den Takt auf den Rand des Likörglases. Linnet, dankbar für die kurze Atempause, in der sie sich nicht über die Konversation ihrer Tante schämen musste, schaute sie von der Seite an und dachte, dass dieses wahrscheinlich seit Jahren der schönste Abend in Mrs Woodkirks Leben war. Als sie wieder aufschaute, stand Mr Somerville vor ihnen und sah sie lächelnd an. „Mrs Woodkirk", sagte er freundlich, „ich hoffe, Sie unterhalten sich gut?"

„Ich unterhalte mich ausgezeichnet", versicherte sie. „Ich fühle mich in meine Jugend zurückversetzt, auf die eleganten Gesellschaften, die mein Vater zu veranstalten pflegte."

„Das freut mich", erwiderte Mr Somerville mit einer kleinen Verbeugung. „Mrs Somerville sagte mir, dass Sie Linnet auf diesem Fest keinen Tanz gestatten würden, weil sie noch zu jung ist, aber ich fragte mich, ob Sie dieses Verbot nicht wenigstens für mich als Ihren Gastgeber aufheben könnten."

Mrs Woodkirk, die sich an kein derartiges Verbot erinnerte, schaute ihren Gastgeber mit einer Mischung aus Überraschung und Dankbarkeit an. „Sir, das ist so außerordentlich freundlich von Ihnen. Sie machen mich außerordentlich glück-" Ihr Blick wurde eigenartig starr und blieb auf einen unsichtbaren Punkt über seiner linken Schulter hängen. Das Likörglas entglitt ihrer Hand und zersprang klirrend, ehe sie von Mr Somervilles schönstem

Stuhl rutschte und in einem Meer aus grünem Taft zusammenbrach.

# IX

*M*rs Somerville war äußerst verärgert. Sie war so verärgert, dass ihre elegante Frisur sich auflöste und in unkleidsamen Strähnen auf ihre Schultern fiel. Jede Unverfrorenheit hatte sie ihrer Tante zugetraut, um ihr den Sommer zu verderben. Innerlich hatte sie sich längst auf eine Krise der fehlfunktionierenden Milz am Abreisetag vorbereitet. Hätte sie nach Mrs Woodkirks Abreise festgestellt, dass ein Teil des Tafelsilbers fehlte, wäre sie nicht weiter verwundert gewesen. Die ebenso exzentrische wie dramatische Variante, dass Mrs Woodkirk auf ihrem Sommerball tot vom Stuhl fallen könnte, war ihr allerdings nicht in den Sinn gekommen, und es brauchte viel guten Zuspruch von Mrs Horton und Lady Fleming, um sie daran zu hindern, den Taftberg neben ihrem schönsten Stuhl mit Fußtritten wieder lebendig machen zu wollen.

Vor dem Taftberg hockte ihr Gatte und hielt ein hemmungslos schluchzendes Kind in den Armen, und daneben saß Doktor Horton mit einer rätselhaften Falte auf der Stirn und unternahm alle möglichen Versuche, um Mrs Woodkirk ins Leben zurückzuholen. Es blieb vergeblich. Sie war tot, und sämtliche Gäste schockiert, bis auf Miss Careys verwitwete Schwester, die das Ableben ihres Gatten plötzlich weniger ungerecht fand.

„Ihr Herz hat einfach aufgehört zu schlagen", murmelte der Doktor, der Mrs Woodkirks Augen schloss und Linnet, die noch immer in Mr Somervilles Armen lag, liebevoll über den Kopf strich. „Ich weiß, das ist kein Trost, kleine Linnet. Dennoch ist es eine Gnade, so zu sterben."

Mrs Horton nahm eine der kleinen Hände, die sich in Mr Somervilles teuren Seidenärmel verkrampft hatten. „Ich begleite Sie nach oben, Linnet." Sie hätte genauso gut zu einer Wand sprechen können.

„Armes Ding", sagte Sir Robert. „Was wird jetzt aus ihr?"

„Das besprechen wir morgen", entschied Mr Somerville und erhob sich schwankend mit seiner verzweifelt schluchzenden Last. „Mrs Horton, ich bringe Linnet nach oben, wenn Sie so freundlich sein könnten, dafür zu sorgen, dass sie ins Bett kommt."

Am nächsten Tag war Mrs Somerville noch immer sehr verärgert, obwohl sie mittlerweile von mehreren Seiten vernommen hatte, dass das außergewöhnliche Ende des Balles für Gesprächsstoff in der ganzen Grafschaft sorgte. Es missfiel jedoch ihrer Eitelkeit, dass von Mrs Woodkirks Abgang mehr gesprochen wurde als von ihrer eleganten Erscheinung, und als sie ihrem schwarzgekleideten Gatten begegnete, war sie endgültig konsterniert. „Schwarz!", rief sie aus.

„Mrs Woodkirk war deine Tante, Aurelia", erwiderte Mr Somerville ein wenig streng. „Ganz egal, was wir von ihr gehalten haben, wir dürfen nicht die Gefühle deiner Cousine verletzen."

Mrs Somerville schnappte kurz nach Luft, wie ein Fisch auf dem Trockenen, und erklärte: „Ich werde nach der Schneiderin schicken müssen, ehe ich meine Trauerkleider wieder tragen kann."

„Das will ich hoffen", bemerkte ihr Gatte mit einem verschmitzten Lächeln.

Linnet besaß kein Trauerkleid, und es war ihr auch ganz egal. Man hätte sie in einen Sack kleiden können, sie hätte sich darin nicht unwohler gefühlt als in einer königlichen Witwentracht. Sie hatte überhaupt das Gefühl, nie wieder in ihrem Leben glücklich und unbeschwert sein zu können, und die Schuld, die sie angesichts von Mrs Woodkirks Tod fühlte, wog schwer.

Vier Wochen lang hatte sie sich amüsiert, war mit dem Doktor durch die Gegend gefahren, mit Mrs Horton durch den Garten von Monks Cottage spaziert oder hatte unter Josiah Henrys Anleitung Blumen gepflanzt, während hier im Haus ihre ahnungslose Tante ihre letzten Lebenstage unter dem missbilligenden Auge von Mrs Somerville verbrachte. Ihre Schuld war immens. Wie ein Steingewicht fühlte sie sie auf ihren Schultern lasten, und die Tatsache, dass Mr Somervilles Arme für sie dagewesen waren, als sie glaubte, es nicht ertragen zu können, machte es nicht leichter.

Mrs Horton war Linnets Trauerkleid allerdings nicht egal, und nur ihrer Beharrlichkeit war es zu verdanken, dass Mrs Somerville nach langer Gegenwehr eine ihrer Ansicht nach äußerst erniedrigende Handlung vollzog: Sie schickte ihre Zofe zu der Truhe auf dem Dachboden, in der die Kleider verwahrt wurden, die ihr nach der Schwangerschaft nicht mehr gepasst hatten, und ließ sie dort das schwarze Kleid heraussuchen, das sie zuletzt beim Begräbnis ihrer Großmutter Egerton getragen hatte.

Am Nachmittag nach Mrs Woodkirks Beerdigung baten Mr und Mrs Somerville das Arztehepaar in den hellen, freundlichen Salon im Erdgeschoss, um über das Schicksal von Linnet zu entscheiden, die still und blass in ihrem geliehenen schwarzen Kleid auf der Chaiselongue hockte und doch nicht anwesend zu sein schien.

„Das Problem", dozierte der Doktor, „scheint darin zu liegen, dass Miss Carter keinen Vormund hat. Vom natürlichen Recht her hätte ich angenommen, dass Ihr verehrter Herr Vater, Mrs Somerville …"

„Mein Vater hat von jeher klar gemacht, dass er nicht bereit ist, Verantwortung zu übernehmen für einen Abspross von Mrs Carters Unvernunft", erklärte Mrs Somerville entschieden.

Der Doktor nickte nachdenklich. „Ist es nicht eigenartig, dass ein Mensch, der den Tod so sehr fürchtete wie Mrs Woodkirk, keinerlei Vorkehrungen getroffen hat für das Kind, dem sie die Mutter ersetzt hat."

„Es ist nicht eigenartig, wenn Sie Ihren Charakter näher gekannt hätten, Doktor. Mrs Woodkirk lebte vom Schmeicheln und Schnorren. Sie hinterlässt keinen Penny, nicht einmal ihren Sarg konnte sie bezahlen. Natürlich hat sie sich darauf verlassen, dass sich ihre vornehme Verwandtschaft ihrer ..." - Mrs Somerville musterte Linnet kurz - „... Hinterlassenschaft annimmt. Sie appelliert noch aus dem Grab an unser Gewissen. Und sie wusste, dass man einer Toten keinen Wunsch abschlagen kann."

„Aurelia." Mr Somerville schaute sie mit einer dezent vorwurfsvollen Miene an. Mrs Somerville zuckte die Achseln.

„Es ist nicht leicht, so von den Toten zu sprechen, wie sie es verdienen", ließ sich Mrs Horton vernehmen, die zu der Chaiselongue hinübergegangen war und einen Arm um Linnets Schultern gelegt hatte. „Linnet, wie können Sie glauben, dass die Freunde, die Sie in den letzten Wochen gewonnen haben, Sie jetzt im Stich lassen würden?"

„Was meine exzellente Gattin damit sagen will", fuhr der Doktor fort, wobei er vor Linnet in die Knie ging, „wenn es Ihnen nichts ausmacht, Ihr Leben mit zwei verschrobenen alten Leuten zu teilen, soll Monks Cottage Ihr neues Zuhause sein."

„Ihr Angebot ist sehr gütig, Sir", erklärte Mrs Somerville, ehe Linnet begreifen konnte, was der Doktor gesagt hatte. „Aber ich habe in der Tat und entgegen meinem Ruf bereits selbst Vorkehrungen für das Kind getroffen. Lady Flemings Schwiegermutter Mrs March wird in Kürze zu ihrem zweiten Gatten nach Irland übersiedeln und sucht ein junges Mädchen, das Zofendienste versieht. Mrs March ist guten Taten gegenüber immer sehr aufgeschlossen und -"

„Das ist doch absurd", ließ sich Mr Somerville vernehmen, der bisher am Fenster gestanden und auf die Terrasse geschaut hatte. „Ich frage mich, weshalb wir diese Diskussion überhaupt führen. Wenn mein Schwiegervater sich weigert, Linnets Vormund zu sein, dann komme nur noch ich in Frage. Ich werde auf keinen Fall gestatten, dass ein Mündel von mir sich als Dienstbotin einer – Verzeihung, Aurelia – egozentrischen alten Dame nach Irland verdingen muss oder in irgendeinem anderen Haus als dem meinen untergebracht wird. Ihr Angebot berührt mich dennoch, Doktor, und in Anbetracht meiner bevorstehenden Reise schlage ich vor, dass wir Linnets Vormundschaft gemeinsam übernehmen."

Doktor Horton strahlte über das ganze Gesicht. „Tom, mein Junge, heute bin ich stolz auf Sie."

„Was!", rief Mrs Somerville. „Du willst …"

„Ich will, dass sie hierbleibt, ein Zimmer, vernünftige Kleider und ein kleines Taschengeld bekommt und nicht mehr ständig daran erinnert wird, was für leichtsinnige Menschen ihre Eltern waren."

„Aber ...", Mrs Somerville starrte ihren Gatten verständnislos an. „Warum?"

Warum? Das fragte Mr Somerville sich auch. Sein Blick traf Linnets, in dem die gleiche Frage geschrieben stand. Warum? Christenpflicht, dachte er. Wiedergutmachung. Sie würde vor Heimweh sterben, wenn man sie nach Irland schickte. Keine zweite Vertreibung aus dem Paradies. Er wusste, wie schwierig es war glücklich zu sein, er wollte niemandem das Glück nehmen. Die Antwort, die er schließlich gab, hatte nichts mit alldem zu tun. „Ihr seid Cousinen, Aurelia. Gott wird es dir danken, und du dir eines Tages vielleicht auch."

*Zweiter Teil*

# I

*M*r Somerville kehrte nach drei Jahren und zehn Monaten an einem schönen Junimorgen aus Jamaica zurück. Verschiedene Umstände hatten dazu geführt, dass seine Reise drei Jahre länger gedauert hatte als ursprünglich geplant. Zunächst war der Verkauf seiner Plantage weniger glatt von statten gegangen, als er erwartet hatte, und dann hatte seine Schwester in ihrem fünften Kindbett auf den Tod gelegen und war so schwach gewesen, dass er sie nicht verlassen wollte. Kaum war sie vollständig genesen, hatte ein Fieberschub seinen Schwager niedergeworfen, bis er nach zwei Wochen im Delirium gestorben war.

Er hatte die verzweigten Geschäfte seines Schwagers abgewickelt und Monate damit verbracht, einen vertrauenswürdigen Verwalter für die Plantage zu finden, denn seine Schwester weigerte sich Jamaica zugunsten von England zu verlassen, und war fest entschlossen, den Besitz alleine weiterzuführen. Dann hatte sie eine Missernte wirtschaftlich zurückgeworfen, und zu guter Letzt war er selbst nach einem heftigen Regenfall bei einem Erdrutsch so schwer verletzt worden, dass an die Heimreise für ein weiteres halbes Jahr nicht zu denken war.

Entsprechend groß war auf allen Seiten die Aufregung bei seiner Rückkehr. Fünf Meilen die Allee hoch standen die ersten Posten, um das Nahen der Kutsche zu vermelden, mit der Doktor Horton Mr Somerville in Bristol abgeholt hatte. Die halbe Nachbarschaft versammelte sich vor seinem Haus, bereit, ihn wie den verlorenen Sohn willkommen zu heißen.

Als die Kutsche die Eichenallee hinauffuhr, überkam

ihn eine eigenartige Rührung. Dreieinhalb Jahre lang hatte er versucht, die Liebe seiner Schwester zu Jamaica zu verstehen, und nun, da die friedlichen Felder Kents an ihm vorbeizogen, waren all ihre Bemühungen um sein Verständnis für die exotische Inselwelt wie weggewischt. Er wusste, dass er nur hier zuhause sein wollte.

Eine Unmenge von Menschen stand auf seinem Vorplatz und teilte sich wie das Rote Meer, als die Kutsche vorfuhr. Mrs Somervilles hochgewachsene, elegante weißgekleidete Gestalt leuchtete wie eine Schneeflocke unter ihnen hervor, an ihrer Hand hielt sie einen ebenfalls weißgekleideten, etwa fünfjährigen Jungen. Der Wagen hatte noch nicht ganz angehalten, als Mr Somerville bereits den Schlag aufgerissen hatte und ihr fast noch im Sprung um den Hals gefallen war. Seine stürmische Begrüßung passte nicht recht zu ihrer eleganten Erscheinung, und sie bemühte sich eilig, ihn auf eine Armeslänge Abstand zu halten und den kleinen Jungen zwischen sich zu schieben. „James, dein Vater", stellte sie in ernstem Tonfall vor.

„James ... oh Jamie!" Mr Somerville konnte sich nicht beherrschen. Er ging in die Knie, musste seine Brille abnehmen und sich über die Augen wischen, als er seinen ältesten Sohn in die Arme schloss. Jamie, der seinen Vater solange er denken konnte nur aus Erzählungen und vorgelesenen Briefen kannte, und dabei den Eindruck vermittelt bekommen hatte, dass es sich bei seinem Erzeuger um einen verwegenen Abenteurer und Welt-reisenden handelte, reagierte ein wenig verhalten auf diese gefühlsbetonte Begrüßung. Allerdings war er wohlerzogen genug, seinen Vater auf die Wange zu küssen und ihm „Papa" ins Ohr zu flüstern, während Mr Somerville ihm immer wieder über den blonden Kopf strich.

Mrs Somerville, die rührselige Szenen nicht mochte, schob das Kindermädchen vor, das seinen zweiten Spross auf dem Arm hielt, den Sohn, der viereinhalb Monate nach seiner Abreise das Licht der Welt erblickt hatte. „Diesen Sohn kennst du noch gar nicht. Calpurnio."

Mr Somerville zuckte genauso zusammen wie an dem Tag, an dem er den Namen das erste Mal in einem ihrer Briefe gelesen hatte. Calpurnio? hatte er zurückgeschrieben. Calpurnio, lautete ihre Antwort. Ein alter römischer Name, und ehe er aus dreitausend Seemeilen Entfernung etwas dagegen unternehmen konnte, war Thomas Calpurnio Somerville getauft worden.

Cal Somerville sah nicht aus wie ein römischer Senator. Er war das Ebenbild seines älteren Bruders, ein wenig weicher, sensibler im Gesicht, mit strohblonden schulterlangen Locken, blauen Augen und einem absolut entwaffnenden Lächeln. „Gott segne dich, mein Sohn", flüsterte Mr Somerville feierlich und küsste ihn auf die Stirn, wobei er ihn erstens dem Kindermädchen abnahm, zweitens feststellte, dass er sich wieder die Brille abnehmen musste, und drittens überlegte, weshalb ihm das Kindermädchen vage bekannt vorkam. Ein nettes Kindermädchen mit ausdrucksvollen braunen Augen, rosigen Wangen und einem genauso strahlenden Lachen wie sein jüngster Sohn. Auf jeden Fall hatte er sie schon einmal irgendwo gesehen. Kein Kindermädchen, sondern eine entfernte Verwandte, die die Sommerfrische hier verbringt, entschied er. Doktor Horton begrüßte sie herzlich mit einem Kuss auf die Wange.

Wie vom Donner gerührt blieb er stehen. Nein. Das war wirklich kein Kindermädchen und auch keine entfernte Verwandte, sondern die Cousine seiner Gattin. Das dürre kleine Ding, das sich vor vier Jahren beim Tod ihrer Tante um seinen Hals geklammert hatte wie an einen Rettungsanker, war einen guten Kopf gewachsen, hatte weibliche Formen bekommen, eine frische, gesunde Gesichtsfarbe, glänzende Augen und lange braune Locken, die am Hinterkopf zu einem weichen Knoten aufgesteckt waren. Ihre Haltung hatte sich gebessert, aber ihre Erscheinung war weder vornehm noch elegant, sondern einfach nur – „Verzeihung", wandte er sich an seine Gattin. „Was hast du gesagt?"

„Ich sagte, dass Mr Westwell ganz ungeduldig ist, deine Bekanntschaft zu machen, und sich nicht davon abhalten ließ, sich heute Abend zum Dinner einzuladen."

Mr Westwell war seit etwas mehr als einem Jahr der neue Besitzer von Whithersden House, nachdem sein Onkel, der gefürchtete Sir Frederick, im vorigen Winter an einer Lungenentzündung verschieden war.

„Er wird mit dir auch über Linnet sprechen wollen", fuhr Mrs Somerville fort.

„Linnet?", fragte Mr Somerville irritiert. „Möchte er sie heiraten?"

„Unsinn." Mrs Somerville seufzte ungeduldig. „Doktor Horton hat es dir doch geschrieben. Sir Frederick hat ihr eine lebenslange Rente von zehn Pfund im Jahr und einmalig fünfzig Pfund ausgesetzt."

„Ach ja." Mr Somerville erinnerte sich an die eigenartige Verfügung, von der der Doktor ihm berichtet hatte. Allmählich beschlich ihn das Gefühl, nicht fast vier, sondern vierzig Jahre fort gewesen zu sein.

„Niemand hat es verstanden. Sir Frederick war natürlich schon verrückt, als er das Testament gemacht hat, aber Mr Westwell ist ein sehr großzügiger Herr und wollte ein armes Wesen wie Linnet nicht um eine Rente bringen, indem er das Testament anficht."

„In der Tat", murmelte Mr Somerville und überlegte, inwieweit ein Mann von Mr Westwells Einkommen großzügig genannt werden konnte, wenn er darauf verzichtete, den letzten Willen eines verrückten alten Mannes anzufechten, der einem armen Wesen wie Linnet Carter jährlich zehn Pfund gewährt hatte. Er wandte sich dem armen Wesen zu, das zwischen Jamie und dem Doktor hinter ihm ins Haus spazierte, und musste feststellen, dass sie trotz der Schlichtheit ihres Kleides als arme Verwandte fehlbesetzt war.

„Immerhin kann sie jetzt ihre Kleider selbst bezahlen", bemerkte Mrs Somerville neben ihm. Er fuhr zu ihr herum. „Bitte? Wer?"

„Linnet. Von ihren zehn Pfund im Jahr."

Mr Somerville hätte seine Gattin gerne gefragt, was genau vorgefallen war, um ihre Stimmung gegen ihre Cousine so sehr zu mildern. Doktor Hortons halb geschäftlichen, halb privaten Briefen hatte er entnommen, dass ihr gemeinsames Mündel das Vertrauen wert war, das man in sie gesetzt hatte. Sie war eine Freude für die Kinder, die sie abgöttisch liebte, sie wurde jeden Tag von Mrs Horton in Französisch, Literatur, Geographie und Geschichte unterrichtet, sie lernte Latein von Doktor Horton und half mit Begeisterung im Garten vom Monks Cottage. Allenthalben war sie sehr beliebt. Seinem Eindruck nach hatte Linnet sich zur Ersatztochter für das kinderlose Ehepaar Horton entwickelt, und er hatte vermutet, dass der Doktor und seine Frau nur seine Rückkehr abgewartet hatten, um seine Einwilligung in eine Adoption zu erbitten. In Mrs Somervilles Briefen, die sich mehr mit gesellschaftlichen als mit geschäftlichen und sozialen Problemen auseinandersetzten, war sie nur in Nebensätzen aufgetaucht, anfangs als „das Kind" oder

„dein Mündel", nach einiger Zeit dann als „Linnet" oder gar „meine Cousine".

Was genau dazu geführt hatte, hätte weder Mrs Somerville noch Linnet erklären können. Es war einfach so gewesen, dass Mrs Somerville sich in den Wochen nach der Abreise ihres Gatten gelangweilt hatte. Die fortschreitende Schwangerschaft hatte die geplante Reise mit ihren Eltern nach Bath platzen lassen, auch an eine Saison in London war nicht mehr zu denken. Hatte sie bereits ihre erste Schwangerschaft als lästige Begleiterscheinung ehelicher Pflichterfüllung gesehen, so zerrte diese zweite endgültig an ihren Nerven. Der Herbst in Kent war einsam und an Abwechslung herrschte Mangel. Die Besuche von Miss Carey und ihrer Schwester oder Mrs Bell brachten nichts als die gleichen aufgewärmten Geschichten hervor. Eines Abends beim Dinner, als sie bei Kerzenschein in den dunklen Garten schaute und glaubte, stumpfsinnig zu werden vor lauter Einsamkeit, hatte sie an der Glocke geläutet und dem eintretenden Diener befohlen: „Geh, bringe ein zweites Gedeck und hole Miss Carter."

Linnet, die bis zu diesem Zeitpunkt weiter mit Annie im Kinderzimmer gegessen hatte, drückte sich schüchtern in das Esszimmer. Mrs Somerville hatte bisher nur mit ihr gesprochen, um sie zu informieren, dass sie eine Bürde, eine Last und ein unverdienter Glückspilz sei, und auch an diesem ersten Abend begegnete sie ihr mit feindseligem Schweigen. Am nächsten Abend verlangte sie jedoch wieder nach ihrer Gesellschaft, und genauso am übernächsten, und irgendwann erkundigte sie sich, wo Linnet den Tag über gewesen sei, und was Mrs Horton ihr beigebracht habe.

Linnet fühlte sich in Mrs Somervilles Gegenwart nie unbefangen, doch ihre Zurückhaltung schmolz langsam dahin. Calpurnio wurde geboren und eroberte ihr Herz genauso schnell wie Jamie. Mrs Somerville, die sich gerne mit ihren Kindern schmückte und sich ungern um sie kümmerte, sah ihre Begeisterung mit einer gewissen Zufriedenheit. Sie wurde nie müde, Linnet ihre Unwissenheit, ihre Schüchternheit, ihr gesellschaftlich ungeschliffenes Benehmen und die Aussprache vorzuwerfen, mit der sie ihr französische Romane vorlas. Aber genauso wenig wurde sie müde, ihr Briefe zu diktieren, ihr Urteil in modischen Fragen einzuholen oder sie auf die Gesellschaften mitzunehmen, die sie besuchte.

Zum Zeitpunkt von Mr Somervilles Rückkehr von Jamaica war Linnet nicht mehr unwissend, sondern in allen wichtigen Bereichen umfassend gebildet. Ihre Schüchternheit war einer natürlichen Zurückhaltung gewichen, ihre Manieren in Gesellschaft ausgezeichnet und ihre französische Aussprache gar, wie Mrs Horton behauptete, elegant. Das Einzige, was sie als Tochter eines Untergärtners auswies, war der schwarze Trauerrand unter ihren Fingernägel. Dank Mrs Hortons Anleitung und Josiah Henrys strenger Aufsicht hatte sie sich zu einer begeisterten Gärtnerin entwickelt, die ständig mit den Händen zwei Finger tief in Blumenerde steckte. Ihr Wesen hatte, durch die Unterstützung der Hortons in ihrem Selbstvertrauen gestärkt, einen Zug von Fröhlichkeit angenommen, und als sie die Mitteilung über Sir Fredericks zehn Pfund Leibrente und die einmaligen fünfzig Pfund erhielt, erklärte sie lächelnd: „Schade, dass Mrs Woodkirk diesen Tag nicht mehr erlebt hat! So werde ich doch noch eine reiche Erbin!"

# II

Mr Somervilles erster Tag zurück in der Heimat war so angefüllt mit Wiedersehensfreude, Erinnerungen und Reiseerzählungen, dass er gar nicht dazu kam, über geschäftliche Probleme wie das seines Mündels nachzudenken. Am Abend sprach wie angekündigt Mr Westwell vor, ein stattlicher Mann in seinem Alter, der erpicht darauf war, seinen Nachbarn kennenzulernen.

Mr Westwell führte umfangreiche Renovierungsarbeiten an Whithersden House aus, das er durchgängig als „den alten Kasten" bezeichnete, und lud jetzt schon zu einem großen Einweihungsball ein, den er Ende August zu geben gedachte. Mr Somerville stellte fest, dass Linnet jedes Mal fast unmerklich zusammenzuckte, wenn von Whithersden oder Sir Frederick die Rede war. Er stellte auch fest, dass sie mit Messer und Gabel umgehen konnte und nicht zu viel Wein trank.

Mr Westwell erzählte von seiner Schwester, die zur Sommerfrische aus dem Norden kommen würde, von den Rodungsarbeiten für den Garten, den er anzulegen gedachte, und von dem exzellenten Hengst, den er vor ein paar Tagen auf einer Auktion in Ashford gekauft hatte. Er schien ein Mann zu sein, der gerne von seinem Besitz sprach. Mr Somerville fand, er würde ein ausgezeichneter Nachbar sein, denn er wirkte in jeder Beziehung wie das Gegenteil seiner selbst.

Erst am nächsten Morgen vor dem Frühstück fand er Zeit und Ruhe, seinen Besitz in Augenschein zu nehmen. Das Haus war natürlich ausgezeichnet gepflegt. Seine Gattin hatte einige Möbel umgestellt, andere neu angeschafft, außerdem hatte sie ein Portrait von sich und den Jungen malen lassen und der Familiengalerie im Treppenhaus hinzugefügt. Linnet Carter war aus ihrer kleinen Dachkammer in einen größeren Raum neben den Kinderzimmern umgezogen. Damit waren alle Veränderungen genannt. Er trat auf die Terrasse vor dem Frühstückszimmer und sog gierig die klare, kühle Morgenluft ein, die er in Jamaica so sehr vermisst hatte.

Ein paar Schritte brachten ihn hinunter in seinen Wald, und er war endgültig zuhause, bereit, seine Buße erneut anzutreten. Er genoss das Knacken des Waldpfades unter seinen Sohlen und verharrte ein paar Augenblicke, um dem Lied einer Amsel zu lauschen. Weiter in der Ferne klopfte ein Specht. Er war den Weg zum See so oft gegangen, dass er ihm auch jetzt, nach vier Jahren, noch fast im Schlaf folgen konnte. Gedankenverloren sammelte er eine Rosenblüte auf. Eine Entenfamilie watschelte vor ihm über den Rasen, um neben der Trauerweide, die ihre langen Äste in die klare Wasseroberfläche neigte, in den See zu gleiten. Selbst das feierliche Gefühl, das ihn auf der kleinen Landzunge überkam, war ihm vertraut. Noch ein Schritt, und er würde die Büste sehen, noch ein Schritt, und er würde das Grab des Schotten berühren - er blieb unvermittelt stehen. Er sah die Büste, doch anstelle von malerischer Verwitterung strahlte sie ihm in leuchtendem Weiß entgegen, und der einstmals bemooste Schriftzug war deutlich zu lesen: anima mea. Er wandte sich abrupt um, um dem Blick des steinernen Kopfes zum Turm zu folgen.

Der Turm war noch da, doch irgendetwas war mit ihm geschehen. Mr Somerville überquerte mit wenigen Schritten die Wiese, die noch immer voller Wildblumen war, und rüttelte an der verschlossenen Tür. Jemand hatte das Schloss erneuert, es öffnete sich fast von selbst. „Das kann doch nicht ...", murmelte er fassungslos.

Die Fensterscheiben waren nicht mehr blind, sondern mit weißen Stoffgardinen versehen. Er kannte das Innere des Turmes, oh, er kannte es nur zu gut. Unvergessen der Tag, an dem er mit seiner Schwester in der größten Sommerhitze während der Mittagsruhe zum Schwimmen hierher geschlichen war und die Mutter oben im Turm mit ihrem Liebhaber gehört hatte. Die verrotteten Gartengeräte, die er das letzte Mal hier gesehen hatte, waren verschwunden. Er entdeckte mehrere saubere Blumentöpfe, und eine große Gießkanne, ein zusammengefaltetes Sonnensegel und Gartenwerkzeuge in zweierlei Ausführungen - für Menschen und Zwerge ... nein, für Erwachsene und Kinder, korrigierte er sich irritiert.

Zwei Stufen auf einmal nehmend rannte er die Wendeltreppe hinauf, die in das obere Stockwerk unter dem Schindeldach führte, dorthin, wo die Mutter den Schotten empfangen hatte. Der Raum dort oben war fast leer, bis auf eine improvisierte Bettstatt neben dem Treppenaufgang, einen Schemel und einen Holzkasten mit Papieren. Auf den Bänken der rundumlaufenden Fenster standen mehrere kleine Pflanztöpfe in verschiedenen Keimstadien, jeder einzelne mit einer an einem Holzstock befestigten Pappe beschriftet. Mr Somerville stolperte über eine kleine Gießkanne, als er an die Fensterreihe stürzte. Da unten lag der See vor ihm, die Wiese ... oh, von hier oben konnte man sehen, dass der Trampelpfad bereinigt worden war, und links ... weiter links, in Richtung Waldrand, wo sein Grundstück mit dem Wald von Whithersden House zusammentraf, gewahrte er etwas, das früher nicht dagewesen war. Früher war dort ein Pfad gewesen, den sein Vater benutzt hatte, wenn er seinen Freund Sir Frederick besucht hatte. Jetzt befand sich dort ein kleiner Garten. Ein Wall aus sich leicht im Morgenwind wiegenden Stockrosen markierte die Grundstücksgrenze, davor blühten andere bunte Tupfen, und noch weiter westlich lag etwas, das wie ein Erdbeerbeet aussah.

Mr Somerville war noch nie in seinem Leben so wütend gewesen. Es war ihm nicht einmal möglich, seine Wut in Worte oder Aktionen zu fassen, er stand einfach nur oben am Turmfenster, schaute in den kleinen Garten hinunter und konnte nicht glauben, dass jemand es gewagt hatte. Dass jemand es gewagt hatte, in den Turm einzubrechen, seine Sachen hier abzustellen, sich oben gemütlich einzurichten und unten zu allem Überfluss noch einen Garten anzulegen. In seinem Wald, der dem Schotten, seiner Mutter und einer unwiederbringlichen Erinnerung gehörte.

Schließlich löste er sich. Er kehrte mit Riesenschritten zu seinem Haus zurück und warf klirrend die Terrassentür zum Frühstückszimmer hinter sich zu, als Mrs Somerville sich gerade zum ersten Frühstück niederließ. „Wer war das?“, donnerte er.

Mrs Somerville, die von ihrem Gatten vieles, aber keine Donnerstimme gewöhnt war, schaute verwundert auf. „Wie bitte?“

„Wer war hinten im Wald am See?“, fragte er außer Atem.

Über Mrs Somervilles schönes Gesicht legte sich ein Lächeln. „Oh, du meinst den Turm und den Garten für die Jungen. Das war Linnets Idee. Ich persönlich kann Gartenarbeit nichts abgewinnen, sie ist schmutzig und schlecht für den Teint, aber man liest allenthalben, dass sie gut für Kinder sei. Linnet sagt, sie lernen dadurch Verantwortung für den Kreislauf des Lebens.“ Mr Somerville war taub für Linnet Carters pädagogische

Weisheiten. „Und der Turm? Wie ist sie in den Turm gekommen?"

„Ach, ich wusste gar nicht, dass der existiert. Sie hat mir irgendwann davon erzählt. Wir haben ihn letztes Jahr als Sommerhäuschen genutzt. Die Kinder haben im See gebadet – meiner Meinung nach ist das ungesund, aber Doktor Horton sagt, es stärkt ihre Abwehr. Geschadet hat es ihnen jedenfalls nicht."

„Und warum erfahre ich nichts davon?", fragte Mr Somerville.

Mrs Somerville zuckte die Achseln. „Hätte ich dir jede Kleinigkeit schreiben sollen? Außerdem war Linnet meistens alleine mit den Kindern dort. Ich halte mich ungerne im Freien auf. Ich verstehe überhaupt nicht, weshalb du dich so aufregst."

„Weil -" Er rutschte erschöpft auf seinen Stuhl. „Weil -" - weil sie die Toten in ihrer Ruhe störte. Weil es sein Platz war. Seine Erinnerung. Und weil sie das ganz genau wusste. Er schaute über den Tisch zu seiner Gattin, die noch genauso schön war wie vor vier Jahren, obwohl Cals Geburt sie etwas fülliger gemacht hatte, und die in ihrer weißen Morgenrobe nach wie vor die personifizierte Eleganz war. Nein, er konnte es ihr nicht erklären. „Sie hat alles selbst bezahlt", fuhr Mrs Somerville fort.

„Wer hat was bezahlt?", fragte Mr Somerville irritiert.

„Linnet. Von Sir Fredericks fünfzig Pfund. Die neuen Dachschindeln, die Sommermöbel, das Saatgut, das Garten- werkzeug - da hat Josiah Henry sie natürlich beraten."

Mr Somerville, der nicht erwartet hatte, dass er noch wütender werden könnte, stand polternd vom Tisch auf. „Du willst mir nicht ernsthaft erzählen, dass dieses Mädchen, das vor vier Jahren keinen Penny in der Tasche hatte, sein erstes und vermutlich einziges eigenes Geld hinausgeworfen hat, um einen maroden Turm zu flicken, der ihr nicht gehört, und an einer Stelle einen Garten anzulegen, an der sie nichts zu suchen hat?"

„Sie hat sogar darauf bestanden. Und ich weiß nicht, was du dagegen hast - wenn es ihr erstes eigenes Geld ist, warum soll sie es nicht für etwas ausgeben, das ihr Freude bereitet? Doktor Horton wollte ihr das Material schenken, aber sie hat strikt abgelehnt. – Übrigens werden sie ihr eine Mitgift aussetzen."

Mr Somerville setzte sich wieder hin, aus dem einfachen Grund, weil das Zimmer angefangen hatte, sich um ihn zu drehen. „Ich erlaube das nicht", verkündete er. „Egal, ob Cal und Jamie an ihr hängen, so geht es nicht. – Alle deine Bedenken waren richtig!" Er sprang erregt auf. „Wir haben sie zu sehr verwöhnt. Sie hätte nicht hierbleiben dürfen ..."

Mrs Somerville, die zum wiederholten Male ihre Kaffeetasse festhalten musste, damit sie nicht überschwappte, schaute verärgert auf. „Würdest du bitte aufhören, ständig aufzuspringen und Unruhe zu verbreiten! Ich verstehe wirklich nicht, was dieser Unsinn soll. Die Kinder sind glücklich. Ich bin glücklich. Linnet ist glücklich. Wir haben es nicht für nötig gehalten, uns vier Jahre lang fern von unserer Familie irgendwelchen Geschäften zu widmen. Wenn dir nicht gefällt, was während deiner Abwesenheit passiert, dann bleibe in Zukunft zuhause."

„Oh Gott", seufzte Mr Somerville. Er hatte gewusst, dass dieser Vorwurf ihn eines Tages treffen würde. Dennoch riss er sich zusammen. „Wo ist Linnet?"

„Sie frühstückt oben mit Calpurnio und James."

„Dann werde ich anschließend mit ihr sprechen. Keiner

von euch wird den hinteren Teil des Gartens je wieder betreten."

In diesem Augenblick klopfte es, und ein rotgesichtiger Diener trat ein. „Mr Bart wünscht Sie zu sprechen, Sir."

„Wer ist Mr Bart?"

„Der neue Hilfspfarrer", erklärte Mrs Somerville. „Er war auf unserem Ball vor ... vier Jahren. Der Neffe vom Reverend."

Mr Somervilles Erinnerungen an jenen Ball waren verschwommen. Sie konzentrierten sich auf den einen Punkt, an dem Mrs Woodkirk vom Stuhl gefallen und er Linnet, einem unbekannten Instinkt folgend, in den Schutz seiner Arme genommen hatte. „Bringe ihn in mein Arbeitszimmer", bat er. „Ich komme gleich nach. – Wir sprechen später weiter", wandte er sich an seine Gattin, die sich endlich ihrem Frühstück widmete.

Er machte sich in seinen Räumen frisch, ließ sich von einem Hausdiener in Jacke und Weste helfen und eine förmliche Perücke auf die kurzen Haare setzen, putzte seine Brille und ging hinunter in das Arbeitszimmer. Aus den Kinderzimmern klang helles Gelächter und eine fröhliche Stimme: „Calpurnio Somerville! Du nimmst auf der Stelle Annies Haube ab!" Nein, fuhr es ihm durch den Kopf, je eher sie aus diesem Haus verschwand, umso besser. Wenn Mr Bart gegangen war, wollte er deswegen an Sir Robert Fleming schreiben.

Mr Bart hockte im Arbeitszimmer auf einem Sessel unter dem Fenster, und sobald Mr Somerville ihn sah, erinnerte er sich wieder an den linkischen jungen Mann, der über alles Mögliche gestolpert und allen Tänzerinnen auf die Füße getreten war. „Mr Bart!", rief er herzlich aus. „Verzeihen Sie, dass ich Sie habe warten lassen."

„Verzeihen Sie, Mr Somerville, Sir, dass ich zu so früher Stunde wage ... in Ihr Heim einzudringen."

„Sie sind kein Eindringling. Behalten Sie Platz, ich ziehe mir einen Stuhl heran. Kann ich Ihnen eine Erfrischung bringen lassen?"

„Ich ..., nein, danke."

„Was verschafft mir die Ehre Ihres Besuches?"

„Ich ... Sir! Ich weiß, dass Sie gestern erst von einer langen Reise heimgekehrt sind und sich nichts sehnlicher wünschen als ... den Tag im Kreise Ihrer Familie zu verbringen."

Mr Somerville zuckte die Achseln. Gerade die letzte Viertelstunde über hatte er sich gewünscht, er wäre nie heimgekommen.

„Ich ..." Mr Bart erhob sich, wandte ihm den Rücken zu, schritt entschieden in die Mitte des Raumes und kam wieder zurück. „Ich ... Sie kennen mich nicht so gut wie ... wie Sie es sollten."

Da Mr Somerville dem nichts entgegenzusetzen hatte, nickte er höflich.

„Ich bin seit dem ... Jahresbeginn Hilfspfarrer. Seit drei Monaten habe ich Ihre Rückkehr herbeigesehnt, denn ich ... ich liebe Ihre Nichte."

„Meine Nichte?", fragte Mr Somerville und sah absurderweise das rundliche Kleinkind vor sich, das ihm vor zweieinhalb Monaten auf dem Arm seiner Schwester auf Wiedersehen gewunken hatte.

„Die ... Cousine Ihrer Gattin", erläuterte Mr Bart.

„Linnet?", wiederholte Mr Somerville ungläubig. „Mein Mündel?"

„Miss Carter", bestätigte Mr Bart. „Ich nenne sie bei mir Louise. Linnet ist ein ... unchristlicher Name."

111

„Zweifellos." Mr Somerville starrte den jungen Mann über seine Brillengläser hinweg an. „Wenn ich Sie richtig verstehe, bitten Sie mich um die Erlaubnis, Li ... Miss Carter um ihre Hand bitten zu dürfen?"

„Ja, ich ... - das war ... meine Absicht."

„Sicher ist Ihnen bekannt, dass Miss Carter nur zehn Pfund im Jahr zu erwarten hat."

„Doktor Horton hatte die ... Güte ihr eine Mitgift von fünfzig Pfund auszusetzen." Donnerwetter, dachte Mr Somerville. Mr Bart wollte sich jedoch nicht als skrupelloser Mitgiftjäger abstempeln lassen und schritt entschieden zurück in die Mitte des Raumes. „Ich würde Miss Carter auch ohne Mitgift ... heiraten. Jeden Wintertag ist sie mir wie ein ... Sonnenstrahl in meinem Leben erschienen. Ihr Charakter ist der wertvollste, der mir je begegnet ist. Ihre Güte, Menschlichkeit, Bescheidenheit und ... Schönheit suchen Ihresgleichen. Bei jedem Gebet sehe ich meine Louise auf mich herab lächeln, und ich bitte Sie, Sir, verweigern Sie mir nicht die Ehre, ihr ... Mann zu werden."

Bei diesen Worten war Mr Bart vor Mr Somerville auf die Knie gefallen. Mr Somerville zog ihn wieder auf die Füße. Seine gute Laune war auf magische Art und Weise wiederhergestellt, er konnte kaum glauben, wie schnell sich seine Probleme in Nichts auflösten. „Mr Bart, an mir soll es nicht liegen, und um Ihnen das zu beweisen, verdoppele ich Doktor Hortons fünfzig Pfund." Er ging zur Tür und sagte zu dem Hausmädchen, das in der Halle Staub wischte: „Lasse bitte Li... Miss Carter in mein Arbeitszimmer kommen. – Viel Glück, Mr Bart!"

Fröhlich pfeifend verließ er das Haus und ging zu den Stallungen hinüber, um sich beim Stallmeister nach den Fortschritten seiner Jungen im Reitunterricht zu erkundigen und den Ankauf zweier Ponys zu erörtern. Mr Bart war vielleicht kein Mann, den er sich als Schwiegersohn gewünscht hätte, aber er war ein guter, ehrlicher Mann mit fester Stellung und geregeltem Einkommen, der Linnet überdies noch liebte. Natürlich würde ihr Leben an seiner Seite einen anderen Standard haben als in seinem schönen weißen Haus. Das war eine Ausnahme gewesen, das hatte sie ja immer gewusst. Eine Ausnahme, die statt der geplanten vier Wochen vier Jahre gedauert hatte. Nun könnte sie ungestört jede Menge Kinder in die Welt setzen und mit ihnen so viele Pfarrhausgärten umgraben, wie sie lustig war. Mr Bart war ein Geschenk des Himmels.

Der Stallmeister hatte nur Gutes über Jamie und Cal zu berichten. Jamie war ein kleiner Draufgänger, dem keine Hecke zu hoch und kein Graben zu weit war. Cal war stiller, und er liebte Pferde. „Spricht mit ihnen", murmelte der Stallmeister.

„Er spricht mit Pferden?"

„Auch mit Katzen und Hunden. Und Mrs Enderbys Kanarienvogel. Ganz besonderes Kind, der Kleine."

Mr Somerville runzelte die Stirn. Er wollte eigentlich keine Kinder haben, die mit Pferden und Haustieren kommunizierten. Dann sah er Josiah Henry mit einem Blumentopf in der Hand und seinem Sohn im Schlepptau über den Hof schlurfen. „Josiah!" Samuel Henry tippte seinem Vater auf die Schultern, der sich umwandte und beim Anblick seines Brotherrn sein Hörrohr aus der Schürze zog.

„Mr Somerville. Bin zu krumm, um mich zu verbeugen, Sir. Willkommen zuhause."

Mr Somerville deutete auf den Blumentopf. „Was ist das?"

113

„Schnuppern Sie, Sir." Josiah verzog genießerisch das Gesicht. „Lavendel. Hab's endlich geschafft, welchen zu ziehen. Die kleine Miss Linnet hat ihn so gerne."

Mr Somerville warf einen kritischen Blick auf Samuel Henrys Miene, die bei Linnets Namen einen leicht abwesenden Ausdruck angenommen hatte. Gott, dachte er, das Mädchen hat eine Schneise der Verwüstung durch die hiesigen Männerherzen geschlagen. Er beschloss, Sir Robert Fleming zu bitten, Mr Bart eine Pfarrstelle im nördlichsten Yorkshire zu besorgen.

„Mr Somerville! Sir!" Mrs Enderby stand in seiner Eingangstür und winkte ihm mit ihrer Schürze zu. „Bitte kommen Sie ins Haus! Mrs Somerville ist in Ohnmacht gefallen!"

Josiah drückte Mr Somerville den Blumentopf in die Hand. „Geben Sie den der kleinen Miss Linnet", brummelte er, ehe er davon schlurfte und Mr Somerville mit großen Schritten in sein Haus zurückkehrte.

# III

Mrs Somerville lag im Salon auf ihrer Chaiselongue, schnappte nach Luft wie ein Fisch auf dem Trockenen und ließ sich von ihrer Zofe Kühlung zufächeln. Zu Füßen der Chaiselongue standen Cal und Jamie und beobachteten interessiert die Wiederbelebung ihrer Mutter, während Mr Bart und Linnet, beide schneeweiß im Gesicht, beiderseits des Kamins Aufstellung genommen hatten. „Somerville!", stöhnte seine Gattin bei seinem Anblick. „Sag mir, dass das nicht wahr ist."

„Liebste ..."

Mrs Somerville ruderte mit den Armen, bis ihr Blick voller Widerwillen an Mr Bart hängenblieb. „Du hast diesem ... diesem ... diesem Menschen nicht gestattet, Linnet zur heiraten." Mr Somerville starrte betreten auf den Lavendeltopf in seiner Hand. Cal und Jamie machten große Augen.

„Wie konntest du!", rief Mrs Somerville. „Wie konntest du!"

„Aurelia ..."

„Ich hoffe, wir kommen nicht ungelegen", sagte eine joviale Stimme von der Tür her. Der Doktor trat mit Mrs Horton ein. „Oh, meine liebe Mrs Somerville – was hat Sie niedergestreckt?"

Mrs Somerville schüttelte stumm den Kopf. Mr Somerville stellte resigniert den Blumentopf ab. „Mr Bart", wandte er sich an seinen ersten Besucher, „nehmen Sie einen Augenblick in meinem Arbeitszimmer Platz. Ich verstehe nicht ganz, was geschehen ist, aber ich fürchte, es handelt sich um eine Familienangelegenheit. Cal, Jamie, geht bitte mit Mrs Enderby."

„Was ist vorgefallen?", erkundigte sich der Doktor interessiert, nachdem Mr Bart gesenkten Hauptes und Cal und Jamie unter Protest den Raum verlassen hatten.

„Mr Bart hatte die Unverfrorenheit, Linnet einen Heiratsantrag zu machen!", rief Mrs Somerville aus.

„Mr Bart kam vor einer halben Stunde zu mir, legte seine Situation dar, erklärte mir, dass er Miss Carter liebe und für sie sorgen wolle, und erbat mein Einverständnis. – Das ist alles", präzisierte Mr Somerville.

„Und Sie haben Ihre Zustimmung gegeben?", erkundigte sich der Doktor.

„Ich wüsste nicht, was dagegen spricht", verteidigte sich Mr Somerville. „Ein charakterlich untadeliger Mann in geregelter Stellung mit festem Einkommen möchte ein mittelloses Mädchen heiraten und ihm eine sichere Zukunft bieten. Welchen Grund könnte ich haben, ihm diesen Wunsch abzuschlagen?"

„Tom", murmelte der Doktor nachdenklich, „Tom, Tom ..."

„Er ist ein grässlicher Mensch!", ließ sich Mrs Somerville vernehmen. „Ungeschickt, ungeschliffen! Bringt keinen Satz zu Ende, stolpert und starrt ... Hast du keine Sekunde überlegt, wie peinlich es mir wäre, mit einem solchen Mann verwandtschaftlichen Verkehr zu pflegen? Er steht unter uns! Weit unter uns!"

„Verzeih, bisher hast du so wenig Neigung gezeigt, mit deiner Cousine verwandtschaftlichen Verkehr zu pflegen ..."

„Ich habe keine Lust, mir diesen Vorwurf bis an das Ende meines Lebens anhören zu müssen, Somerville. Ich war nicht vier Jahre lang auf Reisen. Ich habe sie gekleidet, genährt und ihre schlechten Manieren ertragen, um ihr bessere beizubringen."

Mrs Horton räusperte sich und zog Linnet, die die ganze Zeit über neben dem Kamin gestanden hatte, in den Gesprächskreis. „Linnet, haben Sie Mr Barts Antrag denn angenommen?"

Linnet schüttelte mit gesenkten Augen den Kopf. Ihre Lippen zitterten, und hätte man einen einzigen Ton von ihr verlangt, wäre sie in Tränen ausgebrochen.

„Dann ist ja alles in Ordnung", rief der Doktor fröhlich aus. „Worüber diskutieren wir?"

„Mr Bart war nicht bereit, ihre Ablehnung zu akzeptieren", erläuterte Mrs Somerville. „Ich kam darüber hinzu, wie er sie durch körperliche Annäherung zu überzeugen versuchte."

„Sind Sie verletzt?" Linnet schüttelte den Kopf, obwohl sie das Gefühl hatte, dass ihre Seele in einem Maße verletzt war, das sie nicht mehr beschreiben konnte. Daran war allerdings nicht Mr Bart schuld. „Damit ist wohl Genugtuung fällig. Tom, wollen Sie den Wüstling fordern, oder überlassen Sie mir das Feld?"

Mr Somerville schaute von seiner leidenden Gattin zu Josiah Henrys Lavendeltopf und weiter zu Linnet, deren Lippen immer noch bedenklich zitterten, und er erschrak über das Ausmaß der Verletzung, die er ihr zugefügt hatte. „Unsinn", murmelte er. „Niemand wird irgendjemanden fordern."

„Ich freue mich, dass Ihr Verstand zurückgekehrt ist", bemerkte der Doktor. „Wenn ich einige abschließende Worte zu dieser unerfreulichen Affäre sagen darf: Linnet, ich bin stolz auf Sie. Es ist richtig, dass in Ihrer Situation der Antrag eines Mannes mit festem Einkommen nicht zu unterschätzen ist. Es ist allerdings auch richtig, dass Mr Bart, gleichwohl er ein Mann unzweifelhafter Qualitäten ist, kaum den Charakter hat, eine intelligente junge Dame wie Sie auf die Dauer zufriedenzustellen. Daher ist Ihre Entscheidung sehr zu begrüßen, und ich wünsche Ihnen von Herzen, dass Sie sie nie bereuen. – Und Sie, Tom, mein lieber Junge, erlauben sich noch eine Woche zur Eingewöhnung, ehe Sie damit fortfahren, Chaos und Verwüstung unter den Ihren anzurichten."

Erst am späten Nachmittag kam Mr Somerville dazu, einen zweiten Spaziergang in seinem Garten zu machen. Kaum hatte er dem am Boden zerstörten Mr Bart die Situation erklärt, sich tausendmal entschuldigt und den armen Mann zur Haustür komplimentiert, als ein nicht abreißender Besucherstrom einzutreffen begann. Die halbe Umgebung gab sich die Klinke in die Hand, um ihn willkommen zu heißen, nach seinen Erlebnissen auszufragen, Einladungen zum Dinner zu übermitteln und Tratsch auszutauschen.

Er fühlte sich geehrt durch die Aufmerksamkeit, die ihm zuteilwurde, und irritiert, wie wenig sich innerhalb von vier Jahren verändern konnte. Mr und Mrs Bell waren immer noch verzweifelt auf der Suche nach einem Ehemann für Miss Bell. Miss Careys Schwester betrauerte das Ableben ihres Gatten wie am ersten Tag. Mrs Woodkirks Tod war nach wie vor Gesprächsthema. Aber auch Sir Fredericks Hinscheiden, die seltsame Verfügung, die er für Linnet getroffen hatte und der neue Besitzer seines Hauses bedurften ausführlicher Erörterung. Mr Westwell war ein eleganter Mann, der in der Londoner Gesellschaft nicht unbekannt war. Mr Somerville, dem die Londoner Gesellschaft mittlerweile gleichgültig war, erkannte auf den glänzenden Gesichtern seiner Nachbarn den sehnlichen Wunsch, dass ein wenig von Mr Westwells Glanz auf sie abfärben möge. Der Ball, den er für Ende August versprochen hatte, war bereits in aller Munde.

Er fragte seine Gattin, ob sie ihn auf seinen Spaziergang begleiten wolle. Sie lehnte ab, sie ging ungern zu Fuß und sah nicht ein, warum sie sich in einem unordentlichen Garten bewegen sollte, wenn ihr ein ordentliches Haus zur Verfügung stand. Einen Augenblick lang überlegte er, ob er seine Söhne auffordern sollte mit ihm zu kommen, dann schob er den Gedanken von sich. Er würde sich mehr mit ihnen beschäftigen müssen, um sie besser kennenzulernen, doch das hatte Zeit bis morgen. Nach den Aufregungen des heutigen Tages sehnte er sich nach Ruhe und Beschaulichkeit. Er verweilte lange an dem Grab am See, auf die Rückkehr der Melancholie wartend, die ihn hier früher immer überkommen hatte. Er strich über das steinerne Gesicht seiner Mutter, die Worte wiederholend, die sie ihrem Geliebten mit ins Grab gegeben hatte, und dachte an den großen Mann, der hier unter ihm in der Erde lag. Ein absurder Gedanke, mittlerweile würde von dem Schotten nicht mehr übrig sein als ein paar Knochen. Er würde nicht hinter den Rhododendren hervorkommen, seine vor Freude quietschende Schwester in der Luft herumschwenken und mit einem langgezogenen „Na, Master Tom?" seine Pranke auf seine schmale Knabenschulter niederfahren lassen, ebenso wenig, wie seine Mutter lachend mit einer Karaffe Zitronenwasser aus dem Turm treten würde.

Langsam – denn er verstand, dass es ein Abschied war – überquerte er die Wiese und ging um den Turm herum, bis er in Linnet Carters Garten stand. Sie hockte im Erdbeerbeet, ihm den Rücken zugewandt, das lange cremefarbene Kleid unter die Knie geschoben und die Haare am Hinterkopf zu einem lockeren Knoten aufgesteckt, aus dem sich einzelne Strähnen gelöst hatten und in kurzen Kringeln in ihren bloßen Nacken fielen. Mrs Somerville hatte recht, vornehme Blässe war ihre Sache nicht. Sie drehte sich unvermittelt um, als ob sie seinen Blick in ihrem Rücken gespürt hätte. „Oh", machte sie nur, als sie ihn entdeckte, und wischte sich die erdigen Finger an ihrer Schürze ab.

„Miss Carter", sagte Mr Somerville.

„Walderdbeeren. Möchten Sie probieren?" Sie hielt ihm drei dunkelrote, tropfenförmige Früchte hin. „Josiah Henry sagt, sie werden nicht größer. Mrs Horton hat an ihre Schwester geschrieben, damit sie mir welche von ihren Erdbeerpflanzen schickt."

Er kam einen Schritt näher und kostete die Beeren. Sie waren klein, aber äußerst aromatisch. Linnet erhob sich und strich sich den Rock glatt. Als sie sich bückte, um ihre Gartengeräte einzusammeln, sah er die schwarzen Trauerränder unter ihren Fingernägeln. Mr Somerville entschied, streng und korrekt zu sein. „Dieser Garten ist sehr schön, Linnet, aber er ist ohne meine Einwilligung angelegt worden."

Sie schaute unvermittelt zu ihm auf. „Tote Leute macht man nicht wieder lebendig, indem man sie für sich behält."

„Wie bitte?"

„Ich weiß nicht, was das soll. Cal und Jamie sehen hier genauso wenige Gespenster wie ich. Für uns ist es nur ein schöner Ort, an dem man im Sommer picknicken und schwimmen kann. In einem Gebüsch steht eine traurige Frau auf einer Säule mit einer schönen Inschrift, und darunter liegt angeblich ein Mann - was soll's, das trägt zum Zauber bei." Sie verscheuchte eine Biene, die sich auf ihrer Hand niedergelassen hatte.

„Linnet, es geht ums Prinzip", erklärte er vernünftig. „Dieses ist mein Garten auf meinem Grundstück. Wo kämen wir denn hin, wenn jeder sein Gärtchen anlegen würde, wo es ihm gefällt?"

Sie schaute eine Weile in die Stockrosen, zwischen denen zwei Zitronenfalter spielten. „Ich weiß nicht. Ins Paradies?"

Es war mehr ihr Blick als ihre Worte, der ihn zur Aufgabe bewegte. „In Ordnung. Ich gebe mich geschlagen. Der Garten und der Turm für Sie, und dafür komme ich um eine Entschuldigung herum, weil ich versucht habe, Sie mit Mr Bart zu verheiraten."

Linnet lächelte, in ihrem Kinn bildete sich ein Grübchen. „Das ist ein guter Handel."

„Ich hoffe, es gibt nicht noch mehr Mr Barts."

„Samuel Henry ist zu schüchtern und der Reverend zu alt."

„Da bin ich aber erleichtert." Mr Somerville stellte fest, dass er wirklich erleichtert war, und das hatte nichts mit der Furcht zu tun, sein Grundstück in Erdbeerbeete parzelliert zu sehen. Linnet brachte ihre Gerätschaften in den Turm und verriegelte die Tür, ehe sie sich Mr Somerville für den Heimweg anschloss. „Linnet, warum hat Sir Frederick Ihnen die Leibrente hinterlassen?", fragte er unvermittelt.

„Ich glaube, aus schlechtem Gewissen. Ich habe ihn nur einmal gesehen, als ich mit Doktor Horton bei ihm war, und da hat er mich mit der Schrotflinte bedroht, weil er mich für die Tochter des Mannes unter der Steinstele hielt. Er meinte, er habe meinen Vater beerdigt."

„Der Doktor hat Ihnen auch eine Mitgift ausgesetzt."

„Ich weiß. Ich werde sie nicht annehmen."

Er biss sich auf die Zähne, er wollte ihr nicht sagen, dass er Doktor Hortons Geld verdoppelt hatte. Es war

Unsinn gewesen, so zu tun, als ob er sie um jeden Preis los werden wollte. Er betrachtete sie von der Seite, ihr alles andere als klassisches Profil mit den Sommersprossen auf der Nase und den geröteten Wangen. „Aber Sir Fredericks Geld können Sie annehmen?"

„Das könnten Sie auch, wenn man Sie mit einer Schrotflinte bedroht hätte." Darauf musste er lachen. „Der arme Sir Frederick. Von allen unglücklichen Menschen, die ich kenne, war er der unglücklichste. Wahrscheinlich war der Tag, an dem Sie an seinem Krankenbett auftauchten, der einzige Sonnenstrahl in seinen letzten fünf Lebensjahren."

„Ich glaube nicht, dass ich damals viel von einem Sonnenstrahl an mir hatte", erwiderte Linnet lächelnd.

Nein, dachte Mr Somerville, aber wenn der arme Sir Frederick sie jetzt sehen könnte, würde er ihr gleich sein gesamtes Vermögen überschreiben. Ihn überkam das schlechte Gewissen, weil er sie ernsthaft an Mr Bart hatte verschenken wollen, und er blieb unvermittelt stehen. „Linnet, hören Sie, was ich heute Morgen gesagt habe, tut mir leid. Ich wollte Sie nicht verletzen. Ich möchte nicht, dass Sie glauben, dass - ..." Er brach ab, weil er selbst nicht recht wusste, was sie nicht glauben sollte, und suchte ihre Augen. Sie erwiderte seinen Blick ruhig. „Ich kann das schon verstehen, Mr Somerville. Bitte lassen Sie uns nie wieder davon sprechen."

# IV

ie nächsten Wochen führten fort, was die ersten Junitage versprochen hatten: einen Sommer voller Sonnentage, voller Blütenduft, Vogelgezwitscher und Bienengesumm. Linnet konnte sich nicht erinnern, jemals in ihrem Leben so glücklich gewesen zu sein. Hatten die vergangenen vier Jahre schon eine deutliche Steigerung im Vergleich zu ihren ersten vierzehn Lebensjahren bedeutet, schien in diesem Juni das Glücklichsein nicht mehr von ihrer Seite zu weichen. Sie verbrachte Stunden mit Cal und Jamie oder alleine in ihrem Garten, machte einsame Spaziergänge zu Mrs Horton oder ließ sich von Mrs Enderby einen Picknickkorb füllen, um mit den Kindern den ganzen Tag über durch die Felder und Hügel zu streifen. Angst vor dem Wald hatte sie längst nicht mehr, ebenso wenig wie vor den Menschen, die ihnen unterwegs begegneten.

Mrs Somerville war dieses „Herumstreunen" anfangs nicht recht gewesen. Bald stellte sie jedoch fest, wie angenehm ruhig ein Haus war, in dem den ganzen Tag über keine Kinder schrien, krähten und lachten, und sie erklärte sich bereit, selbst die Sommersprossen auf Linnets, Cals und Jamies Nasen als lästige Begleiterscheinung zu akzeptieren. Mr Somerville war egal, was seine Söhne machten, solange sie glücklich waren. Im September würde ein Tutor für sie eintreffen, bis dahin sollten sie sich austoben. Er war gut damit beschäftigt, sich wieder in seine hiesigen Angelegenheiten einzuarbeiten, aber er versäumte es nie, am Nachmittag in den Garten zu gehen, um ihnen beim Baden, Gärtnern, Picknicken oder Federballspielen zuzuschauen. Jamie war in der Tat der Draufgängerische der beiden, während Cal ein stilles Kind war, das Stunden damit verbringen konnte, im Gras zu liegen und einen Schmetterling zu beobachten. Mr Somerville überlegte mehrere Tage lang, an wen Cal ihn erinnerte. Erst als er einmal zufällig hinzukam, wie Linnet alleine und mit äußerster Sorgfalt in ihren Beeten Unkraut jätete, fiel es ihm auf: Cal war so ernsthaft und still wie Linnet vor vier Jahren, und genauso umfassend wie sie ließ er sich von einer Sache vereinnahmen, die ihn begeisterte. Kein Wunder, dass die beiden aneinanderklebten wie Kletten.

Am Abend, wenn keine Gäste im Haus waren, versammelte sich die ganze Familie im Salon. Linnet las den Kindern vor oder spielte mit ihnen, bis es Schlafenszeit für sie war. Wenn sie die Jungen ins Bett gebracht hatte, zog sie sich meistens ebenfalls zurück, während Mr Somerville die Ereignisse des Tages Revue passieren ließ, eine Plauderei mit seiner Gattin anfing oder einfach zufrieden in einem Buch las. Sobald Gäste mit am Tisch saßen, kehrte Linnets alte Befangenheit in milderem Umfang zurück. Es fiel ihr nicht so leicht wie Mrs Somerville, eine kleine Plauderei über nichts zu führen, und obwohl ihr Benehmen stets tadellos war, fand sie es befremdlich, nett zu Menschen sein zu müssen, die nicht nett zu ihr waren.

Die Juliwoche, an deren Ende der Somerville'sche Sommerball stattfinden sollte, kam heran, und die unvermeidlichen Vorbereitungen und Planungen machten ihren Streunereien mit Cal und Jamie vorerst ein Ende. Mrs Somerville brauchte sie im Haus, oder, wie Mrs Enderby es ausdrückte, das Haus brauchte Linnet. Neben den Ballgästen waren Übernachtungsgäste zu erwarten. Sir Robert und Lady Fleming hatten sich ebenso angemeldet wie Mrs Somervilles Eltern, Sir George und Lady Egerton, deren nahende Ankunft Linnet Kopfzerbrechen bereitete. Sir Robert und Lady Fleming kamen jedes Jahr zu Besuch, brachten neuesten Klatsch aus London mit, lobten das Landleben in den höchsten Tönen, um nach zehn Tagen oder zwei Wochen erleichtert in die Stadt zurückzukehren. Ohne sie als Freunde bezeichnen zu können, hatten sie immer ein höfliches Interesse an Linnet gezeigt.

Mit Sir George und Lady Egerton lagen die Dinge anders. Mrs Somerville hatte ihren Eltern in den vergangenen Jahren jeden Herbst einen mehrwöchigen Besuch in Bath abgestattet. Diese Tage waren Linnets wahre Ferienzeit, in der sie in die kleine Gästekammer vom Monks Cottage einquartiert worden war, denn wenn die Egertons eine Person nicht sehen wollten, dann war es die Tochter ihres Untergärtners. Linnet hatte oft genug Mrs Somervilles Korrespondenz erledigen müssen, um zu wissen, wie sehr Sir George und seine Gattin ihrem Schwiegersohn die Bereitwilligkeit übelnahmen, mit der er ihre Vormundschaft übernommen hatte. Insofern war es nicht weiter verwunderlich, dass Linnet an dem Nachmittag, an dem die Egerton'sche Reisekutsche erwartet wurde, keinerlei Anstalten machte, ihre Dekorationsarbeit in dem für den Ball ausgeräumten Salon zu unterbrechen, sobald der Lärm in der Halle anschwoll. Sie nahm ihren Blumenkübel, spazierte über die Terrasse aus dem Haus hinaus und kehrte erst eine Stunde später mit den Rosen zurück, die Josiah Henry in der Gärtnerei für sie geschnitten hatte.

Sir George Egerton war ein großer, stattlicher Mann mit einer lauten Stimme, festen Grundsätzen und einem Hang zu Frauen, die nicht seine eigenen waren. Sobald seine Gattin und er ihre Zimmer in der ersten Etage bezogen

125

hatten und er Gattin und Tochter in angeregter Konversation miteinander wusste, machte er sich auf, die Örtlichkeiten zu erforschen. Obwohl er seinen Schwiegersohn für einen ausgesprochenen Dummkopf hielt - erst die Vormundschaft für das Balg seines Untergärtners, dann der Verkauf seiner Besitzungen in Übersee, wo alle Welt nach Übersee strömte -, musste er eingestehen, dass die Familie seiner Tochter ein ebenso schönes wie geschmackvolles und repräsentatives Zuhause bewohnte. Die Somervilles, die von ihren Bilderrahmen im Treppenhaus auf ihn herabschauten, schienen alle genauso gelassen und zufrieden wie sein Schwiegersohn. Ja selbst seine Tochter, die sich mit seinen beiden Enkeln hatte malen lassen, strahlte eine ungewöhnliche Ruhe aus, als ob das Haus ansteckend auf seine Bewohner wirkte. Sir George schritt naserümpfend durch die Halle in den leeren Salon, in dem alle Verbindungstüren zu den angrenzenden Zimmern geöffnet waren, um Platz für die Ballgäste zu schaffen. Sogar das Hauspersonal sonnt sich hier in Selbstzufriedenheit, dachte er angesichts des Mädchens, das mitten im Salon in einem Meer aus Blumen hockte und mit äußerster Konzentration Rosen zu einer Girlande band. Ein hübsches kleines Ding, kein klassisches Profil natürlich und dunkelhäutig wie eine Bauernmagd, aber zum Anbeißen niedlich. Er betrachtete interessiert die Strähnen, die sich aus ihrem locker aufgesteckten Knoten gelöst hatten und in Kringeln in ihren bloßen Nacken fielen. Plötzlich wandte sie sich halb um. „Mrs Enderby, das ist wirklich Strafarbeit. Ich mache mir mit den Dornen die Hände … oh. Verzeihung, Sir. Ich dachte, es wäre die Haushälterin."

Sir George trat mit einem bedeutungsvollen Lächeln auf sie zu und legte ihr zwei Finger in den Nacken. „Und warum kann ein so hübsches Mädchen wohl zu Strafarbeit verurteilt werden?"

Linnet, immer noch in der Hocke, starrte ihn fassungslos an. Erst Mr Bart, jetzt ihr eigener Onkel - der sie offensichtlich nicht erkannte – die sogenannten Gentlemen schienen neuerdings verrückt zu spielen. „Obwohl ich es mir eigentlich denken kann", fuhr er fort. „Respektlosigkeit gegenüber deinem Arbeitgeber, hm?"

Linnet schob die Hand von ihrem Nacken und hatte sich halb erhoben, als Mrs Enderby in den Salon gerauscht kam. „Ich habe Ihnen Handschuhe gebracht, es ist ja nicht nötig, dass Sie sich die Finger zerstechen, Miss Linnet ..." Sie brach irritiert ab angesichts der Wandlung von Sir Georges Gesichtsausdruck. Für ihren Geschmack hatte der Herr ohnehin etwas zu nahe an Mrs Somervilles Cousine gestanden. „Miss Linnet!", wiederholte er angewidert, warf Linnet einen mörderischen Blick zu und verließ den Salon.

„Was war denn das?", fragte Mrs Enderby.

Linnet zuckte die Schultern. „Ich bin nicht sicher. Mrs Enderby, gibt es eigentlich auch nette Männer auf der Welt?"

„Ach, Linnet." Mrs Enderby nahm sie liebevoll in den Arm. „Doktor Horton ist ein netter Herr. Mr Somerville ist sehr nett. Mr Enderby war der allerbeste von allen. Und Master Cal und Master Jamie werden bald die nettesten jungen Männer sein, die die Welt je gesehen hat."

Trotzdem war Linnet der letzte Rest Vorfreude auf den Ball verdorben. Obwohl es ihr undankbar erschien, hätte sie tausendmal lieber in ihrem Turm gesessen und zugeschaut, wie die Nacht auf den Garten fiel und die Sterne aufgingen, anstatt sich in eines von Mrs Somervilles abgelegten Mädchenballkleidern nähen zu lassen und den ganzen

Abend über darauf achtgeben zu müssen, weder Mr Bart noch Sir George Egerton zu nahe zu kommen.

Mr und Mrs Somerville empfingen ihre Gäste wieder ganz in Weiß. Linnet beobachtete sie neidvoll durch die Sprossen des Treppenaufganges. Einmal mehr musste sie sich eingestehen, dass sie noch nie ein schöneres Paar gesehen hatte. Mrs Somervilles natürliche Eleganz ergänzt mit Mr Somervilles selbstverständlicher Liebenswürdigkeit machten sie wie immer zum Mittelpunkt der Gesellschaft.

„Linny, bist du traurig?" Jamie war Annies Händen entwischt, drängte sich im Nachthemd neben sie an das Treppengeländer und legte ihr seinen dünnen Kinderarm um die Schultern.

„Ach, Unsinn."

„Warum gehst du dann nicht runter?"

„Ich habe keine Lust." Das konnte Jamie nicht verstehen. Als Linnet ihm früher am Abend erklärt hatte, dass seine Großmutter Lady Egerton sich entschieden gegen das lange Aufbleiben von kleinen Kindern ausgesprochen hatte und somit ihre Runde unter den Ballgästen unterbleiben würde, hatte er einen überzeugenden Eid geschworen, nie wieder mit seiner Großmutter zu sprechen. Jetzt streckte er dem großmütterlichen Rücken durch die Treppensprossen die Zunge heraus. Linnet musste gegen ihren Willen kichern. Mr Westwell war eingetroffen und stellte die Dame in seiner Begleitung als seine Schwester vor, die zur Sommerfrische nach Kent gekommen war. Es stellte sich heraus, dass Mr Westwell und Sir George einander aus London kannten. „Wenn du nicht bald gehst, fangen sie ohne dich an", gähnte Jamie.

„Das würde gar nicht weiter auffallen."

„Doch, würde es."

Plötzlich hatte sie eine Idee. Sie flüsterte sie Jamie ins Ohr, der sie kichernd guthieß, und gleich darauf schritten sie Hand in Hand die Treppe herab: ein junges Mädchen in einem etwas altmodischen Ballkleid und ein kleiner Junge mit zerzausten blonden Locken im bodenlangen Leinennachthemd. Sir George und Mr Westwell unterbrachen ihre Erörterung der gemeinsamen Londoner Bekannten. Mr Bart lief mit aufgerissenen Augen gegen eine Potpourri-Schale, und Mr Somerville hörte auf, dem Doktor herzlich die Hand zu schütteln. Linnet steuerte geradewegs auf ihre Tante Egerton zu, die sie bisher weder mit Worten noch mit einer Begrüßung bedacht hatte, machte Mrs Hortons Unterricht alle Ehre, indem sie in einen graziösen Knicks versank, und erklärte mit ehrfurchtsvoll zu Boden geschlagenen Augen: „Mylady, Master James wollte nicht eher schlafen, als bis er Ihnen einen Gutenachtkuss gegeben hätte." - woraufhin Jamie seiner Großmutter um den Hals fiel und ihr zwei feuchte Küsse auf die Wangen drückte.

„Nun gute Nacht, James", sagte Linnet liebevoll.

„Gute Nacht, Tante Linnet", erwiderte Jamie und gab ihr zwei nicht minder feuchte Küsse, ehe er würdevoll in seinem Nachthemd die Treppe wieder hinaufstieg.

Lady Egerton starrte ihre Nichte an wie einen schwarzen Käfer. „Nun", erklärte sie schließlich. „Aurelia. Ich sagte dir schon, dass ich es nicht gutheiße, wenn Kinder an den Gesellschaften Erwachsener teilnehmen. Das gilt für alle Kinder in diesem Haus, nicht nur für deine."

„Und Sie können gewiss sein, Mylady, dass Sie vom medizinischen Standpunkt aus gesehen natürlich vollkommen recht haben", ließ sich Doktor Horton vernehmen. „Kinder brauchen regelmäßige Mahlzeiten und geregelten Schlaf. Kräftige junge Damen wie mein Mündel Miss

Carter hier hingegen sollten sich herrliche Feste wie dieses nicht entgehen lassen. Linnet, meine Liebe, Sie sehen einmal mehr aus wie das blühende Leben. Darf ich trotzdem Ihren Arm nehmen? Mrs Horton, beste Gattin, komm an meine andere Seite ..."

„Wissen Sie, was meine Schwiegereltern Linnet genau vorwerfen?", fragte Mr Somerville später den Doktor bei einem Glas Punsch.

„Sie haben es mir nicht erklärt. Mrs Horton, die es von der seligen Mrs Woodkirk haben will, sagt, es sei eine sehr delikate Geschichte. Als die jüngste Miss Woodkirk als Schutzbefohlene in Sir Georges Haus wohnte, soll er ihr Andeutungen gemacht haben, die er als verheirateter Mann besser unterlassen hätte. Mrs Woodkirks Ansicht nach hätte nur Sir Georges Verhalten ihre kleine Schwester veranlasst, mit dem Untergärtner durchzubrennen. Mrs Woodkirk hielt es durchaus für möglich, dass der Untergärtner Miss Woodkirk zur Hilfe kam, als Sir George sich ihr in eindeutiger Absicht näherte."

„Zumindest würde es erklären, weshalb Mrs Woodkirk keinerlei Vorkehrungen traf, Sir George als Vormund für Linnet zu bestellen."

Der Doktor zuckte die Achseln. „Mag sein, mag sein, Tom. Ansonsten schließe mich Mrs Woodkirks Meinung an, dass es ein dummer Fehler ist, die Kinder für die Sünden ihrer Eltern haftbar zu machen. Nichts gegen Ihre Schwiegereltern, mein Junge, aber wenn sie vernünftige Leute wären, würden sie wenigstens aufhören, ihre Nichte mit Blicken zu durchbohren. Wie die Dinge liegen, werde ich unsere kleine Linnet morgen zu einem ausgedehnten Aufenthalt in Monks Cottage abholen und erst zurückbringen, wenn die Herrschaften abgereist sind."

Mr Somerville schaute zu Linnet, die mit Mrs Horton und Mr Westwells Schwester auf einer Sitzgruppe unter dem Fenster saß und ein Limonadenglas zwischen den Fingern drehte. Sie hat es nicht verdient, schon wieder einen Alptraum anstelle eines Balles in diesem Haus zu erleben, entschied er und stellte sein Punschglas ab, um den Raum zu durchqueren, als der Ruf seiner Schwiegermutter ihn zur Umkehr nötigte. Lady Egerton saß auf dem besten Stuhl des Hauses – mit einem gewissen Schrecken bemerkte er, dass es der war, von dem ihre Schwester vor vier Jahren tot heruntergefallen war – und hielt Hof. „Madam."

„Somerville, mein Lieber, Ihr Fest ist rauschend, aber mit Ihnen werden wir ein ernstes Wort reden müssen. Uns war nicht klar, welche Zustände in diesem Haus herrschen."

„Zustände, Madam?"

„Sie wissen ganz genau, dass Sir George und ich es nicht gutheißen, wie das Kind meiner erbarmungswürdigen Schwester in diesem Haushalt verwöhnt wird."

„Madam, mit Verlaub, da Sie und Sir George sich vor vier Jahren weigerten, irgendeine Form der Verantwortung für die Tochter Ihrer Schwester zu übernehmen, halte ich Ihre heutige Kritik für vollkommen deplatziert."

„Somerville!", rief sie nochmals, doch er hatte ihr bereits den Rücken zugekehrt. Aus den Augenwinkeln sah er Mr Bart Linnet um den nächsten Tanz bitten. Zögernd erhob sie sich, als Mrs Somerville wenig elegant dazwischen stob und den willigen Tänzer mit Fächerschlägen vertrieb. Linnet, knallrot im Gesicht, setzte sich wieder hin. „Dürfen Sie nicht tanzen?", hörte Mr Somerville Mr Westwells erstaunte Schwester fragen.

„Sie darf schon, nur die Auswahl der passenden Gentlemen ist in diesem Kreis zu beschränkt", erklärte Mrs Horton.

„Oh, Miss Carter, gestatten Sie mir, meinen Bruder zu bitten, Sie aufzufordern."

„Nein, nein, Mrs Jevington, wirklich ... das ist sehr nett von Ihnen, aber ich tanze ohnehin nicht gerne." Er konnte die Panik in ihrer Stimme hören.

„Wer will nicht tanzen?", fragte Doktor Hortons dröhnender Bass. „Sie, Linnet? Ach, Sie dummes Mädchen ... lassen sich das größte Vergnügen entgehen. Meine exzellente Mrs Horton wird mir die Ehre nicht abschlagen, nicht wahr?" Mrs Horton folgte ihrem Gatten mit einem innigen Lächeln.

„Warum wollen Sie denn nicht tanzen?" Mrs Jevington schaute Linnet verständnislos an. „Ich verstehe Sie nicht ... Jedes Mädchen tanzt gern."

„Ich ..." Linnet wusste nicht weiter. Zum Glück forderte Mr Bells Neffe jetzt Mrs Jevington auf, und Mrs Jevington, die zwar kein Mädchen mehr war, aber noch jung, folgte ihm bereitwilligst. Mr Somerville glitt auf ihren freigewordenen Platz. „Was haben Sie gegen Mr Westwell?", fragte er leise. Sie schaute ihn gerade und überraschend wütend an. „Gar nichts. Nur ist er Mr Westwell von Whithersden House, und ich bin Linnet Carter. Das muss ich Ihnen doch nicht erklären." Ihre Stimme war so laut geworden, dass sie Aufmerksamkeit erregt hätte, wenn nicht so viele Paare getanzt hätten. Nein, erklären musste sie es ihm wirklich nicht. Er konnte es trotzdem nicht ertragen, sie hier einsam inmitten fröhlicher Paare sitzen zu sehen. „Würden Sie mit mir tanzen, wenn ich Sie bitten würde?" Sie starrte ihn fassungslos an.

„Kommen Sie, Linnet, es ist nur eine Gigue. Mrs Horton sagt, dass Sie sehr musikalisch sind."

„Nein", sagte sie zu ihren Schuhspitzen. „Nein, ich kann nicht. Ich kann wirklich nicht mit Ihnen tanzen, Mr Somerville." Dann erhob sie sich und ging etwas steifbeinig davon wie jemand, der Rückenbeschwerden hat. Mr Somerville wollte aufstehen, als sein Schwiegervater sich in den Stuhl fallen ließ, auf dem bis eben Linnet gesessen hatte. „Ich habe nochmal über die Angelegenheit nachgedacht, mein Sohn."

„Welche Angelegenheit, Sir?"

Sir George machte mit dem Kinn eine Bewegung in Richtung Linnet. „Dein Mündel. Ich denke, wir haben deine Großzügigkeit in dieser Sache lange genug ausgenutzt. In Zukunft wird das Mädchen unter meiner Vormundschaft in Egerton House leben."

Mr Somerville erwog kurz die Möglichkeit, seinen Schwiegervater zu erwürgen. Er unterließ es. Stattdessen fragte er: „Und was sagt Lady Egerton zu dieser Absicht?"

„Sie kennt sie noch nicht."

„Dann schlage ich vor, dass Sie die Angelegenheit mit ihr und Linnet erörtern, ehe wir über weitere Schritte nachdenken."

„Linnet? Was hat denn das Mädchen damit zu tun?"

„Mindestens so viel wie Sie, Sir", erläuterte Mr Somerville. Dann machte er sich auf die Suche nach Doktor Horton, um Linnet während des restlichen Besuches seiner Schwiegereltern im Monks Cottage unterzubringen.

# V

ie zehn Tage bei den Hortons verbrachte Linnet mit Nichtstun und Nachdenken. Der Doktor und seine Frau, die bei all ihren früheren Besuchen entschieden die Ansicht vertreten hatten, dass ein Tag ohne geistige Beschäftigung ein verlorener Tag sei, hinderten sie nicht an ihrem ruhigen Dasein. An zwei Tagen begleitete sie den Doktor auf seinen Krankenbesuchen. An allen übrigen zog sie sich nach dem Frühstück mit einem Roman in den Obstgarten unterhalb der Kirche zurück, um zu gleichen Teilen und in jedem Fall gedankenverloren über den Fluss und auf die Buchseiten zu starren. Nachmittags ging sie Mrs Horton im Garten zur Hand, und alle zwei Tage spazierte sie über Mr Wells Weide durch den Wald zu ihrem eigenen kleinen Garten am Turm, um die nötigste Arbeit zu erledigen. Einmal entdeckte sie vom Obstgarten aus Mr Somervilles Kutsche, die den Weg nach Whithersden House hinunterfuhr. Mr Westwell sah sie häufiger. Er war ein leidenschaftlicher Reiter und trabte oder galoppierte jeden Tag mindestens einmal auf der anderen Seite des Flusses unter Linnets Augen vorbei - ahnungslos, weil man vom Obstgarten aus jede Bewegung auf dem Weg sehen konnte, ohne selbst gesehen zu werden.

Allerdings waren Linnet Mr Westwells Reitkünste ganz und gar gleichgültig. Auch das Buch, das sie zu lesen vorgab, war ihr gleichgültig. Wenn sie unter Mrs Hortons Apfelbäumen saß und auf den Waldrand schaute und das weiße Haus vor sich sah, das dahinter lag, gab es nur einen einzigen Gedanken, der ihr etwas bedeutet, und das war der an Mr Somerville. Mit einem kleinen Lächeln dachte sie an den furchtbaren Moment, als ihre Tante Woodkirk tot vom

Stuhl gefallen war und er sie in seine Arme geschlossen und sie in all dem Durcheinander und dem Schrecken die wunderbare Erkenntnis gehabt hatte, dass der Geruch, der von ihm ausging, derselbe war wie der des Unbekannten, der sie bei ihrer Ankunft ins Haus getragen hatte. Vielleicht war das der Augenblick, in dem sie angefangen hatte, ihn zu lieben. Im Nachhinein war sie sich darüber selbst nicht ganz im Klaren. Es war auch ganz egal. Jetzt liebte sie ihn, nicht als ihr Wohltäter, der er war, oder ritterlicher Beschützer, der er auch war, oder als verzweifelter Sohn, als den sie ihn in Erinnerung behalten hatte, nachdem er ihr am See die Geschichte seiner Eltern anvertraut hatte.

Sie sah sein gebräuntes Gesicht mit den kurzen blonden Haaren und den freundlichen blauen Augen hinter den runden Brillengläsern vor sich und lächelte vor sich hin, weil die verträumte Kleinmädchenerinnerung, die sie sich vier Jahre lang bewahrt hatte, von der Wirklichkeit so wunderbar übertroffen wurde. Ja, sie liebte Mr Somerville, und es war herrlich, sich das einzugestehen. Es war unwichtig, dass er ihr Vormund, der Mann ihrer Cousine und fünfzehn Jahre älter war als sie. Es war unwichtig, dass seine Gattin als die eleganteste Dame der Gegend galt, während sie nur zehn Pfund im Jahr hatte, und dass sie aller Wahrscheinlichkeit nach schneeweiße Haare haben würde, ehe Mrs Somerville sich gewohnt elegant ins Grab legen und er von ihrer Existenz Notiz nehmen würde - soweit er das dann noch könnte. Linnet dachte an die tugendhafte Heldin des Gesellschaftsromans, den Mrs Horton ihr zu lesen gegeben hatte, und stellte fest, dass der Autor entweder nichts von der Liebe oder nichts von Mädchenherzen verstand - vielleicht auch beides. Dann lächelte sie wieder, weil sie Mr Somerville in seinem weißen Ballanzug vor sich sah und sich vorstellte, sie hätte seine Aufforderung zur Gigue nicht in wilder Panik ausgeschlagen, sondern würde noch immer an seiner Seite durch den rosengeschmückten Salon tanzen.

Sie fasste keine dramatischen Resolutionen und schwor keine heiligen Eide. Ihr ganzes bisheriges Leben hatte einen gewissen Pragmatismus erfordert. Sie war bereit, sich die Hoffnungslosigkeit ihrer Gefühle einzugestehen. Bis es so weit war und sie ihre Hoffnung endgültig begraben musste, wollte sie jedoch jede Sekunde, die das Schicksal ihr in Mr Somervilles Haus schenkte, auskosten, so wie sie vor vier Jahren beschlossen hatte, seinen Söhnen eine gute Zusatzmutter zu sein und seinen Garten von seinem angeblichen Fluch zu befreien. Ich liebe ihn, flüsterte sie vor sich hin, ich liebe ihn, ich liebe ihn, ich liebe ihn, und mit jedem Wort strahlte die Julisonne noch wärmer am Himmel.

Nach zehn Tagen kehrte Linnet in Mr Somervilles Haus zurück, am Nachmittag des Tages, an dessen Morgen die Reisekutsche der Egertons in Richtung Bath davon gerollt war. Da selbst Mrs Somerville die ständige Gegenwart ihrer Eltern am Ende ermüdend gefunden hatte, wurde ihre Abreise allgemein mit geringem Bedauern zur Kenntnis genommen, während Linnets Heimkehr der einer verlorenen Tochter glich. „Es waren doch nur zehn Tage", wiederholte sie immer wieder, als Jamie sich wie ein Äffchen an ihren Hals klammerte und Cal so aufgeregt an ihrem Rock zupfte, dass sie fürchtete, gleich gänzlich unbekleidet dazustehen. „Wir haben jetzt eine Schaukel am See", jubelte Jamie, und Cal fügte hinzu: „Josiah sagt, im Bach sind Kaulkappen."

Linnet setzte Jamie ab, um Cal zu umarmen. „Kaulquappen", korrigierte sie.

„Kaulkappen. Können wir welche fangen?"

„Wo sind eure Eltern?"

„Mama ist in ihrem Zimmer und sagt, es ist zu heiß, und Papa arbeitet", antwortete Jamie.

„Also gut", seufzte Linnet, „gehen wir Kaulkappen fangen."

Als sie später zum Haus zurückkehrten, saßen Jamies und Cals Eltern mit zwei Gästen unter einem Sonnensegel auf der Terrasse. Mr Westwell und seine Schwester waren zu einem spontanen Besuch aus Whithersden herübergekommen. Obwohl Mr Somerville wenig Gefallen hatte an der Konversation seines Nachbarn, die sich gänzlich um Pferderennen, sein eigenes Glück bei selbigen und die Höhe der Wetteinsätze verschiedener Gentlemen drehte, freute er sich für seine Gattin. Mrs Somerville hatte in ihren neuen Nachbarn endlich die elegante Gesellschaft gefunden, die sie während der letzten Jahre in Kent so sehr entbehrt hatte.

Mrs Jevington, deren bedeutend älterer Gatte vor zwei Jahren verschieden war, war eine Dame von großer äußerer Vornehmheit, materieller Unabhängigkeit und einem gleichwohl sehr einfachen Gemüt, die sich jetzt ganz der Sorge um den Haushalt ihres Bruders verschrieben hatte. Da ihre Ehe unglücklich kinderlos geblieben war, betete sie den Nachwuchs anderer Leute an, und war jederzeit bereit, das von Mrs Somerville gern gehörte Loblied auf ihre Söhne zu singen. Mrs Somerville fand ihr schlichtes Geplauder zuweilen etwas ermüdend, hätte sich aber eher die Zunge abgebissen, als diese Meinung laut auszusprechen.

Der kleine Trupp Kaulquappenfänger, der über den Waldpfad auf die Terrasse zu marschierte, ließ die Unterhaltung der vier eleganten Herrschaften abrupt verstummen. „James!", rief Mrs Somerville. „Calpurnio!"

„Meiner Treu, sie sehen alle miteinander aus, als ob sie in den Fluss gefallen wären", bemerkte Mr Westwell, der die bedingungslose Kinderliebe seiner Schwester nicht teilte.

„Linnet ist in den Bach gefallen", kicherte Jamie. Linnet, barfuß wie ihre beiden Schützlinge, mit triefenden Röcken, musste sich ein Grinsen verkneifen.

„Mama, wir haben Kaulkappen gefangen! Guck mal!" Cal hielt seiner Mutter ein Glas mit glibberigen braungrauen Würmern unter die Nase.

„Mrs Somerville, Sie haben zwei so niedliche Jungen", bemerkte Mrs Jevington.

Mrs Somerville schlug energisch mit dem Fächer um sich. „Cal, nimm das weg. Linnet, das ist nicht lustig. Diese Kinder wachsen auf wie die wilden Indianer. Ich möchte, dass sie trockene Sachen anziehen und sich die Haare kämmen. Somerville, sag doch auch etwas."

Mr Somerville konnte allerdings gerade nicht sprechen. Beim Anblick der hilflos durchnässten Linnet, aus deren gerafften Röcken das Wasser tropfte und um ihre bloßen Füße eine Pfütze bildete, hatte ihn ein Gedankenblitz durchzuckt, der absurder nicht hätte sein können und der ihn noch den ganzen Abend über beschäftigte. Ein Gedanke, sagte er sich immer wieder, nichts weiter als ein dummer, eigenartiger, komischer Streich seiner Phantasie. Ein Missverständnis, eine kleine Überhitzung – bei dem Wetter war das kein Wunder – seines Denkorgans. Dennoch verfolgte der Gedanke ihn auch nach dem Abendessen, als er mit seiner Gattin beieinandersaß und zugegebenermaßen unaufmerksam ihrer Erörterung der Qualitäten von Mrs Jevingtons Schneiderin folgte. Selbst beim Zubettgehen war der Gedanke so präsent, dass er sich stundenlang ruhelos auf seinem Lager hin und her warf, bis er in einen kurzen Schlaf fiel, aus dem ihn ein Traum schreckte, von dem er nur noch erinnerte, dass er mit der barfüßigen Linnet Carter eine Gigue getanzt hatte.

Mr Somerville sprang aus dem Bett, wickelte sich in seinen Morgenmantel und ging hinunter in sein Arbeitszimmer, um in Ruhe nachdenken zu können.

Er hatte sich immer etwas darauf zugutegehalten, ein rational handelnder Mann zu sein. Nach dem Missgeschick seiner Mutter war das der einzige Weg zurück ins Leben, zu Ehrbarkeit und Ansehen gewesen, und daher musste auch das gegenwärtige Problem von der Seite der Vernunft aus betrachtet werden. Er war vernünftig gewesen, als er der verpesteten, üblen Welt Jamaicas den Rücken zugekehrt hatte. Er war vernünftig gewesen, als er geheiratet hatte, eine vornehme, elegante junge Dame, die auch einen wohlhabenderen Mann mit Titel hätte haben können. Er hatte sich ein sicheres Dasein aufgebaut, ein zuverlässiges Einkommen, eine hübsche Familie, er hatte das Ansehen und die Achtung ihres kleinen Gesellschaftskreises erworben. Den Geist seiner Mutter hatte er zur Ruhe gelegt. Niemand dachte mehr an sie, wenn der Name Somerville fiel. Man dachte an die heile Familie, die in dem weißen Haus hinter dem Wald ein glückliches Leben führte. Warum in Gottes Namen also spielte ihm sein Gehirn seit dem Nachmittag den gemeinen Streich, diese sicheren Fundamente durch Einsturz zu gefährden, indem es ihm hartnäckig einflüsterte, er habe sich Linnet Carter verliebt?

Denn genau das behauptete die hartnäckige kleine Stimme in seinem Kopf, die in höhnisches Gekicher ausbrach, wenn er dachte: „Das ist doch absurd."

Ihm fehlte Linnets rückhaltlose Bereitschaft, sich auf dieses Gefühl einzulassen und es in allem Schmerz und aller Süße auszukosten. Es war verboten, es war sinnlos, es war gefährlich, es war absurd, außerdem äußerst unvernünftig. Überdies liebte er selbstverständlich seine Gattin, die die eleganteste Dame der Gegend war und ihm die zwei schönsten Söhne geschenkt hatte, die ein Vater sich nur wünschen konnte. Er schloss die Augen, um an sie zu denken, doch anstelle von Mrs Somervilles hochgewachsener, aschblonder Gestalt trat eine triefnasse Linnet Carter vor seinen Blick und tropfte den Boden um ihre nackten Füße voll. Er machte eine energische Handbewegung, um sie zu verscheuchen - da hockte sie vor ihm in ihrem Erdbeerbeet, braune Haarkringel im bloßen Nacken, und bot ihm von den kleinen roten Früchten an.

Natürlich, überlegte er, natürlich ist sie ... recht anziehend. Sir George war es aufgefallen, und warum sollte er anders reagieren als sein Schwiegervater oder der unglückliche Mr Bart? Er war auch nur ein Mann. Und zwar einer, der sich zusammenreißen konnte. Schließlich war er mit der elegantesten Dame der Gegend verheiratet.

Soso, kicherte die höhnische Stimme in seinem Kopf, und du bist überzeugt, dass das Problem neu ist? Gib's zu, du hast immer schon eine Schwäche für die Kleine gehabt. Warum hast du ihr – ihr von allen Menschen, einem verschüchterten, ahnungslosen vierzehnjährigen Ding – die Geschichte deiner Mutter erzählt? Warum hast du sie getröstet, damals, als ihre grässliche alte Tante gestorben war? Warum warst du so erschrocken über ihr Erwachsenwerden, dass du sie auf der Stelle mit dem erstbesten Mann verheiraten wolltest, der dazu bereit war?

Ich habe keine Schwäche für sie gehabt, antwortete Mr Somerville der Stimme entrüstet. In ihrer Situation musste sie zu jedem dankbar aufschauen, der ein paar nette Worte für sie übrig hatte - auch zum Doktor, zum Pfarrer, zu Miss Carey ... Natürlich ist es angenehm, sich in Dankbarkeit sonnen zu können, und sei es nur die Dankbarkeit eines verschüchterten kleinen Mädchens. Es ist eine Sache von Wirkung und Gegenwirkung, mehr nicht.

Linnet war eine vernünftige junge Dame, und irgendwann würde ein vernünftigerer Mann als Mr Bart kommen, dessen Antrag sie gerne akzeptieren würde. Sie würde jede Menge Kinder haben, mit denen sie so viele Gärten umgraben könnte, wie sie lustig war. Mit Freuden würde er für ihren ältesten Sohn die Patenschaft übernehmen.

Die kleine Stimme in seinem Kopf überschlug sich vor Lachen. Hübsch ausgedacht, kicherte sie. Hier die Wirklichkeit: Du hast ihr die Geschichte deiner Mutter erzählt, weil du wusstest, dass sie dein Vertrauen nicht enttäuschen würde. Du hast sie bei dem Tod ihrer grässlichen Tante getröstet, weil du ihr Leid nicht ertragen konntest. Und du wolltest sie mit Mr Bart verheiraten und ans äußerste Ende Englands schicken, weil du mit der elegantesten Dame der Gegend verheiratet bist und es nicht angehen kann, dass du bei jedem Türknarren erwartungsvoll aufschaust, ob eine sonnenverbrannte Gestalt mit Sommersprossen auf der Nase und Erdrändern unter den Fingernägeln auftaucht.

Mr Somerville stand auf und ging zu dem Fenster hinüber, das auf die Terrasse zeigte. Nun gut, gestand er sich ein. Möglicherweise ist da dieses ... Gefühl. Der Reiz des Unbekannten, Neuen, Verbotenen. Aber er wäre nicht der vernünftige Mann, der er war, wenn sich diese Unvernunft nicht mit Vernunft bekämpfen ließe. Wichtig war, jetzt nicht übereilt und irrational zu handeln.

Selbstverständlich musste Linnet über kurz oder lang sein Haus verlassen. Man musste es so arrangieren, dass es vollkommen natürlich wirkte, kein böser Verdacht durfte aufkommen. Die Kinder würden leiden, sie würde leiden. Er würde leiden. Nein, er würde nicht leiden. Er würde endlich wieder ruhig schlafen und der Stimme seiner Gattin lauschen können, ohne sich insgeheim über ihren gestelzten Akzent zu amüsieren. Alles würde besser werden. Er starrte aus dem Fenster und rieb sich die Augen. Eine kleine barfüßige Gestalt kam im Morgendunst aus dem Wald spaziert, in der einen Hand einen Henkelkorb, in der anderen einen bunten Strauß aus Feldblumen. Mehr einem Impuls folgend als bewusst öffnete er die Terrassentür. Linnet Carter hüpfte die beiden Stufen zur Terrasse hinauf, entdeckte ihn und trat mit einem kleinen Lächeln auf ihn zu. Mr Somerville zog seinen Morgenmantel fester zusammen. „Ein sehr früher Morgenspaziergang", konstatierte er im distanzierten Ton eines strengen Lehrers. Linnet lächelte verlegen. „Kein Morgenspaziergang. Ich schlafe im Turm, wenn es nachts so heiß ist. Bis mich die Vögel wecken."

Mr Somerville wischte schnell den Gedanken an das beiseite, was seine Gattin sagen würde, wenn sie von einem jungen Mädchen hörte, das nachts alleine in einem Turm inmitten eines finsteren Waldes schlief. Linnet, die sein Gesicht beobachtet hatte, schaute zu Boden. „Ich hätte es Ihnen besser nicht erzählt. Jetzt stecken Sie in einem Gewissenskonflikt."

„Hmhm." Er starrte an ihr vorbei. „Ich muss mich bei Ihnen entschuldigen."

Verständnislos suchte sie seinen Blick.

„Für das schlechte Benehmen meiner Schwiegereltern." Er starrte immer noch an ihr vorbei. „Es war unverzeihlich, wie Mrs Somervilles Eltern sich Ihnen gegenüber verhalten haben. – Und jetzt gehen Sie schnell in Ihr Bett - in Ihr hiesiges Bett, damit ich vergessen kann, dass Sie nachts durch meinen Wald spuken."

Als Linnet mit einem kleinen Knicks verschwunden war, trat er seufzend in die kühle Morgenluft hinaus. Die Stimmen in seinem Kopf konnten einander erzählen, was sie wollten, er lauschte ihnen nicht mehr. Seine eigene Stimme hatte gesprochen, klar und deutlich. Er hätte sich nicht für das Benehmen seiner Schwiegereltern entschuldigen müssen. Er hatte es getan, weil er sich ihrer schämte. Und er schämte sich ihrer, weil sie in jeder Beziehung das Gegenteil dieser eigenartigen kleinen Person waren, in die er sich - jetzt widerstand er nicht mehr- bei jeder Begegnung mehr verliebte.

# VI

„Sie werden Ihr Versprechen nicht vergessen? Es wird einen Ball in Whithersden House geben?" Mrs Somerville legte ihren Kopf in den Nacken und schaute Mr Westwell erwartungsvoll an.

„Wie käme ich dazu, dieses Versprechen zu vergessen, wo Sie und jede andere Dame der Umgebung und nicht zuletzt meine eigene Schwester mich ständig daran erinnern, Madam?"

Mrs Somerville lächelte. „Kent muss Ihnen so hinterwäldlerisch und albern erscheinen, Sir."

„Oh, ganz und gar nicht. Ich finde es erfrischend. Ich kenne Gegenden von Yorkshire und Northumberland, die weit zurückgebliebener sind."

Mrs Somervilles Gesichtsausdruck sprach von dem Entsetzen eines Menschen, der nie weiter vorgedrungen war als bis nach Hertfordshire und alles, was weiter nördlich lag, für unzivilisiertes Ödland hielt.

„Sie beabsichtigen, sich dauerhaft in Whithersden niederzulassen?", erkundigte sich Mr Somerville. Sie waren Mr Westwells Einladung gefolgt, um sich den Fortschritt der Umbauarbeiten an seinem Haus anzuschauen und den neuen Garten zu besichtigen, dem der Wald an der Südseite des Anwesens zum Opfer gefallen war. Mr Westwell sprach allerdings nicht nur mit Begeisterung von seinem Haus und seinem Garten, sondern auch von seinen Rennpferden, die die schnellsten des Landes waren, und von seinen Geschicken und Missgeschicken in der Londoner Gesellschaft.

Mr Somerville fand seine Unterhaltung nach wie vor etwas ermüdend, war jedoch erfreut über die vertrauliche

Freundschaft, die sich zwischen seiner Gattin und Mrs Jevington entwickelt hatte. Abgesehen davon hätte er um nichts in der Welt einen ganzen Nachmittag und Abend hergegeben, bei dem er immer wieder Gelegenheit hatte, einen verstohlenen Blick auf Linnet zu werfen und sich zu fragen, welche Gedanken gerade hinter ihrer sonnenverbrannten Stirn ausgebrütet wurden. Sie folgte der kleinen Gruppe mit ein paar Schritten Abstand, an der einen Hand Jamie, an der anderen Cal, und seit Mr Westwell sie begrüßt hatte, hatte sie sich verschlossen wie eine Auster. Sie mochte Mr Westwell nicht, und sie mochte Whithersden House nicht. Mr Somerville beschloss, sie bei Gelegenheit darauf anzusprechen, als Mr Westwell seine Frage beantwortete. „Wie gesagt, ich finde Kent ... erfrischend. Anregend. Natürlich werde ich nach wie vor einen gewissen Teil meiner Zeit in London verbringen, aber ich sehe nicht ein, weshalb meine Londoner Freunde, wenn sie nach meiner Gesellschaft verlangt, nicht hierher kommen sollten. Ich sehe Bälle vor mir, Jagden, Abendgesellschaften, Pferderennen ... keine Sorge, Somerville. Ich habe nicht vor, Ihnen den Rang abzulaufen."

Mr Somerville zuckte die Achseln. Er legte keinen Wert auf Rang. Er wollte ein ruhiges, glückliches Leben, gesunde Kinder und ... Linnet. Linnet wollte er mehr als alles andere, manchmal wollte er sie so sehr, dass er ihre Hand auf seiner Haut zu spüren glaubte. Er wollte ihre Nähe, ihre Natürlichkeit, ihr kleines Lachen, ihre Fröhlichkeit und ihre Ernsthaftigkeit, wenn sie wie jetzt missbilligend ihre Lippen aufeinander presste, während Mr Westwell seinen künstlichen See, seine frisch geschnittenen Buchsbaumhecken und den weißen Pavillon vorführte, der der Göttin der Jagd gewidmet war. Sie schlossen den Rundgang vor dem Parcours ab, auf dem Mr Westwells stolzester Besitz, sein nagelneuer riesenhafter Hengst Hector, gerade zum wiederholten Male seinen Zureiter abwarf. Mr Westwell schritt beherzt auf den sich aufbäumenden Rappen zu, bekam seine Zügel zu fassen, bändigte ihn mit wenigen Gesten und führte ihn seinen Gästen entgegen. „Luzifer hätte ich ihn nennen sollen", lachte er, „den Teufel hat er allemal im Leib." Linnet hob Cal hoch, der sie aufgeregt am Rock gezupft hatte, damit er Hector-Luzifer streicheln konnte. Cal liebte alle Tiere, und dass eines von ihnen den Teufel im Leib haben könnte, glaubte er selbst dann nicht, als Hector nach seiner ausgestreckten Hand zu schnappen versuchte.

„Kleine Kinder haben bei einem solchen Pferd nichts zu suchen", sagte Mr Westwell mit einem strengen Blick in Linnets Richtung.

„Ich kann schon reiten", meldete sich Jamie zu Wort. Mr Westwell schaute nachsichtig auf ihn herab. „Du meinst vielleicht, du kannst auf einem Pony sitzen ohne herunterzufallen, wenn es sich bewegt. Reiten kannst du deswegen noch lange nicht." Als Mr Somerville sah, wie ärgerlich Linnet die Lippen zusammenbiss, musste er lächeln. Gleich wird sie die Beherrschung verlieren, dachte er. Gleich wird sie ihre zehn Pfund im Jahr aufs Spiel setzen, und ihm sagen, was sie von ihm hält. Und das ist nicht viel. – Er hatte allerdings nicht mit seiner Gattin gerechnet, die sich mehr für Bälle als für Pferde interessierte. „Und werden Sie ein Orchester aus Canterbury oder aus London kommen lassen, Mr Westwell?", erkundigte sie sich. „Für Ihren Ball, meine ich." Mr Somerville wandte sich seufzend ab. „Dieses Pferd ist traurig", hörte er seinen jüngsten Sohn sagen, der immer noch auf Linnets Arm saß. Sie drückte einen Kuss in seine blonden Locken. „Ach, Cal", flüsterte sie. „Ich wäre auch traurig, wenn ich Mr Westwell gehörte."

Zwei Tage später fand Cal einen verletzten Vogel. Den halben Nachmittag über hatten sie auf der Wiese am See gespielt und immer wieder sein verängstigtes „Djäh! Djäh!" gehört, bis Cal, wie von einer unsichtbaren Macht angezogen, auf den Waldrand zugegangen war und ihn unter einer Tanne entdeckt hatte - ein ängstlich aufgeplustertes Vögelchen in graubraunem Federkleid mit einem roten Fleck auf der Stirn. Sein rechter Flügel hing schlaff herab. Linnet holte das Körbchen, mit dem sie stets zum Erdbeerenpflücken ging, und setzte das zitternde Geschöpf behutsam hinein. „Kann ich ihn behalten?", fragte Cal. „Kann ich ihn gesund machen?" Linnet dachte traurig, dass es vermutlich gnädiger war, die arme Kreatur einen schnellen Tod sterben zu lassen. Früher oder später mussten ihre Schützlinge lernen, mit dem Tod umzugehen – allerdings nicht unbedingt in dem Garten, in dem ihr Vater den Tod kennen und fürchten gelernt hatte. „Was ist das für ein Vogel?", fragte Jamie.

„Das weiß ich nicht. Ein Fink oder eine Ammer vielleicht." Bei Vögeln kannte sie sich nicht halb so gut aus wie bei Blumen und Bäumen.

„Und was machen wir jetzt mit ihm?"

„Wir nehmen ihn erst einmal mit nach Hause. Mit etwas Glück ist Doktor Horton gerade da und kann ihn verarzten."

Sie hatten tatsächlich Glück, Doktor Horton saß auf der Terrasse unter dem Sonnenzelt, trank eine Tasse Kaffee und beglückwünschte Mr Somerville zu der Entscheidung, sich ganz und gar von seinen westindischen Unternehmungen zu trennen. „Keine Zukunft da drüben, mein Junge", erklärte er. „Früher oder später werden sie sich erheben, und sie

147

sind zahlreicher ... viel zahlreicher als wir. – Ah, Linnet, Sie Glanz meines sich trübenden Augenlichtes, was bringt Sie dazu, Ihren Garten Eden zu verlassen?"

Mr Somerville, der ihr Nahen aus den Augenwinkeln beobachtet hatte, seit sie aus dem Waldsaum herausgetreten war, widmete sich seiner Kaffeetasse. Sie war nicht barfuß, sie trug sogar einen Strohhut, aber offensichtlich hatte sie früher am Tag Kornblumen gepflückt. Eine kleine blaue Blüte steckte immer noch in ihrem Mieder.

„Cal hat einen verletzten Vogel gefunden. Wir haben gehofft, dass Sie ihm helfen könnten." Ihr fragender Blick sagte: Bitte verurteilen Sie ihn nicht zum Tode.

„Ah, verstehe. Verstehe vollkommen. Master James, wärst du bitte so freundlich, meine Arzttasche aus der Halle zu holen? – So, was haben wir denn da? Na sowas!"

Mit einem erstaunten Blick schaute er von dem Körbchen zu Linnet. „Meine liebe Miss Carter, unter allen Umständen würde ich versuchen, diesem Vögelchen sein wertvolles kleines Leben zu retten. Habe ich Ihre ornithologischen Kenntnisse derart vernachlässigt, dass Sie einen eigenen Verwandten nicht erkennen?"

„Ein Hänfling?", fragte sie.

„Ein hübscher kleiner Hänfling, wie Sie. Natürlich, Ihre lieben Eltern hätten an ein etwas eleganteres Tierchen denken können, als sie Ihnen Ihren Namen gaben, an einen Schwan vielleicht oder eine Nachtigall, nicht an einen so unscheinbaren kleinen Vogel, der die meiste Zeit über mit seinen Artgenossen im Gebüsch hockt ..."

„Ich bin sehr zufrieden mit meinem Namen", versicherte Linnet.

„Gut. Dann zu Werke ... ah, James, danke für die Tasche. Du versprichst ein ebenso geeigneter Assistent zu werden wie deine Tante Linnet es einmal war ... nein, sie verbietet mir, von ihrem ersten Aderlass zu erzählen, dabei war sie so tapfer wie ihr kleiner Namensvetter hier ..." Fröhlich weiter vor sich hin plaudernd diagnostizierte der Doktor einen gebrochenen Flügel, den er vorsichtig schiente. Mr Somerville ging ins Haus, um den Vogelbauer zu suchen, in dem seine Mutter in einem anderen Leben ihren Papageien gehalten hatte, und James verschwand in die Küche, um Körner und Wasser für den Hänfling zu holen. Cal beobachtete die kleine Operation mit gespanntem Gesichtsausdruck und strich dem zitternden Vogel immer wieder mit der Spitze des Zeigefingers sanft über den roten Scheitel. Am Ende setzten sie ihn in das Nest aus Heu und Blättern, das Mr Somerville in dem Vogelkäfig gebaut hatte, und obwohl Mrs Somerville ausdrücklich dagegen war und keine schmutzigen Tiere im Haus haben wollte, wurde der Käfig neben Cals Bett aufgestellt. Wenn Mr Somerville seinen Söhnen abends Gute Nacht sagte, stellte er jetzt fest, dass Linnet nicht übertrieben hatte: Sein jüngster Sohn sprach mit Tieren, und eigenartigerweise schienen sie ihm sogar zuzuhören.

In der ersten Augustwoche wiederholte Mr Bart sein Werben um Linnets Hand, und er tat es mit einer Vehemenz und Entschlossenheit, der sie sich kaum erwehren konnte. Unglücklicherweise geschah dies nicht in den sicheren Mauern von Mr Somervilles Haus, sondern anlässlich eines Picknicks in den Hügeln, zu dem Mr Westwell geladen hatte. Nach dem Essen hatten sich die meisten Gäste im Schatten des Zeltes niedergelassen, das Mr Westwell hatte aufstellen lassen. Mrs Somerville und Mrs Jevington waren in eine ihrer endlosen leisen Unterhaltungen vertieft. Miss Carey plauderte angeregt mit dem Reverend, Mr Westwell stellte fest, dass es sich bei Mrs Horton um eine Dame von

Kultur und Eleganz handelte, während ihr Gatte an ein Kissen gelehnt, den Strohhut ins Gesicht gezogen, ein Nickerchen machte. Jamie und Cal hatten sich auf einer Decke zusammengerollt und hielten ihren Mittagsschlaf. Mr Somerville erfreute sich einige Minuten an ihrem friedlichen Anblick, lächelte über die Ähnlichkeit, die seine Söhne im Schlaf mit ihrer Mutter hatten, während sie wach eher ihm glichen. Er wünschte sich, er hätte noch ein kleines Mädchen – aber Mrs Somerville war zurzeit an weiterem Nachwuchs nicht interessiert, und er gab diesem Mädchen in Gedanken stets eine andere Mutter - und stellte fest, dass Linnet seit einer ganzen Weile verschwunden war. „Haben Sie Miss Carter gesehen?", wandte er sich abrupt an Mrs Horton.

Mrs Horton deutete auf das Gehölz am Fuße des Hügels. „Sie wollte Brombeeren suchen."

Mr Westwell zog amüsiert eine Augenbraue in die Höhe. „Brombeeren? Somerville, ist diese Person Ihr Kindermädchen, Ihre Küchenhilfe oder Ihre Gärtnerin?"

„In erster Linie ist sie Mrs Somervilles Cousine und mein Mündel. – Und wo ist Mr Bart?"

Ein kurzer Schrecken huschte über Mrs Hortons Gesicht. „Niemand scheint auf ihn geachtet zu haben."

„Ich gehe sie suchen", verkündete Mr Somerville. Mr Westwell schaute ihn erstaunt an. „Wollen Sie das wirklich tun? Ich habe gehört, unser Hilfspfarrer hat eine besondere Schwäche für Ihr Mündel."

„Mein Mündel hat leider keine besondere Schwäche für Mr Bart." In einem alptraumhaften Bild sah er Linnet bedrängt von Mr Bart auf dem Waldboden. Wenn es Mr Bart gelang, Linnet in eine Situation zu bringen, in der ihr nichts anderes übrig blieb als ihn zu heiraten ... mit geballten Fäusten lief er den Hügel hinunter, überquerte einen schmalen Bachlauf und rannte in das Gehölz. Sie konnte überall sein. Kein Vogelgezwitscher war zu hören, keine menschliche Stimme. Er besann sich kurz, versuchte, ihre Gedanken zu lesen, und folgte schließlich dem glucksenden Lauf des Baches. Das hätte sie auch getan, Doktor Horton hatte es ihr beigebracht: Folge stets dem Wasser, dann findest du auch den Weg zurück. Zwischen den Bäumen vor ihm blitzte etwas Weißes auf. Er beschleunigte seine Schritte. „Linnet? Linnet?"

Sie lehnte an einem Eichenstamm, Mr Bart bedrängte sie mit gekeuchten Worten, kräftigen Händen und einem erhitzten Körper. Mr Somerville hatte sich immer für friedfertig und nie für besonders stark gehalten. Trotzdem riss er Mr Bart mit einer einzigen Handbewegung von Linnet weg, versetzte ihm einen Faustschlag ins Gesicht, der ihn rückwärts ins Dickicht taumeln ließ, und musste sich sehr zusammenreißen, um nicht noch einen Fußtritt hinterher zu setzen. Sein Blick fiel auf Linnet, die wie hypnotisiert an dem Baumstamm lehnte. Sein erster Impuls war, sie in seine Arme zu ziehen, ihren Kopf an seiner Brust zu bergen, über ihr weiches Haar zu streicheln und ihr irgendeinen tröstlichen Unsinn ins Ohr zu flüstern, wie er das vor Jahren in einer allzu fernen Ballnacht getan hatte. Dann kam Mr Bart aus dem Dickicht hervor, in das er getaumelt war, und ging mit erhobenen Fäusten auf ihn los. „Sie haben mir die Nase ... zertrümmert!"

Tatsächlich war es sein linkes Auge, das blau anlief. Mr Somerville sah den Schlag gerade auf sich zukommen. Plötzlich fiel Mr Bart ins Leere boxend der Länge nach hin. Linnet war aus ihrer Trance erwacht und hatte ihm in der klassischen Manier wohlerzogener Damen, die nicht zuschlagen dürfen, ein Bein gestellt.

„Wenn alle Heiratsanträge so enden, möchte ich nie wieder einen bekommen", bemerkte sie.

Mr Somerville, der neben dem Bach in die Hocke gegangen war, um seine schmerzende Hand in dem frischen Wasser zu kühlen, schüttelte den Kopf. „Die meisten Heiratsanträge sind anders. Der Gentleman macht seiner Angebeteten ein paar artige Komplimente über ihre schönen Augen, legt wortreich seine persönliche Situation dar und geht schließlich in die Knie, um ihr atemlos zu erklären, dass ihm nur noch eine Gefährtin zur Vollendung seines Glückes fehlt. Man besiegelt die Zusage mit einem keuschen Kuss." Er hatte sie nicht aus den Augen gelassen und sah mit Entzücken, dass sie schon wieder lachte. „Das ist nicht komisch, Miss Carter." Es war in der Tat nicht komisch, genauso hatte er um Miss Aurelia Egerton angehalten. Er erhob sich, um Mr Bart auf die Füße zu helfen. „Ich hoffe, Sie akzeptieren Miss Carters Ablehnung jetzt als endgültig, mein Freund. Ich würde mich ungern mit Ihnen duellieren."

Der Picknick-Gesellschaft erklärten sie, dass Mr Bart gegen einen Baum gelaufen sei. Niemand glaubte ihnen – Mr Westwell zog eine Augenbraue in die Höhe und bemerkte: „Ein sehr breiter Baum muss das gewesen sein!" - aber jeder war höflich genug, Mr Bart in Frieden zu lassen. Linnet kehrte an die Seite von Mrs Horton zurück, wo sie sich immer sicher fühlte, und tat so, als würde sie Mr Westwells Analysen der letzten drei Rennen von Epsom lauschen, während Mr Somerville der staunenden Mrs Jevington von den Westindischen Inseln erzählte. Erst viel später, als sie zu den wartenden Kutschen zurückkehrten und Linnet sich beim Einsteigen auf Mr Somervilles Arm stützte, fand sie Gelegenheit ihn leise zu fragen: „War das Ihr Ernst? Würden Sie sich meinetwegen duellieren?"

Mr Somerville schaute sie überrascht und traurig an. „Ach, Linnet. Wissen Sie das wirklich nicht?" Mrs Somervilles Stimme drängte hinter ihm energisch zum Aufbruch, und der Moment war vorbei, ehe er richtig begonnen hatte.

# VII

Linnet machte die wunderbare Erfahrung, dass Glücklichsein liebenswert macht und geliebt zu werden noch glücklicher. Mr Somerville war in sie verliebt, daran hatte sie keinen Zweifel mehr – sein Blick, als er sie in Mr Bart grässlicher Umarmung fand! Vielleicht waren seine Gefühle nicht so stark wie die ihren, aber verliebt war er in sie. Sie spürte es bei jeder Begegnung, wenn er sie in eine Unterhaltung einbezog, die sie nichts anging, wenn er aufschaute, sobald sie sprach, wenn er wie zufällig im Vorübergehen ihre Hand streifte und ihr zulächelte, wenn niemand mehr auf sie achtete. Sie wusste, dass sein Blick ihr folgte, wenn sie sich erhob und durch einen Raum ging, und dass er nicht nur seiner Söhne wegen so oft auf die Wiese am See kam, wo Cal und Jamie schwammen und spielten und faul in der Sonne lagen. Sie waren so gut wie nie miteinander allein. Dennoch fühlte Linnet sich geborgen und glücklich, wenn sie in Mr Somervilles Gesellschaft war. Sie war glücklich, und die Tatsache, dass dieses Glück verboten war und nicht ausgesprochen werden durfte, änderte daran gar nichts. Sie flüchtete sich in die Erinnerung an den Abend, als sie ein kleines unglückliches Mädchen gewesen war und er sie in seinen Armen gehalten hatte, und wenn das nächste Mal seine Hand ihren Arm berührte, erinnerte sie sich an jenen Abend und empfand die Gegenwart nicht weniger intensiv.

Glücklichsein macht liebenswert und geliebt zu werden noch glücklicher, und außerdem machte es hübsch. „Kein Wunder, dass der arme Mr Bart seinen Verstand verliert", sagte der Doktor eines Nachmittags zu seiner Gattin, als er auf seiner Bank vor dem Monks Cottage saß und beobachtete, wie sein Schützling in seinem Obstgarten Äpfel pflückte.

„Zehn Pfund im Jahr hin oder her", vertraute Miss Carey Mrs Horton an, „Wenn man sie nach Bath oder London brächte, würde sie mit Leichtigkeit einen Mann finden, der ihr ein Vielfaches bietet."

Und Mrs Jevington flüsterte Linnet ganz im Vertrauen zu, dass ihr Bruder darauf bestand, sie bei seinem Ball zum Menuett zu führen. „Ich tanze nicht auf Bällen", versicherte Linnet zum wiederholten Male.

„Ach, was für ein Unsinn. Alle Mädchen tanzen gern. Wie sollen wir sonst einen netten Mann für Sie finden?"

„Ich werde warten müssen, bis Jamie ein wenig älter ist."

„Das geht doch nicht, er ist viel zu jung. Außerdem sind Sie zu eng miteinander verwandt." Linnet wandte den Kopf ab. Mrs Jevington war eine herzensgute Person, viel angenehmer im Umgang als ihr Bruder, nur ihr Verstand passte in ein Pillendöschen.

Der August ging voran. Die Tage blieben schwül und sonnig, kein Gewitter sorgte für Abkühlung. Jamie und Cal waren braungebrannt wie Bauernkinder, und was ihre Mutter mit Entsetzen erfüllte, erfüllte ihren Vater mit Freude. Erst jetzt, da er ganze Tage mit ihnen und Linnet am See verbrachte, lernte er sie richtig kennen. Er stellte fest, dass Jamie Ausschlag bekam, wenn er Äpfel aß, und Cal tatsächlich einen Sprachfehler hatte, der es ihm unmöglich machte, „Kaulquappen" auszusprechen. Jamie war ein kleiner Mann der Tat, der Baumhäuser und Weltumseglungen plante und es für vollkommen normal hielt, seiner Mutter nur im äußersten Notfall zu gehorchen. Cal blieb ruhiger und versonnen, aber Mr Somerville

155

vermutete, dass er seine Umwelt in seiner unauffälligen Art genau beobachtete. Seine Pflege für den verletzten Hänfling war vorbildlich, seine Neigung, Tiere aller Art – Schmetterlinge, Käfer, Mrs Enderbys Kanarienvogel, seines Vaters Pferd – zu beobachten und mit ihnen zu sprechen bemerkenswert. Mr Somerville versuchte, seine Söhne über Linnet auszuhorchen, während diese in ihrem Garten Unkraut jätete. Allerdings kam er zu keinem anderen Ergebnis als dem, dass beide Linnets Anwesenheit für selbstverständlich und unentbehrlich hielten, da sie immer dagewesen war – wie ihre Mutter, Mrs Enderby, Josiah Henry, Doktor Horton und seine Frau. „Was wäre, wenn Linnet woanders wäre?", hakte er nach.

„Gar nichts wäre dann", erklärte Jamie, den die theoretische Diskussion langweilte. „Niemand will das, und du auch nicht." Mr Somerville, von seinem eigenen Sohn zum Schweigen gebracht, lächelte in sich hinein. Nein, er war der letzte Mensch, der wollte, dass Linnet woanders wäre. Doch irgendwann würde eine Entscheidung fällig sein, der Sommer neigte sich seinem Ende zu, bald würden die Tage zu kühl werden, um sie am See und in Linnets Garten zu verbringen. Sein Haus hatte zwar zwanzig Zimmer – trotzdem würde jemand die Blicke bemerken, mit denen er Linnet heimlich beobachtete, und wenn dieser jemand seine Gattin war, würde das Höllenfeuer auf Erden ausbrechen.

Doch die Zeit ließ sich weder zurückdrehen noch anhalten. Ein großes Sommergewitter bereinigte die erhitzte Luft. Mr Somerville flüchtete sich mit Linnet, Cal und Jamie in den Turm, und von der oberen Fensterreihe aus sahen sie zu, wie der Himmel sich wie zum Weltuntergang verdunkelte und grelle Blitze über dem Wald und dem Haus aufzuckten. Cal suchte Zuflucht bei Linnet, die ihn irgendeinem Instinkt folgend den Armen seines Vaters übergab, während Jamie, selbstbewusst wie immer, vergebens darum bettelte, nach draußen gehen und sein Gesicht in den Regen halten zu dürfen. Sehnsüchtig schaute er auf den überlaufenden Teich. „Wir werden die Fische auf der Wiese wiederfinden, Linnet."

„Und die Kaulkappen."

Mr Somerville widerstand dem Impuls, den freien Arm um Linnets Schulter zu legen. Cal zuckte bei jedem Donnerschlag zusammen. Linnet streichelte ihm über den Kopf. „Es ist nur ein Gewitter, Cal. Wie Mrs Enderbys Großreinemachen, nur in der Luft." Mr Somerville sah ihre Hand auf dem Haar seines Sohnes und wünschte sich, er könnte seine Wange an ihren Handrücken legen. Als der letzte Donnerschlag verhallt und der Regen dünn geworden war, zogen sie alle vier ihre Schuhe und Strümpfe aus und wateten barfuß über nasses Gras und feuchte Wege zum Haus zurück. Mrs Somerville wurde ausschließlich deshalb nicht ohnmächtig, weil sie noch auf Besuch bei ihrer von den Ballvorbereitungen hoffnungslos überforderten Freundin Mrs Jevington weilte.

# VIII

$\mathcal{L}$innet hatte keine Lust, auf Mr Westwells Ball zu gehen. Whithersden House bereitete ihr seit jeher Unbehagen, der neue Garten wirkte auf sie künstlich, sein Besitzer, der noch kaum ein Wort zu ihr gesprochen hatte, schien ihr der oberflächlichste Mensch der Welt zu sein. Die Aussicht, den ganzen Abend über Mr Barts Annäherungen ausweichen und gleichzeitig beobachten zu müssen, wie Mr Somerville sich mit eleganten Herrschaften umgab, schmälerte ihre Vorfreude ebenfalls.

Seit Tagen waren Gerüchte zu hören über die vornehmen Freunde, die Mr Westwell aus London eingeladen hatte. Tatsächlich hatte Mr Somerville seinem Nachbarn zwei Diener ausgeliehen, um den Ansturm vornehmer Hausgäste bewältigen zu können. Auch gesehen hatte man diese Herrschaften. Mr Westwell hatte die Gentlemen am ersten Tag zu einem Ausritt über seine Wiesen eingeladen, während die Damen in Mrs Jevingtons Begleitung eine Spazierfahrt im offenen Wagen unternahmen. Ehrfuchtsvoll flüsterte man, dass sich zwei Lords und eine Herzogstochter unter Mr Westwells Bekannten befanden. Sein Orchester kam aus London, sein Konditor aus Paris, woher das Geld kam, das diese Pracht bezahlte, wusste niemand so recht. Linnet dachte traurig darüber nach, wie deplatziert sie sich in dieser Gesellschaft fühlen würde, wie lächerlich ein Mr Bart unter Lords und Ladies wirken musste, ja selbst eine würdige Dame wie Miss Carey oder ein jovialer Mann wie Doktor Horton. Und Mr Somerville. Würden sie es wagen, über Mr Somerville die Nase zu rümpfen?

Niemand rümpfte über Mr Somerville die Nase, was hauptsächlich Mrs Somervilles Verdienst war, in der zwei Londoner Damen eine alte Schulfreundin wiedererkannten. Sie betrachteten Mr Somerville neugierig: Es gab nichts an ihm auszusetzen. Er war ein höflicher, gutaussehender Mann, dessen gebräunter Teint von der weißen Seide seines Anzuges aufs Vorteilhafteste unterstrichen wurde, und der jeden mit dem fröhlichen Lachen in seinen blauen Augen bezauberte. Hin und wieder wanderte sein Blick umher und suchte Linnet, die mit seinen Söhnen zwischen Mr Westwells nagelneuen Blumenrabatten umherwanderte und geduldig Auskunft über beiden reizenden kleinen Jungen gab, doch die meiste Zeit über ruhte er freundlich auf seinem Gesprächspartner.

Der Tanz fand auf der neuangelegten Terrasse statt, das Londoner Orchester hatte unter einer Buchsbaumhecke Platz genommen. Flackernde Lampions erleuchteten die Tanzfläche, auf der Mr Westwell die Herzogintochter zum ersten Menuett führte. „Ein stattliches Paar", hörte Linnet eine der Londoner Damen sagen. „Ich wäre sehr erstaunt, wenn wir nicht dieses Jahr noch Hochzeitsglocken läuten hören sollten."

„Glauben Sie?", erwiderte eine andere, ebenso vornehme Stimme. „Ich kann mir nicht vorstellen, dass die gute Diana sich in diesem Kaff niederlassen wird."

Linnet drückte Jamie leicht an der Schulter, um ihn in Richtung des Getränkebuffets zu schieben. Plötzlich stand der Doktor vor ihr. „Ah, meine liebe Linnet! Wir zwei scheinen in dieser Gesellschaft Ausgestoßene zu sein. Meine teuerste Gattin plaudert mit einem Lord Frinsted, und ich muss gestehen, dass ihre Unterhaltung sich um Dinge und Personenkreise dreht, von denen ich nichts verstehe. Gemeinhin bemitleidet man die, die unter Stand heiraten, doch ich kann aus meinem bescheidenen Erfahrungsschatz anmerken, dass auch wir, die wir über unserem Stand heiraten, zuweilen ein Quäntchen Mitleid verdienen. Das ist eine der Weisheiten, die ich Ihnen mit auf Ihren jungen Weg geben will, meine liebe Linnet. – Nun, Master Calpurnio, ich habe am Ende dieses Gartenlabyrinths die Kaninchenställe entdeckt. Soll ich sie dir zeigen?"

Das musste man Cal nicht zweimal fragen. „Master Jamie kommt auch mit. Nein, Linnet, keine Widerrede. Dieses ist ein Ball, und ich verlange, dass Sie sich amüsieren, anstatt hier das Kindermädchen zu spielen. Mindestens zwei Tänze, Linnet, sonst sorge ich dafür, dass man Sie nie wieder einlädt."

Widerwillig sah sie dem rundlichen Doktor nach, der mit den beiden kleinen Jungen über einen der geharkten Wege davon spazierte. Sie hätte nichts dagegen gehabt, für immer von den Festlichkeiten in Whithersden House ausgeschlossen zu sein. Mr Somerville tanzte jetzt mit seiner Gattin. Sie waren das schönste Paar des Abends, ganz egal, was man über Mr Westwells Schneider und die Eleganz der Herzogintochter sagen mochte. Mrs Somerville, so überirdisch schön in ihrem glitzernden Ballkleid, mit den weichen, großzügig aufgesteckten und weiß gepuderten Locken, den kühlen blauen Augen und dem hochgereckten Kinn, Mr Somerville, ihr ebenbürtiger Partner, der ihre Distanz mit einem einzigen Lächeln zu überbrücken vermochte. Ich werde ihn nie für mich haben, dachte Linnet, er wird auf immer und ewig diesem kühlen Engel angehören. Traurig wandte sie sich ab, um sich ein Glas Limonade zu holen.

„Miss Carter! Ach, meine liebste Miss Carter! Gerade habe ich Lady Douglas von Ihnen gesprochen. Erlauben Sie mir, Sie ihr vorzustellen, damit sie mir endlich glaubt, dass Sie das liebenswürdigste Geschöpf der Welt sind." Mrs Jevington zog Linnet so eilig hinter sich her, dass ihr Getränk überschwappte. „Lady Douglas! Ich weiß, dass Sie romantische Geschichten lieben, und Sie werden auch Miss Carter lieben, die das romantischste Wesen weit und breit ist. Stellen Sie sich vor, sie hat einen eigenen Garten mit einem Turm und einem Teich voller Seerosen ..."

Linnet sah sich einer stattlichen alten Dame gegenüber, die sie mit Hilfe eines Lorgnons begutachtete. „Ihr Teint, meine Liebe – Sie sollten etwas gegen diese Sommersprossen unternehmen."

Linnet neigte den Kopf. „Ich arbeite viel in meinem Garten, Mylady."

„Was!" Das diamantenbesetzte Lorgnon sank herab. „Wie eine Feldarbeiterin sehen Sie aus ... meine liebe Mrs Jevington, ich war auf eine Landgesellschaft durchaus vorbereitet, aber dass Ihr Bruder Bauern dazu lädt, entsetzt mich sehr."

„Miss Carter ist Mrs Somervilles Cousine und Mr Somervilles Mündel."

„Eine arme Verwandte! Nein, meine liebe Mrs Jevington, ich halte diesen Personenkreis keineswegs für erstrebenswert, und ich habe auch keinerlei Interesse an einer Bekanntschaft." Ihre Ladyschaft rauschte mit knisternden Taftröcken davon. Mrs Jevington starrte ihr ein paar Sekunden lang verständnislos hinterher, ehe sie sich darauf besann, sich um ihren Gast zu kümmern. „Miss Carter, das tut mir wirklich leid ... Lady Douglas ist manchmal furchtbar ungehobelt. Ich finde, sie benimmt sich nicht besser als die Menschen, über die sie sich mokiert. Darf ich Lord Frinsted bitten, Sie zum Tanz aufzufordern?"

Linnet löste sich mit leisem Entsetzen aus ihrer freundschaftlichen Umarmung. „Nein, Mrs Jevington, bitte nicht. Das würde eine Aufmerksamkeit erregen, die ich nicht wünsche."

„Aber wie soll ich einen Ehemann für Sie finden, wenn man nicht auf Sie aufmerksam wird? - Ach, ich weiß. Hemsby!"

Linnet versuchte, ihrer Gastgeberin in den Arm zu fallen, doch Mr Westwell hatte das Winken seiner Schwester bereits bemerkt und sich aus dem kleinen Kreis um Mrs Somerville gelöst.

„Hemsby, du musst uns retten. Miss Carter ist furchtbar schüchtern und verweigert jeden Tanz. Allerdings ist sie wohlerzogen genug, ihren Gastgeber nicht abzuweisen, nicht wahr, Miss Carter?"

Mr Westwell starrte ausdruckslos zu Linnet herab, und Linnet starrte verzweifelt zu ihm herauf. Er war ein sehr großer Mann und überragte sie um fast zwei Köpfe. Da sie ohnehin keine geübte Tänzerin war, wusste sie, wie lächerlich sie sich an seiner Seite ausnehmen würde. „Mrs Jevington, ich ..."

Plötzlich reichte Mr Westwell ihr den Arm. „Wenn Sie mir die Ehre erweisen würden, Miss Carter."

„Oh Hemsby, ich danke dir!" Mrs Jevington war drauf und dran, ihrem Bruder um den Hals zu fallen, als Linnets Rettung dazwischen trat. Mr Somerville verbeugte sich liebenswürdig. „Ich bedaure sehr, Mr Westwell, Sir, Mrs Jevington, Madam, ich fürchte, hier liegt ein Missverständnis vor. Es ist der ausdrückliche Wunsch von Miss Carters Tante, Lady Egerton, dass ihre Nichte nicht tanzt. Als Miss Carters Vormund fühle ich mich verpflichtet, dieses Verbot durchzusetzen."

„Nicht tanzen?", wiederholte Mrs Jevington. „So einen Unsinn habe ich ja noch nie gehört. Was soll ein junges Mädchen auf einem Ball, wenn es nicht tanzen darf? Ohne Lady Egerton zu nahe treten zu wollen ..."

Mrs Jevington war noch eine ganze Weile damit beschäftigt, sich an Mr Somervilles Seite über Lady Egertons Engstirnigkeit zu mokieren, während Linnet seiner auffordernden Kopfbewegung gefolgt war und sich zurückgezogen hatte. Mr Westwell machte keinerlei Anstalten sie aufzuhalten. Vom Ball hatte sie auf jeden Fall genug. Inzwischen war es dunkel geworden, nur Lampions und Fackeln erhellten den Garten. Zögernd folgte sie dem Weg zu den Kaninchenställen, den der Doktor vorhin eingeschlagen hatte. Es war höchste Zeit, die Jungen ins Bett zu bringen. Sie hielt nichts davon, Kinder lange aufbleiben zu lassen, auch nicht an Festtagen wie diesem: Es brachte ihren Schlafrhythmus durcheinander und machte sie launisch.

Die Kaninchenställe hatten Cal und Jamie bereits hinter sich gelassen. Linnet schreckte ein Liebespaar auf, das sich in den Schutz der Dunkelheit und des Gebüschs zurückgezogen hatte, und rettete sich mit einem Querfeldeinspurt vor Mr Bart, der ihr gefolgt war. Unter einer Eiche am Rande des Geländes blieb sie stehen. Von hier aus wirkte die festliche Kulisse auf der Terrasse wie ein Scherenschnitt, in schwarzen Konturen bewegten sich Mr Westwells Gäste wie Marionetten auf einer Bühne. Das Orchester gönnte den Tänzern eine Ruhepause, indem es einen mehrstimmigen Streicherkanon angestimmt hatte, dessen Klänge von einer milden Nachtbrise über die Wiese hinüber zu Linnet getragen wurden. Diese Musik gefiel ihr sehr, sie war traurig, schön und wahrhaftig und wirkte auf sie ein Spiegel all ihrer Gefühle für Mr Somerville. Sie schloss kurz die Augen, und als sie sie wieder öffnete, lächelte sie, weil sie seine Hand an ihrer Taille spürte. Sie wagte nicht den Kopf zu wenden, aber sie wusste, dass er halb schräg hinter ihr stand, seine Hand zärtlich und zugleich fest auf ihre Seite gelegt, sie konnte den eigenartigen, angenehmen Geruch wahrnehmen, der immer von ihm ausging und den sie nie identifiziert hatte, und sie spürte seine sanften Atemzüge in ihrem Nacken. Sie sprachen beide kein Wort, weil jede Silbe und jede Bewegung sie in eine Untiefe von Verboten und Tabus navigiert hätte, und so sie standen zusammen da und dachten beide den eigenartigen Gedanken, dass sie zueinander gehörten wie die Stimmen des Kanons, dem sie gemeinsam lauschten.

Mr Somerville zog seine Hand nicht zurück, als der letzte Ton verklungen war. Linnet wagte nicht sich zu rühren, weil jede Bewegung sie in seine Arme geworfen hätte. Plötzlich ließ ein Donnerschlag sie zusammenfahren. Es war kein Sommergewitter, das auf Mr Westwells Gesellschaft niederging, sondern ein Feuerwerk, das in den samtig blauen Nachthimmel schoss. Sie hörte das „Aah!“ und „Ooh!“ der scherenschnitthaften Gäste. Zwei kleine und eine größere Kontur traten an den Rand der Terrasse, Cal und Jamie waren mit dem Doktor zurückgekehrt. Gut, dass ich sie nicht früher zu Bett geschickt habe, dachte Linnet flüchtig, vom Feuerwerk wären sie ohnehin aufgewacht. Und es wäre ihnen entgangen ... Sie konnte sehen, wie Jamie den Kopf in den Nacken legte, um einer Leuchtspirale zu folgen. Cal wandte ebenfalls den Kopf, aber nicht nach oben, denn mit seinem untrüglichen Instinkt für Dinge, die allen anderen entgingen, hatte er die beiden Schatten unter der Eiche entdeckt, und einem weiteren untrüglichen Instinkt folgend für die, die er liebte, hüpfte er die Terrassenstufen zum Garten hinab und bewegte sich auf Linnet und seinen Vater zu.

Plötzlich bebte die Erde. Nicht das Feuerwerk ließ sie erzittern, sondern das Knallen der Hufe eines galoppierenden Pferdes. Mr Westwells preisgekrönte Neuerwerbung Hector war aus seiner Box ausgebrochen und raste in wilder Panik über die Fläche, die Cal Somerville auf seinen kurzen Beinen überquerte.

„Cal! Calpurnio!" Mr Somerville hörte Linnets Stimme brechen. „Cal!", schrie sie. „Bitte, bitte, Cal!" Er rannte über die Wiese. Nein, Gott, flehte er, das darfst du mir das nicht antun, du darfst ihn mir nicht nehmen, nimm ihn mir nicht, bitte, bitte nimm ihn mir nicht, aber der Hengst bäumte sich auf, und als die mächtigen Hufe auf Cal niedergingen, sah er den erstaunten Ausdruck auf dem runden Gesicht seines Sohnes, der vor keinem einzigen Tier jemals Angst gehabt hatte. Linnet rief noch immer Cals Namen, und auf der Terrasse fiel jemand mit einem spitzen Schrei in Ohnmacht. Er barg den kleinen Körper in seinen Armen und weinte um den Sohn, den er nur viel zu kurz gekannt hatte.

# IX

Eine tiefe Stille legte sich über Whithersden House, als seine Bewohner endlich zur Ruhe gekommen waren. Die Gäste aus der Umgebung waren abgefahren, die Hausgäste hatten sich auf ihre Zimmer zurückgezogen. Unten in der Hauskapelle lag der geschundene, aufgebahrte Körper des kleinen Jungen, dem viele Ballbesucher früher an diesem Abend liebevoll über den Kopf gestrichen hatten. Oben in der Finsternis der Bibliothek, auf dem bettähnlichen Sofa, auf dem Sir Frederick Hemsby auf den Tod gewartet hatte, saß Mr Somerville und wartete darauf, aus dem Alptraum zu erwachen. Immer wieder ging er in Gedanken die Ereignisse dieses Abends durch auf der Suche nach dem Punkt, an dem das Schicksal unausweichlich geworden war, versuchte, den Augenblick zu erfassen, an dem man den Hebel hätte ansetzen müssen, wollte man alles Spätere verhindern.

Schließlich war er ein Mann der Vernunft. Wenn er Linnet nicht in den Garten gefolgt wäre, wenn er ihr nicht in einem Moment der Verzauberung und unerträglichen Sehnsucht die Hand um die Taille gelegt hätte, wenn er nicht stumm zu seinem Gott gebetet hätte, dass dieser Augenblick nie vorüberginge, wenn Cal sie nicht entdeckt hätte ... Cal, für den es kein Verbrechen, sondern die natürliche Vereinigung der beiden Menschen war, die er am liebsten hatte auf der Welt ... oh Cal ... und dann kehrten Mr Somervilles Gedanken zurück an ihren Ausgangspunkt, und er versuchte, den Augenblick zu finden, an dem man das Schicksal hätte abwenden können. Er blickte kaum auf, als sich die Tür öffnete. Der Doktor kam mit hängenden Schultern hereingeschlichen. „Tom, mein Junge. Ich kann gar nicht sagen, wie leid es mir tut." Mr Somerville schaute den Doktor aus blutunterlaufenen Augen stumm an.

„Es gibt keinen Trost, deshalb will ich es auch gar nicht erst versuchen. Die Einfälle unseres Schöpfers, uns an Seine Macht zu erinnern, führen bisweilen nur dazu, dass man an Seinem Wohlwollen zweifelt. Und er hatte ein glückliches Leben, Tom. Er war einer der glücklichsten Jungen auf der ganzen Welt."

Drei Jahre und acht Monate lang, dachte Mr Somerville. Drei Jahre und acht Monate lang ein sonniges Lachen, strahlende blaue Augen, ein Herz voller Liebe. Drei Monate davon für mich. Und er hatte nie lernen müssen, wie viel Schmerz ein Mensch manchmal ertragen muss.

„Jedenfalls", fuhr der Doktor verlegen fort, „seiner Mutter geht es besser. Mrs Jevington hat ihr ihr Zimmer zur Verfügung gestellt. Ich habe ihr ein paar Tropfen Laudanum gegeben. Linnet ist bei ihr. Jamie ist bei Mrs Horton. - Du solltest auch schlafen, Tom. Morgen geht die Welt weiter."

Und morgen ist Cal immer noch tot, dachte Mr Somerville, während der Doktor ihm ungelenk, aber in väterlich-wohlmeinender Absicht den Arm drückte und sich zurückzog. Cal wird weiter tot sein und ich werde den Punkt immer noch nicht gefunden haben, an dem ich ihn zum Leben wiedererwecken könnte, und Linnet wird immer noch da sein und mich an den Augenblick erinnern, den wir geteilt haben.

Sie hatte sich zusammengerissen. Vorhin, als das Grauen wie eine Flutwelle über sie hereingebrochen war und ihre Schreie mit Cals Namen in einem unendlichen, unheimlichen Echo durch den Garten gehallt waren, hatte sie Jamie abgefangen, bevor er seinen toten Bruder erreichen konnte, und sich dann ganz automatisch ihrer

Cousine zugewandt. Keine Spur von dem verängstigten Mädchen, das er bei Mrs Woodkirks Tod in den Armen gehalten hatte. Verzweifelt war sie, das sah er an ihrer zitternden Unterlippe, ihren panisch aufgerissenen Augen, aber sie hatte nicht vor, ihre Cousine in der Rolle der trauernden Mutter zu überbieten. Also war Mrs Somerville in Ohnmacht gefallen, also hatte Mrs Somerville sich an den Leichnam des Kindes geklammert, also tobte Mrs Somerville bis zum Irrsinn, bis man sie mit Laudanum beruhigte. Und Linnet ...

Mr Somerville schaute irritiert auf, weil sie plötzlich in höchsteigener Person vor ihm stand. Lautlos hatte sie sich in die alte Bibliothek hineingestohlen, mit Tränenspuren im Gesicht, die Haare aus der aufgelösten Ballfrisur nachlässig hinter die Ohren geklemmt. Sie trug noch immer ihr Ballkleid mit den Flecken von Gras, Erde und Blut, und sie verschloss sorgfältig die Tür, ehe sie näher trat.

„Mrs Somerville schläft. Doktor Horton hat ihr Laudanum gegeben. – Es ist eigenartig." Sie trat nicht direkt zu ihm, sondern an eines der Fenster, vor denen sich die dunklen Baumwipfel des Waldes wiegten. „In diesem Raum habe ich Sir Frederick zum ersten und einzigen Mal gesehen, und ich habe noch Monate später Alpträume davon gehabt. Wenn irgendwo sein Geist umhergeht, dann hier. Sir Frederick war nur unglücklich, weil er gleichzeitig dumm war. Er wollte sich nicht helfen lassen. Mrs Jevington hat mir erzählt, dass er alle Briefe und Freundschaftsangebote ihrer Mutter unbeantwortet gelassen hat, weil sie sich nie nahegestanden hatten und er glaubte, sie wolle sich an seinem Unglück weiden. Dabei ist es ganz einfach. Man kann es sich nicht leisten, auch nur auf einen einzigen Freund zu verzichten."

Mr Somerville schaute auf und versuchte zu verstehen, was sie ihm damit sagen wollte. Sie ging vom Fenster weg und kniete vor ihm vor dem Sofa nieder. „Ich bin furchtbar traurig, weil Cal tot ist. Ich möchte schreien und weinen vor Verzweiflung und Gott zur Verantwortung ziehen, weil er mir das angetan hat, ich möchte diese dumme Lady Frinsted ohrfeigen, weil sie behauptet, dass der Herr die früh zu sich nimmt, die Er liebt, und Mr Westwell vor Gericht stellen, weil er dieses Monster von Pferd frei herumlaufen lässt. Aber trotz all meinem Zorn und meiner Trauer werde ich mich niemals fragen, ob ich heute Abend irgendetwas hätte tun können, das Cals Tod verhindert hätte."

„Ich frage mich das die ganze Zeit über", sagte Mr Somerville. Er wusste genau, dass diese Antwort ein Fehler war. Er musste sie schleunigst aus dem Zimmer schicken, morgen würde er ihr fünfzig Pfund in die Hand drücken, sich für ihre Loyalität bedanken, sie zu irgendwelchen Verwandten ans andere Ende des Landes senden und hoffentlich niemals wiedersehen. Dann würde diese unerfüllbare Sehnsucht eines Tages aufhören und Frieden und Ordnung in sein Leben zurückkehren. Doch anstatt ihr den Weg vor die Tür zu weisen, beugte er sich vor, und wie in einer Umkehrung der Ereignisse von vor vier Jahren hielt sie ihn plötzlich so in ihren Armen, wie er sie damals gehalten hatte.

Er klammerte sich an sie, als ob er sie nie wieder loslassen wollte, und zu ihrem abwesenden Gott flehte sie, dass es so sein möge. Probeweise legte sie eine Hand auf seinen Kopf, um herauszufinden, ob sein kurzes Haar sich so anfühlte, wie sie es sich immer vorgestellt hatte. Es war überraschend weich, wie Cals und Jamies.

Mr Somerville, der seit dem Tag, an dem sein Vater den Liebhaber seiner Mutter getötet hatte, keine Träne mehr vergossen hatte, schaute auf. Er erinnerte sich vage an irgendetwas von Untiefen aus Verboten und Tabus, das er früher an diesem Abend gedacht hatte, und schob es als absurd beiseite. Er liebte Linnet. Linnet liebte ihn. In dieser Nacht war alles andere unwichtig. Er streichelte ihr Gesicht, flüsterte ihren Namen und küsste sie, und überrascht von der Leidenschaft, mit der sein Kuss erwidert wurde, zog er sie zwischen die Kissen und Decken auf Sir Frederick Hemsbys altem Lager, um ihr seine Liebe zu zeigen und seinen Schmerz zu vergessen.

# X

„Meine liebste Schwester", schrieb Mrs Horton an Miss Nicolson in Tonbridge, „fünf Tage sind seit der Tragödie vergangen, von der ich Dir in meinem letzten Brief berichten musste, und noch immer kann von einer Rückkehr in die Normalität keine Rede sein. Unser lieber kleiner Cal wurde vorgestern zu Grabe getragen, und obwohl wir alle wissen, dass wir ihn nie wiedersehen werden, treibt mir der Gedanke nach wie vor Tränen in die Augen. Mrs Somerville war zu krank, um der Zeremonie beizuwohnen. Mr Somerville hielt sich mit der Würde eines Heiligen, und welche Kraft unsere kleine Linnet aufrecht gehalten hat, kann ich nicht einmal vermuten. Wir haben sie zu uns genommen, das arme tapfere Mädchen, denn Mrs Somerville kann Whithersden vorerst nicht verlassen. Jamie ist bei seiner Mutter, ihrem ausdrücklichen Wunsch folgend, obwohl sein Anblick sie beständig an ihren Verlust erinnert, und Mr Somerville ist alleine in sein leeres Heim zurückgekehrt. Ach, Schwester, der Sommer ist noch lange nicht zu Ende, aber alle Fröhlichkeit und Unbeschwertheit hat uns verlassen. Wir haben Dir oft geschrieben, wie sehr wir Linnet in unser Herz geschlossen haben. Wir glaubten sie zu kennen, doch ihre gegenwärtige Ruhe und Beherrschung zeigt uns eine Seite, die wir nie erahnt haben."

Mrs Horton schaute von dem Brief auf, um ihren Blick über den Garten und den Fluss schweifen zu lassen und ihre Gedanken zu ordnen. Nein, sie hätte nicht erklären können, inwiefern Linnet verändert war. Sie schien quasi über Nacht erwachsen geworden zu sein. Ihre Zurückhaltung war einer eigenartigen Entschlossenheit gewichen, obwohl Mrs

Horton nicht zu sagen vermocht hätte, wozu sie entschlossen war. Nur eines stand fest: Die Linnet, die jetzt gerade mit ihren eigenen Briefen beschäftigt im Obstgarten saß, würde sich nie wieder von einer Lady Douglas oder einem Sir George Egerton einen Ball verderben lassen. Sie hat das Geheimnis des Lebens gefunden. Mrs Horton wollte diesen Gedanken zu Papier bringen, als Schritte sie aufhorchen ließen. Mr Somerville trat in ihren Garten. „Lieber Tom!", rief sie erfreut und schob gleichzeitig ihr Briefpapier zusammen. „Das ist eine schöne Überraschung."

Mr Somerville nickte höflich. In den Augen der Bauern und Dorfbewohner hatten ihn die Ereignisse der letzten Tage zum Heiligen gemacht. Er war immer beliebt gewesen, aber die Gefasstheit und Dankbarkeit, mit der er sämtliche Beileidsbekundungen entgegengenommen hatte, hatten ihm jedermanns Respekt eingebracht. Man hatte Verständnis für die Mutter, die der Schmerz an den Ort des Grauens fesselte, doch viel größer war die Bewunderung für den Vater, der jeden Gruß höflich erwiderte, sich voller Anteilnahme nach dem Befinden dieser und jener Familienmitglieder erkundigte, während der Ernst seiner eigenen Miene, der leere Ausdruck seiner Augen nur allzu sehr an seinen eigenen Schmerz erinnerte. Sein Verhalten ließ keine Verlegenheit aufkommen. E verstand es, jeden verunsicherten Gesprächspartner mit einer unverbindlichen Bemerkung abzulenken, sobald der Schatten der Tragödie seines jüngsten Sohnes über eine Unterhaltung zu fallen drohte. Mrs Horton bildete da keine Ausnahme. „Nur ein kurzer Abschiedsbesuch", erklärte er. „Ich war gerade in Whithersden und wollte Ihnen auf dem Rückweg auf Wiedersehen sagen. - Ich muss für ein paar Wochen nach

London, um einige geschäftliche Angelegenheiten zu regeln."

Mrs Horton nickte verständnisvoll. Sie war wohlerzogen genug, es darauf beruhen zu lassen. Sie war allerdings auch eine gute Freundin, und Freundschaft trug bei ihr immer den Sieg über gute Manieren davon. „Bleiben Sie nicht wieder vier Jahre weg, Tom. Sie haben eine Familie, die Sie jetzt mehr denn je braucht."

„Ja", murmelte er und dachte an die kleine Familie, die sie nie wieder sein würden, und an die Zeit, die vor ihm lag. Zum ersten Mal verstand er die Flucht seines Vaters nach Jamaica. Er raffte sich auf. „Ist Linnet im Haus? Ich möchte mich von ihr verabschieden."

„Sie sitzt im Obstgarten."

Mr Somerville nahm es erleichtert zur Kenntnis. Es würde schwierig genug sein, mit ihr zu sprechen. Unter Mrs Hortons Augen wäre es so gut wie unmöglich. In dem kleinen, von außen nicht einsehbaren Obstgärtchen unterhalb der Kirche waren sie wenigstens unter sich. Sobald er ihre schwarzgekleidete Gestalt auf der altersschwachen Bank unter einem Apfelbaum erblickte, musste er über sich selbst lächeln. Es würde überhaupt nicht schwierig sein, mit ihr zu sprechen. Es war nie schwierig gewesen. Er beobachtete sie eine ganze Weile, wie sie dasaß, auf den Knien ein provisorisches Schreibbrett balancierend, mit der linken Hand das Tintenfass umklammernd, während die rechte mit einer kratzenden Feder über das Papier sauste. Ihre Konzentration erinnerte ihn an die Aufmerksamkeit, mit der Cal Schmetterlinge oder Käfer beobachtet hatte, und das war eine schöne Erinnerung, die ihm keinerlei Schmerz bereitete. Ein wenig verlegen trat er näher.

Als Linnet aufschaute, war es, als ob die Sonne auf ihrem Gesicht aufginge. Dann senkte sie den Blick und starrte zurück auf ihre Briefbögen.

„Darf ich mich setzen?" Sie nickte errötend. Mr Somerville, in der Rolle des geheimen Liebhabers kaum mehr erfahren als sie in der der geheimen Geliebten, nahm vorsichtig auf der anderen Hälfte der Bank Platz. Wie verhielt man sich, wenn man ihr Geheimnis teilte? Wie lautete die passende Eröffnung? Worüber plauderte man? Er schaute in den Himmel, der sich klar und blau über ihnen wölbte. Pralle rotbackige Äpfel drängten sich in Zwillingen, Drillingen und Vierlingen in das Geäst des Baumes, Vögel zwitscherten, irgendwo rief ein Kuckuck, der kleine Fluss plätscherte leise. Gerne hätte er Linnets Hand genommen, obwohl es nicht zu dem passte, was er ihr sagen wollte. Sagen musste. Nicht sagen konnte.

„Wird das ein Brief?" Er beugte sich über ihr provisorisches Schreibbrett, und obwohl sie hastig die Blätter zusammenschob, entzifferte er die erste Zeile. „Meine liebe Mrs Anderson - meine Schwester? Seit wann schreibst du an meine Schwester?"

Linnet presste die Lippen zusammen, ehe sie antwortete. „Meine Cousine hat mich darum gebeten. Ich habe das schon öfter getan."

„Aber du ... du bist nicht Aurelias Sekretärin." Mr Somerville hatte stets großen Wert auf die Korrespondenz zwischen seiner Schwester und seiner Gattin gelegt, obwohl Mrs Somerville eine nachlässige Briefeschreiberin war. Seine Hoffnung war, dass Mrs Somervilles Schilderungen ihres eleganten Bekanntenkreises seine Schwester eines Tages bewegen könnte, die raue Gesellschaft Jamaicas zugunsten ihrer Heimat aufzugeben. Die Vorstellung, dass ausgerechnet Linnet seine Schwester mit Gedanken aus

England versorgte, war eigenartig. „Möchtest du es lesen?", fragte sie unvermittelt. Er nahm ihr das Blatt ohne zu zögern ab. Ihre Handschrift war gerade und ordentlich.

„Meine liebe Mrs Anderson, Ihr Bruder wird Sie von dem Unglück in Kenntnis gesetzt haben, das uns überkommen hat. Cal, der wunderbare, liebe kleine Cal, ist nicht mehr bei uns. Er ist einfach fort, wie ein Ausreißer, der sich nicht richtig verabschiedet hat. Jetzt bereits erscheint mir die Erinnerung an ihn wie ein wunderbarer Traum, und ich erwische mich bei der Frage, ob er wirklich gelebt hat, ob ich all die schönen Stunden mit ihm nicht nur geträumt habe, ob der kleine Junge, der mich breit mit seinen Milchzähnchen angrinst, der im See planschend kreischend nach Luft schnappt, der sich warm und verzweifelt an mich klammert, wenn er einerseits schlafen und ich andererseits nicht gehen soll, ob diese ernste, liebende kleine Persönlichkeit nicht nur ein Werk meiner Phantasie ist und überhaupt nie gelebt hat. Immer wieder denke ich: Wer warst du? Wo bist du jetzt, Cal? Was hast du gedacht in diesem letzten, grauenhaften Augenblick? Hast du gemerkt, dass dein Vater dich in den Armen gehalten hat? Hast du die Wärme seiner Hand dahin mitgenommen, wo du jetzt bist? Nur eine einzige Antwort, und ich wäre um so vieles getröstet."

Mr Somerville legte den Bogen auf Linnets Schreibbrett zurück und nahm, obwohl er sich fest vorgenommen hatte, das nicht zu tun, ihre Hand in die seine. „Ach Linnet. Du wirst nie eine Antwort bekommen."

„Nein, dafür müsste ich wohl eher selbst sterben." Erschrocken hörte er auf, ihren Handrücken zu streicheln. „Das wirst du allerdings erst tun, wenn du eine runzlige alte Schachtel von achtzig Jahren bist."

Unvermutet lächelte sie. „Und du ein alter Greis von über neunzig."

Das erinnerte ihn an den Grund seines Kommens. „Ich werde morgen nach London reisen. Ich muss ... geschäftliche Angelegenheiten regeln." Mein Testament umschreiben, dachte er. Cal herausnehmen und veranlassen, dass für dich immer gesorgt ist, Linnet. Aber das konnte er ihr nicht sagen. Sie hätte sein Erbe genauso zurückgewiesen wie Doktor Hortons Mitgift.

„Für wie lange?", fragte sie.

„Nur ein paar Wochen."

„Mrs Somerville bleibt hier?"

„Sie ist in Trauer. Sie könnte keinerlei Gesellschaft besuchen. Ich werde auch nicht in Gesellschaft gehen. - Ich weiß nicht, wie lange Aurelia Mrs Jevingtons und Mr Westwells Gastfreundschaft noch missbrauchen kann. Wenn sie nach Hause zurückkehrt, wird sie deine Unterstützung benötigen." Was verlange ich von ihr? dachte er im nächsten Augenblick. Was verlange ich von Aurelia? Nein, Aurelia wusste von nichts. Niemand wusste, was in Sir Fredericks alter Bibliothek geschehen war. Dass auf die schwärzesten die schönsten Stunden seines Lebens gefolgt waren. Die sich nicht wiederholen durften. Abrupt ließ er ihre Hand los. Erst London. Wenn er wieder da war, musste das Problem Linnet behandelt werden. Nicht das Problem, die Tatsache Linnet. Heftig wandte er sich zu ihr um. „Schau, Linnet, es hat sich so viel verändert in den letzten Tagen ..."

„Ich weiß", erwiderte sie. „Gerade der richtige Zeitpunkt, um für ein paar Wochen nach London zu verschwinden." In ihrer ruhigen Stimme klang eine ganz milde Spur von Ironie mit.

„Ein wenig Abstand tut manchmal gut", verteidigte er sich.

„Das war kein Vorwurf, Tom." Jetzt suchte sie seine Hand. Mehr als diese Geste berührte ihn der unvertraute Klang seines Namens aus ihrem Mund. Als sie ihn in Sir Fredericks Bibliothek das erste Mal so genannt hatte, hatte er sie gebeten, seinen Namen zu wiederholen und zu wiederholen. „Du wirst dich daran gewöhnen müssen, dass ich ein Feigling bin, Linnet. – Grüße meine Schwester. London wird schneller vorbei gehen, als du denkst." Er drückte einen Kuss auf ihre kleine gebräunte Hand, schaute ihr dabei in die Augen und ging davon. Linnet blickte lange nachdenklich auf den Fluss, ehe sie sich wieder ihrem Brief widmete.

Sie blieb bei den Hortons, denn genauso standhaft, wie Mrs Somerville sich weigerte, in ein Haus zurückzukehren, in dem jedes Möbelstück, jeder Teppich sie an ihren verlorenen Calpurnio erinnerte, weigerte Linnet sich, nach Whithersden House zu ziehen, wo ein herzloser Mann wie Mr Westwell mit einem riesenhaften, mörderischen Pferd lebte. Pflichtschuldigst besuchte sie ihre Cousine jeden Tag für einige Stunden, aber keine menschliche Kraft und keine Naturgewalt konnte sie dazu bringen, eine einzige Nacht unter Mr Westwells Dach zu verbringen. Mrs Jevington war eine gastfreundliche Dame, die angesichts der schrecklichen Ereignisse von mehr Schuldgefühlen geplagt schien als ihr Bruder und die es daher niemals über ihr Herz gebracht hätte, ihre arme Freundin Mrs Somerville vor die Tür zu setzen. Dennoch kühlte diese Freundschaft in den Wochen von Mrs Somervilles Aufenthalt in Whithersden ein wenig ab. „Eine Frau gehört in das Heim ihres Mannes", erklärte Mrs Jevington Linnet an einem

Nachmittag, als Mrs Somerville den Besuch ihrer Cousine buchstäblich verschlief. „Verstehen Sie mich nicht falsch, liebe Miss Carter, ich würde alles, alles tun, um meine liebste Aurelia wieder lächeln zu sehen. Ich will sie keinesfalls kritisieren. Ich weiß, dass ihr Verlust grauenhaft und durch nichts wiedergutzumachen ist. Als mein guter Jevington mich verließ, wollte ich mich in sein Grab stürzen. Aber finden Sie nicht ... meinen Sie nicht, dass Kummer sich am ehesten bewältigen lässt, indem man sich dem Leben stellt?"

Linnet, die Mrs Jevigtons Ansichten normalerweise nie teilte, war in diesem Fall ganz ihrer Meinung. Doch auch sie konnte ihre Cousine weder zur Heimkehr noch zu einer Kur in Bath noch zu einem Besuch bei ihren Eltern bewegen. Mrs Somerville wollte in Whithersden bleiben, wo ihr kleiner Engel Calpurnio seine letzten glücklichen Atemzüge getan hatte. Sie wollte sein Grab nicht besuchen, und auch seinem Vater wollte sie nicht schreiben. Stattdessen diktierte sie Linnet, was sie ihm zu sagen hatte. So kam Mr Somerville in London in den eigenartigen Genuss von Briefen, in denen er in Linnets ordentlicher Schrift mit „Mein liebster Gemahl" angeredet und „Deine treueste Gattin Aurelia E. S." gegrüßt wurde.

An zwei oder drei Tagen in der Woche spazierte Linnet mit Jamie durch den Wald zu Mr Somervilles Haus, um in ihrem Garten nach dem Rechten zu schauen und mit Mrs Enderby zu plaudern. Jamie war es, um den es ihr am meisten leid tat, den beide Eltern vergessen zu haben schienen, den Mrs Somerville in ihrer Nähe haben wollte, weil er jetzt ihr Einziger war, und dessen Anblick sie gleichzeitig nicht ertragen konnte, weil er sie so sehr an ihren Cal erinnerte. Jamie wurde umher geschoben wie ein überflüssiger Stein auf einem Spielbrett. Es oblag Linnet, mit ihm über seinen eigenen Kummer zu sprechen und ihm das in seiner Trauer so unendlich wichtige Gefühl der Geborgenheit zu vermitteln. Schließlich war es auch Jamie, dem sie ihre Rückkehr in Mr Somervilles Haus verdankten. Der September war fast vorüber, als Mrs Enderby Linnet bei einem ihrer Besuche an den Tutor erinnerte, den Mr Somerville im Sommer für seine Söhne eingestellt hatte und der seinen Dienst im Oktober aufnehmen sollte. Mrs Enderby wusste nicht, wo der Tutor untergebracht werden sollte. Noch weniger wusste sie, wie Jamie unterrichtet werden könnte, solange er in Whithersden House bei seiner Mutter bleiben musste. Linnet trug das Problem ihrer Cousine vor, und nachdem sie ihr ins Gewissen geredet hatte und selbst Mr Westwell einen kleinen Vortrag über die Pflicht zur Ausbildung des einzig verbliebenen Somerville-Sohnes gehalten hatte, zeigte sie Bereitschaft, ihr Quartier zu wechseln. Letztendlich war es allerdings die anstehende Jagdsaison mit all den Gästen, die Mr Westwell eingeladen hatte, die sie überzeugte: Mrs Somerville hätte es nicht ertragen, in einem Haus mit eleganter Gesellschaft zu leben, während sie selbst ihrer Trauerkleider wegen von den besten Unterhaltungen ausgeschlossen war.

Linnet war froh, in das Haus zurückzukehren, das sie trotz der Gastfreundschaft der Hortons als ihr Heim empfand. Das Kinderzimmer war fast unverändert, Cals Bettchen war entfernt worden, sein Platz in der Kleiderkammer leer, aber an den Wänden hingen noch die Bilder, die er gekleckst hatte, und seine Spielsachen gingen in Jamies Besitz auf. Linnet konnte ihn „Kaulkappen" sagen hören, wenn sie in diesem Zimmer stand, und sie hörte ihn lachen, als Josiah Henry mit Jamie den gesundeten Hänfling freiließ.

Der Tutor traf ein, ein ernster und gelehrt wirkender junger Mann, der sich sofort Linnets Sympathie erwarb, indem er nicht zögerte, mit Jamie über seinen Bruder zu sprechen. Gleichzeitig traurig und erleichtert stellte sie fest, dass der Prozess des Vergessens sich bereits in Gang setzte: Hier war jemand, der Cal nicht kannte, nie kennen würde, in dessen Gedächtnis er wenn überhaupt nur weiterleben würde als der Bruder, den sein Schüler verloren hatte, und nicht als der Cal, der er gewesen war, der Beobachter von Schmetterlingen und Käfern, der mit Tieren sprach und das Wort „Kaulquappen" nicht über seine kleinen Lippen bekam. Es war gut, dass es weiterging, und es schnitt ihr zugleich ins Herz, ihn so entgleiten zu sehen. Jetzt erst wurde ihr klar, dass der Sommer endgültig vorbei war und nichts je wieder so sein würde wie früher.

# XI

Als Mr Somerville im Oktober aus London zurückkehrte, war der Herbst bereits weit fortgeschritten. Abends dunkelte es früh, die wenigen Sonnentage waren kurz, oft hingen graue Regenwolken dicht über den Baumwipfeln. Linnet hatte jetzt mehr Zeit für sich, weil Jamie die den Tag mit seinem Tutor Mr Strong verbrachte. Sie genoss die ungewohnte Freiheit, arbeitete lange Nachmittage in ihrem Garten, um den Winter vorzubereiten, und unternahm einsame Spaziergänge, um ungestört über Mr Somerville nachdenken zu können. Obwohl sie ihn vermisste, fürchtete sie seine Rückkehr wie das Ende eines schönen Traumes, nach dem sie sich wieder der Wirklichkeit stellen musste. Die Wirklichkeit war, dass sie ihn ebenso wenig lieben durfte wie er sie. Ein einziges Mal hatten sie sich über dieses Gesetz hinweggesetzt, ein einziges verzweifeltes Mal, als Cals Tod die ganze Weltordnung vorübergehend aus den Angeln gehoben hatte. Ein einziges Mal? Mr Somerville war ein pflichtbewusster, ehrenhafter Mann. Die Verführung jugendlicher Mündel gehörte nicht in seine Welt. Linnet ahnte, was ihr blühte: Verbannung zu irgend- welchen entfernten Verwandten, zu einer alten Tante am anderen Ende Englands. Er liebte sie, daran zweifelte sie seit Wochen nicht mehr, und je mehr er sie liebte, desto dringender musste er sie aus seinem wohlgeordneten Leben verschwinden lassen.

Zweimal geschah es bei diesen langen, nachdenklichen Spaziergängen, dass sie Mr Westwells Jagdgesellschaft begegnete. Beim ersten Mal war es nur ein Schwarm rot- und grünberockter Reiter, der an ihr vorüber galoppierte, während sie sich hinter einer Hecke versteckte, beim zweiten Mal entdeckte Mr Westwell persönlich sie auf dem Waldweg, ehe sie sich hinter einem Baum unsichtbar machen konnte. Mr Westwell hob warnend die Hand, um die ganze Gesellschaft zum Anhalten zu bringen, wobei er sich aus dem Sattel heraus vor Linnet verneigte. „Miss Carter. Ein unerwartetes Vergnügen."

Linnet deutete einen Knicks an. „Guten Tag, Sir." Sie versuchte, weder das Pferd noch den Reiter anzuschauen. Wie konnte er es wagen? Wie konnte er das Monstrum reiten, das Cal getötet hatte?

„Darf ich mich erkundigen, ob Sie Nachricht von Mr Somerville haben?"

„Wir erwarten ihn diese Woche zurück."

„Und Mrs Somerville? Sie befindet sich wohl?"

„Wir befinden uns alle ausgezeichnet, vielen Dank, Sir."

„Meine Schwester wird entzückt sein, wenn ich ihr berichte, dass ich Sie getroffen habe."

„Seien Sie bitte so freundlich, Mrs Jevington meine Grüße auszurichten."

Mr Westwell lächelte breit. „Mit dem größten Vergnügen, Miss Carter."

Linnet deutete einen weiteren Knicks an. „Auf Wiedersehen, Sir."

„Auf Wiedersehen, Miss Carter!" Mit einer Handbewegung setzte Mr Westwell seinen Reitertrupp wieder in Gang.

Drei Tage später kehrt Mr Somerville heim. Er hatte sich alles genau überlegt, und er war sehr zufrieden mit den Vorkehrungen, die er getroffen hatte. Es war bereits spät am Abend, als er ankam. Er begrüßte pflichtschuldigst seine Gattin, umarmte seinen Sohn und hauchte Linnet einen väterlichen Kuss auf die Stirn, ehe die Familie zur Nacht auseinanderging. Erst am nächsten Morgen beim Frühstück machte er die große Ankündigung, die wieder Ruhe und Ordnung in sein Dasein bringen sollte. Stattdessen brachte sie Chaos und Verwüstung über seinen Frühstückstisch. „Somerville!", rief seine Gattin entrüstet. „Jetzt hat dein Verstand dich endgültig verlassen." Linnet hockte ihm leichenblass und mit zitternden Nasenflügeln gegenüber und brachte kein Wort hervor.

„Ich finde die Idee ausgezeichnet", behauptete Mr Somerville. „Linnet korrespondiert seit längerem mit meiner Schwester, sie scheinen einander zu mögen, es wäre ein ganz neuer Anfang für sie. – Außerdem", Mr Somerville wandte sich zu Linnet herum, obwohl er es nicht schaffte, ihr direkt in die Augen zu schauen, „hatte ich den Eindruck, dass es Sie interessieren würde. Ein exotisches Land voller unbekannter Pflanzen und Tiere ..."

„... und Schlangen und Krankheiten", sagte Mrs Somerville dazwischen. „Nein, Lieber, ich weiß nicht, was Linnet in dieser vergifteten Gegend zu suchen hätte. Mit ihrer zarten Konstitution wäre sie innerhalb von sieben Tagen tot. Ich begreife nicht, weshalb sie Hals über Kopf auf eine Insel am anderen Ende der Welt reisen soll, nur um deiner Schwester Gesellschaft zu leisten. Wenn deine Schwester Gesellschaft will, soll sie herkommen."

„Es ist ..." - zu unser aller Besten, wollte er sagen. „... zu ihrem Besten", vollendete er, als ob Linnet nicht mit verdächtig aufeinander gepressten Lippen neben ihm saß.

„Zu ihrem Besten!", wiederholte Mrs Somerville. „Zu ihrem Besten! Zu ihrem Besten ist es, wenn sie hier bleibt, wo sie sich für mich nützlich machen kann." Und mit ungewöhnlich mütterlichen Gefühlen fügte sie hinzu: „Du willst hoffentlich nicht, dass Jamie nach seinem Bruder auch noch die Tante genommen wird."

Aber Mr Somerville hatte keine Lust auf weitere Zurechtweisungen. „Linnets Vormund bin ich, und sie segelt Ende des Monats von Bristol nach Jamaica. Ich werde nicht weiter über diese Angelegenheit diskutieren."

„Und ich", ließ sich Linnet plötzlich vernehmen, „ich würde lieber in Bettelkleidern an Sir George Egertons Tür klopfen, als nach Jamaica zu reisen."

„Ich würde dafür sorgen, dass Papa dich einlässt", erklärte Mrs Somerville. Mr Somerville starrte von der Frau, mit der er verheiratet war, zu dem Mädchen, das er liebte, und verstand die Welt nicht mehr. Begriff Linnet nicht, was ihn das kostete? Verstand seine Frau nicht, dass er ausschließlich in ihrem Interesse handelte? Warum waren weibliche Wesen immer so engstirnig? „Linnet fährt", verkündete er.

„Ich fahre nicht", erklärte Linnet ganz ruhig. Er wandte sich zu ihr um. Warum tat sie ihm das an? Warum machte sie alles noch schwerer? Plötzlich sprang er auf, packte sie am Arm und zog sie hinter sich her in sein Arbeitszimmer. „Entschuldige uns, Aurelia", warf er seiner Gattin über die Schulter hinweg zu. „Es wird Zeit, dass jemand Miss Carter Manieren beibringt."

Mrs Somerville zuckte die Achseln. Er wurde ein wenig wunderlich, ihr Herr Gemahl. Irgendwelche dunklen Familiengeheimnisse schienen ihn einzuholen, sie hatte so manches Gerücht gehört. Eines wusste sie mit Sicherheit: Er hätte sich keinen schlechteren Zeitpunkt aussuchen können, um ihre Cousine ans andere Ende der Welt zu schicken.

In seinem Arbeitszimmer schleuderte Mr Somerville Linnet in den Sessel unter dem Fenster. „So. Linnet. So geht es nicht."

Linnet war sofort wieder aufgestanden. „Ich will nicht nach Jamaica. Du sagst selbst, dass es ein teuflischer, todbringender Ort ist."

Sein Zorn verrauchte beim Klang ihrer Stimme. „Und Sie haben einmal gesagt, dass Sie gerne dorthin möchten."

„Das möchte ich auch. Aber nicht verschnürt als ein Paket, das man so schnell wie möglich los werden will, weil es unangenehm riecht."

Er schloss kurz die Augen. Wie schaffe ich es immer so unbedacht, sie zu verletzen? fragte er sich.

„Hören Sie zu. Linnet." Er wollte sie an den Schultern fassen, wich jedoch wieder zurück. Noch eine Berührung, und die ganze Unterhaltung wäre hinfällig. Also sprach er zu dem Fenster. „Sie können nicht hier bleiben. Wie sollen wir weiterleben? Ich kann Sie nicht ... zu meiner Geliebten machen." So, das war ausgesprochen. Er riskierte einen Blick auf ihr Gesicht, stellte fest, dass ihre Augen verdächtig glänzten, und fuhr wieder an das Fenster gewandt fort: „Es geht nicht nur darum, dass ich Aurelia und Jamie verletzen würde. Oder um das Gerede, das entstehen würde. Es geht um Sie. Sie würden jeden Tag aufs Neue erniedrigt werden. Sie würden mehr verlieren, als ich jemals zurückgeben könnte. Sie haben bereits mehr verloren, als ich ersetzen kann. Man kann so nicht glücklich werden." An der sanften Röte, die sich über ihr Gesicht zog, sah er, dass sie verstand. In Jamaica, wo weiße Frauen Mangelware und die Sitten lockerer waren, würde man über einen Makel wie die verlorene Unschuld schneller hinweg schauen.

Linnet schwieg. An ihrer konzentrierten Miene konnte er sehen, dass sie nachdachte. Ein kleines Lächeln stahl sich auf ihre Lippen, als sie an die Lektion dachte, die Doktor Horton ihr einmal erteilt hatte: „Sie müssen lernen, Ihre Wünsche laut zu äußern. Wenn Sie nicht sprechen, wird man Sie immer wieder verletzen."

„Das ist mir alles egal", sagte sie laut. „Ich will nicht nach Jamaica. Ich will nicht weit weg von Ihnen sein. Diese fünf Wochen sind mir jeden Tag vorgekommen wie eine Folter! Wenn Sie mich lieben, wäre ich nicht erniedrigt, sondern der glücklichste Mensch der Welt. Ich habe keine Angst vor bösen Worten, niederträchtigen Blicken oder der Konsequenz, niemals heiraten zu können. Ich habe nur Angst davor, Sie eines Tages für immer zu verlieren."

Mr Somerville starrte sie fassungslos an. Eine Antwort war erforderlich. Ihm wollte keine einzige einfallen. Linnet maß ihn mit einem kurzen Blick. „Der Garten muss für den Winter vorbereitet werden. Ich bin jeden Nachmittag in meinem Turm." Ohne weiteren Gruß verließ sie sein Arbeitszimmer.

Nachdem sie Mrs Somerville davon überzeugt hatte, dass sie nicht auf der Stelle ihre Taschen packen musste – obwohl ihr rätselhaft blieb, welches Interesse Mrs Somerville an ihrem Bleiben haben könnte - hatte sie sich bis zum Abend mit Gartenarbeit entschuldigt. Mrs Somerville murmelte, dass sie ihr nach dem Dinner behilflich sein sollte, einen Brief an Mrs Anderson zu schreiben, und ließ sie ihrer Wege ziehen. Linnet hatte nicht übertrieben, im Herbst erforderte der Garten mehr Aufmerksamkeit als im Sommer, als sie nur darauf achten musste, dass der Boden nicht austrocknete und verblühte

Blüten entfernt wurden. Jetzt mussten die Beete nach Josiah Henrys Anweisungen winterfest gemacht werden.

Die Tage wurden merklich kürzer und kühler, aber bis zum Nachmittag war es noch angenehm warm, im Sonnenschein sogar heiß. Linnet arbeitete vergnügt vor sich hin. Die Tätigkeit im Garten war ihr immer eine Freude, nie eine Pflicht gewesen. Es war schön, etwas zu pflanzen, keimen und wachsen zu sehen, eine Rose bis zu ihrer vollen Blüte zu beobachten oder den Lavendelduft auf den Fingerspitzen zu erschnuppern, wenn man vorsichtig über die Blätter gestrichen hatte. Es tat wohl zu sehen, wie der selbstgeschaffene Garten zum Lebensraum für andere Lebewesen wurde, wie Bienen in den von ihr gesäten Blumen Nektar sammelten und Schmetterlinge von Blüte zu Blüte tanzten. Linnet schaute auf ihre von den Rosen zerkratzten Hände und die Trauerränder unter ihren Fingernägeln und schüttelte betreten den Kopf. Sie würde nie eine elegante Dame wie ihre Cousine werden. Sie würde auch nie Vergnügen finden an oberflächlichen Unterhaltungen über anderer Leute Kinder und Rennpferde. Mr Somerville hatte recht, vielleicht gehörte sie wirklich auf eine Insel für Sonderlinge und andere traurige Gestalten, die zuhause niemand mehr haben wollte. Resigniert leerte sie den Eimer mit Gartenabfällen über dem Komposthaufen und trug ihre Gerätschaften zum Turm hinüber. Die Tür stand offen, obwohl sie ganz sicher war, sie am Vormittag verschlossen zu haben. Linnet warf die Geräte achtlos in eine Ecke und rannte, zwei Stufen auf einmal nehmend, die Treppe hinauf. Mr Somerville saß auf dem kleinen Schemel, auf dem in einem anderen Leben Cal gehockt hatte, wenn sie ihm die feuchten Haare nach dem Schwimmen trocken gerubbelt hatte. Er stützte die Ellenbogen auf die Knie und das Kinn in seine Hände und schaute ihr mit fast ausdrucksloser Miene entgegen. Linnet blieb atemlos auf der obersten Treppenstufe stehen. „Du bist hier."

„Ja, ich ..." Was für ein Unsinn. Er wollte es nicht weiter erklären, und es war auch gar nicht nötig. Er streckte die Hand nach ihr aus, und sie kam mit einem Lächeln zu ihm.

# XII

$\mathscr{D}$ie Liebe hatte Linnet im Sommer liebenswert gemacht, jetzt im Herbst, da sie ihre Vollendung erlebte, machte sie sie noch liebenswerter. „Linnet, Sie strahlen", stellte Doktor Horton fest, wenn er in Mr Somervilles Haus zu Besuch weilte.

„Es ist eigenartig, Ihre Cousine scheint von Tag zu Tag hübscher zu werden", teilte Mrs Jevington Mrs Somerville ihre Beobachtungen mit. Jamies Tutor verzichtete darauf, seine Eindrücke laut auszusprechen, sondern schob eine Woche lang jeden Abend einen flammenden schriftlichen Liebesappell unter Linnets Tür hindurch, bis sie ihn ebenfalls schriftlich bat, dies zu unterlassen.

„Gott sei gedankt", schrieb Mrs Horton an ihre Schwester, „es scheint wieder Frieden und Zuversicht in Mr Somervilles Haus eingekehrt zu sein. Mrs Somerville hat die schwarzen Kleider abgelegt und erfreut sich wieder am Studium von Modezeitschriften. Mr Somerville ist gütig und wohlgelaunt wie eh und je ... nein, um ehrlich zu sein: gütiger und wohlgelaunter als je zuvor und wie ein Mann, dem eine schwere Last von den Schultern genommen wurde. Linnet, unser liebes Sorgenkind, verzaubert jeden durch ihr ausgeglichenes Gemüt, ihre ruhige Zufriedenheit. Möge dieser Zustand lange anhalten!"

Die Ursache von Mr Somervilles guter Laune und Linnets Zufriedenheit war die Zuneigung, mit der sie einander schützten. Linnets Turm diente zum zweiten Mal in seiner Geschichte als Unterschlupf für ein heimliches Liebespaar. Sie trafen sich an einem, höchstens zwei Nachmittagen in der Woche, versorgt mit einem kleinen Picknick, das Linnet bei Mrs Enderby zusammengeschnorrt hatte, und genügend Gesprächsstoff für einen ganzen Monat. Mr Somerville fand es faszinierend und amüsant, dass jemand, der in Gesellschaft so still war wie Linnet, ihm so viel zu sagen hatte. Er lauschte zu gerne ihren Gedanken, er wollte alles wissen, was in ihrem Kopf vorging. Was gefiel ihr an der Arbeit im Garten? Was hatte sie an Cal am meisten geliebt? Dann überraschte sie ihn mit ihren eigenen Fragen. „Woher kommt dieser Geruch?"

„Welcher Geruch?" Sie schnupperte in seinem Haar, seiner Armbeuge, neigte sich vor, um sein zu Boden gefallenes Hemd aufzusammeln. „Dieser Geruch. In deinen Sachen und an dir. Es ist das Erste, was mir aufgefallen ist." Mr Somerville schnupperte an seinem Hemd. „Ah. Kaffee, Linnet. Das ist der Duft von Jamaica."

Sie kicherte. „Und da habe ich mich jahrelang danach verzehrt zu wissen, was das für ein Geruch ist! Ich hätte doch dein Angebot annehmen und auswandern sollen."

„Untersteh dich! Und untersteh dich, mir das bis an mein Lebensende zum Vorwurf zu machen."                „Ich werde Jamaica ebenso aus meinem Gedächtnis tilgen wie den Versuch, mich mit Mr Bart zu verheiraten und aus diesem Turm zu vertreiben."

„Ach, Linnet. Wie oft muss ich dir noch sagen, dass ich ein Feigling bin? Und ein Dummkopf." Er küsste sie, dann wurden seine Augen plötzlich ernst. „Wir werden nicht bis an unser Lebensende so weitermachen können, Linnet."

„Das weiß ich", erwiderte sie ebenso ernst. „Deshalb ist ja die Gegenwart so wichtig."

Eines Tages im November brach Mr Somerville früh morgens zu einem Termin nach Canterbury auf. Als er am späten Nachmittag in sein Haus zurückkehrte, fand er sein Heim in einem schrecklichen Zustand vor. Seine Gattin lag auf ihrer Chaiselongue im Salon, ließ sich Kamillenkompressen an die pochenden Schläfen halten, die allerdings ständig verrutschten, weil sie dauernd den Kopf hob und in Richtung ihrer vor dem Kamin kauernden Cousine zischte: „Du undankbares Ding!" oder „Du Natter an meinem Busen!" Mr Somerville sackte das Herz in die Hose. Es war alles aus. Linnet war erledigt, er war erledigt. Jamaica für sie, ewige Verachtung für ihn. Er hatte es verdient, sie nicht, es blieb nichts weiter übrig, als rücksichtslos alles zu gestehen.

„Somerville!", rief seine Gattin und streckte hilfesuchend die Hand nach ihm aus. „Somerville! Du machst dir keine Vorstellung ... diese Undankbarkeit ... mein Herz ist gebrochen."

„Aurelia ..." Er ging zwei unsichere Schritte auf sie zu. Linnet, leichenblass im Gesicht, starrte aus dem Fenster auf die graue Terrasse.

„Dieses Kind ... oh, ich habe immer gesagt, dass wir es eines Tages bereuen würden. Bitterlich bereuen! Aber du wirst sie zwingen. Dir wird sie sich nicht widersetzen."

„Wen soll ich wozu zwingen?", fragte Mr Somerville vorsichtig und mit der Ahnung, dass vielleicht doch nicht alles verloren war.

„Dieses ... Linnet. Vielleicht möchte die ehrenwerte Miss Carter ihrem Vormund selbst erklären, was sich heute zugetragen hat."

Mr Somerville warf einen neugierigen Blick auf Linnet, die weiterhin aus dem Fenster starrte. Sie erwartet ein Kind, durchfuhr es ihn mit einem ebenso entsetzten wie erfreuten Schrecken. Aurelia ist dahintergekommen und macht ihr die Hölle heiß, um herauszufinden, wer der Vater ist.

„Nicht so schüchtern, gnädiges Fräulein", fuhr Mrs

Somerville sie an. „Vorhin warst du nicht so verlegen um deine Worte."

Linnet hob resigniert den Kopf. „Mr Westwell war vor einer Stunde hier, um mir einen Heiratsantrag zu machen. Ich habe abgelehnt."

„Und in was für Worten!", vollendete Mrs Somerville. „Ich weiß, dass Sie ein Gentleman sind, meine Vorstellungen von einem Lebenspartner sind allerdings andere ... Ich danke Ihnen für Ihre Güte, will Ihre Freundschaft jedoch nicht in Anspruch nehmen."

Mr Somerville starrte wie vom Donner gerührt von seiner Gattin zu seiner Geliebten.

„Mr Westwell? Welchen Anlass hatte er ... wie konnte er ... ich habe nie auch nur den geringsten Eindruck gehabt, dass er Zuneigung für Linnet empfinden könnte - er hat sie kaum je beachtet."

„Seine Liebe ist eine zarte Knospe, die erst in den letzten Wochen erblüht ist", verteidigte Mrs Somerville den Bruder ihrer Freundin. „Mrs Jevington hat mir häufig zu verstehen gegeben, wie sehr er sie bewundert. - Wobei diese Bewunderung nach ihrem heutigen Benehmen stark geschrumpft sein dürfte." Sie wandte sich direkt an ihre Cousine. „Noch nie habe ich so obstinate, undankbare Worte gehört. Dir scheint gar nicht klar zu sein, was ein Mr Westwell für jemanden in deiner Situation bedeutet. Auf wen wartest du? Auf den Prinzen von Wales?"

„Aurelia, bitte", ging Mr Somerville dazwischen. Seine Gattin ließ sich nicht aufhalten. „Außer zehn Pfund im Jahr hast du keinen Penny. Du hast keine Verbindungen, keine Bekannten, keine Verwandten, kein gar nichts. In deiner Situation hat man kein Recht, einen Mann wie Mr Westwell abzulehnen, einen Gentleman, der bereit ist, dir ein Heim, Sicherheit und eine Familie zu bieten. Vom ersten Tag an habe ich gewusst, dass dich das Leben hier verderben würde. Aber Mr Somerville wird es nicht zulassen. – Du wirst sie zwingen, Mr Westwell zu heiraten, nicht wahr?", wandte sie sich an ihren Gatten.

„Ich zwinge niemanden", erklärte Mr Somerville bedächtig. „Ich möchte nur gerne Linnets Meinung hören." Er schaute sie auffordernd an. Sie starrte zunächst auf ihre Finger, unter deren Nägeln schon wieder Blumenerde klebte, dann zu ihrer Cousine.

„Mir gefällt Mr Westwells Charakter nicht. Ich finde ihn gönnerhaft, herablassend, überheblich und wenig rücksichtsvoll auf die Gefühle anderer. Es macht ihm nichts aus, sich mit einem Pferd zu zeigen, das einen kleinen Jungen getötet hat. Er wohnt in einem Haus, das mir Angstschauer über den Rücken jagt, seit ich es zum ersten Mal betreten habe, und das ich nie mein Heim nennen könnte. Er erwartet von mir Dankbarkeit für die Güte, mich aus meiner niedrigen Position in die seine zu erheben. Er glaubt, ich könnte vergessen, dass er mich erst seit wenigen Wochen grüßt und zuvor ständig ignoriert hat. Zweifellos macht seine Geburt ihn zum Gentleman. Sein Charakter nicht."

„Zweifellos macht deine Geburt dich zur Bettlerin", fauchte Mrs Somerville. „Und über deinen Charakter wollen wir besser gar nicht sprechen, Miss."

„Aurelia!", sagte Mr Somerville warnend. „Ich teile Linnets Einwände. Mr Westwell ist ein Gentleman, und sein Antrag ist eine große Ehre für sie. Dennoch glaube ich nicht, dass einer Verbindung Glück beschieden ist, die aus einer plötzlichen Verliebtheit der einen Seite herrührt."

„Verliebtheit! Habe ich nicht gerade gesagt, wie sehr er sie bewundert!"

„Dann wird er ihr Zögern verstehen, ihre Ablehnung akzeptieren und ihr Gelegenheit geben, ihn besser kennenzulernen", schloss Mr Somerville. „Das ist mein letztes Wort in der Angelegenheit."

Natürlich war es nicht Mr Somervilles allerletztes Wort. Am nächsten Tag stattete er seinem Nachbarn einen Besuch ab, um die Luft zu bereinigen, Linnets Standpunkt zu erläutern und sich zu bemühen, die gute Nachbarschaft zu erhalten. Er sprach auch mit Doktor Horton, der sich über Mr Westwells Antrag einigermaßen entsetzt zeigte. „Linnet! Als Mrs Westwell! Oh, Tom, mein lieber Junge ... kein unpassenderer Mann würde mir für das liebe Mädchen einfallen. Ich meine nicht seine gesellschaftliche Stellung, sondern seinen Charakter ... binnen eines Jahres hätte er sie unglücklich gemacht."

Mrs Horton beglückwünschte ihren Schützling zu einer Entscheidung, die sie mutig und richtig fand. „Einen Mann wie Mr Westwell lieben", erklärte Linnet, während sie an einem verregneten Nachmittag in Mrs Hortons kleinem dunklem Wohnzimmer saßen, „das könnte ich niemals. Alles, was er schätzt, ist mir gleichgültig. Ich gehe nicht zur Jagd, ich halte nichts von Pferderennen, ich mag neue Kleider, aber sie sind nicht mein Lebensinhalt. Ich will nicht zu einer Gesellschaft gehören, für die ich immer eine Außenseiterin wäre. Ich will glücklich sein."

„Sie haben vollkommen richtig gehandelt", versicherte Mrs Horton. „Mrs Somerville hat zwar recht, Ihre wirtschaftliche Situation ist nicht so, dass Sie einen solchen Antrag leichtfertig ablehnen dürfen. Bei einem Mann von anderen Anlagen hätten Sie auch nicht ablehnen dürfen. Mr Westwells Zuneigung hingegen ist zu neu, zu plötzlich und zu unbegründet. Sie wären ihm keine gleichwertige

Partnerin, sondern ewig das kleine Mädchen, das dankbar sein muss, weil er es aus seiner Armut erlöst hat."

Linnet schaute erleichtert auf. „Ich bin froh, dass Sie das sagen, Mrs Horton."

Ihre ältere Freundin lächelte. „Ach Linnet, ich verstehe Sie so gut. Ich werde Ihnen eine geheime Geschichte erzählen: Wie ich meinen Doktor kennengelernt habe."

„Oh." Sie wusste diese Ehre zu schätzen, Mrs Horton kam aus einer vornehmen Familie, soviel war immer schon gemutmaßt worden, obwohl sie nie über ihre Herkunft sprach.

„Ich war ein junges Mädchen ... ein wenig älter als Sie, verlobt mit einem jungen Mann, der alles hatte, was meine Eltern sich für ihren Schwiegersohn wünschten: einen langen Stammbaum, reichen Landbesitz, großes Vermögen, einen hübschen Titel. Sein weltlicher Besitz glich das aus, was ihm an Geistesgaben fehlte, außerdem sah er gut aus, und obwohl ich die Unterhaltung mit ihm etwas ermüdend fand, glaubte ich, furchtbar in ihn verliebt sein zu müssen, weil mich alle Welt beneidete. Kurz vor unserer Hochzeit waren meine Eltern und ich zur Jagd auf seinen Landsitz geladen. Ich jagte nicht gerne, aber ich ritt gerne aus, und ihm gefiel es, mich seinen Leuten zu zeigen. Ich fand den Gedanken berauschend, an seiner Seite über unser Land zu galoppieren. Und dabei geschah es dann auch: Ich stürzte, verletzte mich, und musste die Jagd abbrechen.

Mein Knöchel war gebrochen, der Arzt, der mich versorgte, war nur eine Vertretung, eine eigenartiger, strenger Mann, der mich durchdringend anschaute und mit weniger Respekt behandelte, als ich fand, dass mir zustünde. Vier Wochen Ruhe verordnete er meinem Fuß, und als ich erklärte, dass das nicht ginge, weil ich binnen zwei Wochen einen bestimmten jungen Mann heiraten wollte, lachte er und erwiderte: ‚Nein, den werden Sie nicht heiraten, denn wenn ich Ihnen Ruhe verordne, werden Sie genug Zeit haben, darüber nachzudenken, ob Sie sich wirklich für den Rest Ihres Lebens an einen oberflächlichen Hanswurst binden wollen. Da Sie eine vernünftige junge Dame sind, werden Sie erkennen, dass Sie das nicht wollen, und die Heirat absagen.' – ‚Was bilden Sie sich ein!', rief ich, und ‚Wie wagen Sie es, mit mir zu reden!', und ich warf ihm sogar eine Kristallvase an den Kopf, aber Tatsache ist, ich heiratete den jungen Mann nicht, sondern brannte mit gebrochenem Knöchel binnen zwei Wochen mit Doktor Horton nach Schottland durch. – Dafür habe ich bezahlt, Linnet. Außer meiner Schwester hat niemand aus meiner Familie je wieder mit mir gesprochen. Dennoch hatte ich nie Grund, meine Entscheidung zu bereuen. Das Geld, das der eine hat und der andere nicht, wird unwichtig, wenn es um elementare Dinge wie Respekt und Geborgenheit geht. Sie haben mutig und richtig gehandelt, Linnet, und niemand darf Ihnen das zum Vorwurf machen."

Mrs Jevington war weniger verständnisvoll. Ohne Linnet direkt einen Vorwurf zu machen, war sie doch enttäuscht, weil sie Mrs Somervilles Ansichten über materielle Vorzüge teilte und an die Liebe ihres Bruders glaubte. Von der Natur mit einem guten Herzen gesegnet, war sie bereit zu hoffen, dass Linnet ihm eine zweite Chance einräumen würde, und so begann Mr Westwells wahres Werben um Linnet Carters Hand. Von seiner Schwester, die es von Mrs Somerville hatte, hatte er erfahren, dass Linnet an der Lauterkeit und Dauerhaftigkeit seiner Gefühle zweifelte sowie gewisse Punkte in seinem Charakter als dunkel empfand. Er handelte auf der Stelle. Hector, der mörderische Hengst, wurde zwar nicht verkauft, aber aus seinem Stall entfernt und nach London gebracht.

Ein Waisenhaus in Canterbury erfreute sich einer größeren Spende. Nie wieder suchte man sein Gesicht vergeblich beim sonntäglichen Gottesdienst. Als er hörte, dass ein Herbststurm mehrere Ziegel von Linnets Turmdach gefegt hatte, ließ er es sich nicht nehmen, ihr neue aus den Beständen zu schenken, die von seinen eigenen Arbeiten an Whithersden House übrig geblieben waren. Vor allen anderen ließ er ihr den Vortritt, niemand wurde von ihm mit mehr ausgesuchter Höflichkeit behandelt als Mrs Somervilles Cousine. Die Geschichte seiner Leidenschaft machte die Runde in der Gegend, man staunte und beglückwünschte die liebe Miss Carter zu der Eroberung, die sie so leicht getan hatte.

Linnet nahm seine Aufmerksamkeiten höflich zur Kenntnis, bemüht, seinen Einsatz anzuerkennen, kam jedoch nicht um die Empfindung herum, dass jede Begegnung mit ihm eine eigenartige Leere auslöste. Sie wusste nichts mit ihm anzufangen, ihre Unterhaltungen erschienen ihr hohl und gestelzt, sie teilte keine seiner Interessen, und er hätte sich nicht mit ihren beschäftigt, wenn es nicht zufällig die ihren gewesen wären. Weit entfernt war sie in seiner Gesellschaft von dem unbeschwerten Lachen, das sie mit Mr Somerville genoss. Mr Westwell schien ein Ideal anzubeten, dem sie als Schablone gedient hatte. „Er meint nicht mich", erklärte sie Mr Somerville. „Er meint eine Person, die er glaubt, lieben zu müssen, und in die er mich hineinzupressen versucht."

Mr Somerville schaute sie an und dachte, dass er auf der ganzen Welt keinen Menschen kannte, der sich weniger in eine Schablone pressen ließ als Linnet Carter. Instinktiv schloss er seine Arme fester um sie. Die Dezembernachmittage waren dunkel und ungemütlich, Linnets Turm als Treffpunkt eigentlich zu kalt. Sie hatten keinen anderen Platz, und beiden wäre es nicht eingefallen, sich ein Zimmer in Mr Somervilles Haus zu suchen. Ein eigenartiger Betrug schien ihnen darin zu liegen, als würde der Verrat weniger schwer wiegen, wenn er außerhalb des Hauses an einem Ort stattfand, der ohnehin als verwunschen galt. Mr Somerville strich Linnet die Haare aus der Stirn und betrachtete ihr ruhiges Gesicht auf dem weißen Kissen. „Ich wünsche mir nur, dass du dein Opfer nie bereuen musst, Linnet."

„Welches Opfer?" Sie schlang die Arme um seinen Nacken. „Welches Opfer, Tom Somerville? Ich opfere mich nicht. Ich gebe mich hin." Ihr Gesichtsausdruck war so theatralisch, dass er lachen musste. „Seit wann liest du Romane, Linnet?"

„Seit Mrs Jevington meine Schwägerin werden möchte. All diese verfolgten unschuldigen Mädchen, deren Tugendhaftigkeit die hartnäckigsten Wüstlinge bekehrt. Das mag ja in der Theorie recht erbaulich klingen, aber in der Praxis haben die Leute, die dergleichen schreiben, keine Ahnung von der Liebe."

„Das hatte ich auch nicht, bis ich dich gefunden hatte", gestand Mr Somerville. Linnet lächelte. „Und ich werde nie herausfinden, ob ich mich irre, weil ich nur dich liebe, Tom Somerville."

# XIII

*M*r Westwell wiederholte seinen Antrag. Dieses Mal wählte er seine Sprache sensibler, und auch der Ort schien ihm mehr angetan, die zukünftige Mrs Westwell auf die Vorteile seiner Stellung aufmerksam zu machen. Mr Somerville war an einem frostklaren Januartag mit seiner Familie nach Whithersden House gekommen, um das Portrait zu bewundern, das Mr Westwell von sich hatte anfertigen lassen. Als Mrs Jevington Mrs Somerville in eine Plauderei abgelenkt hatte und Mr Somerville mit Jamie in den Keller ging, um den Igel zu betrachten, den Hodges überwinterte, brauchte es nur einen kleinen Vorwand, um Linnet in die Bibliothek zu bitten.

Mr Westwell hatte sich für die Bibliothek, in der sein Onkel sein trauriges Dasein gefristet hatte, entschieden, weil sie ihm in ihrer kühlen, fast finsteren Nüchternheit am besten die jahrhundertelange Geschichte und die besondere Stellung seiner Familie zu repräsentieren schien. In so erhabener Umgebung, lautete sein Kalkül, würde der obstinaten kleinen Miss Carter wohl eher klar werden, was es bedeutete, seine Gemahlin zu werden, als in Mr Somervilles albernem weißen Frühstückszimmer. Und es schien ihr klar zu werden, denn als er sie bat, auf dem bettähnlichen Sofa Platz zu nehmen, auf dem sein Onkel seinen traurigen Alltag verbracht hatte, folgte sie der Aufforderung ohne Zögern. Sie strich sogar mit einem zufrieden-verschmitzten Lächeln über die Kissen und Decken, unter denen Sir Frederick seine Beinstümpfe verborgen hatte.

„Miss Carter!", begann er feierlich und ging dabei tatsächlich in die Knie. „Ich weiß, Sie haben mich in den vergangenen Wochen einer strengen Prüfung unterzogen. Als ich das erste Mal diese Worte an Sie richtete, lehnten Sie ab mit Hinweis auf traurige Defizite, die Sie in meinem Charakter zu erkennen glaubten. So streng, wie Sie mich beobachtet haben ..." Er brach verwirrt ab. „Hören Sie mir überhaupt zu?"

Linnet schaute auf. „Verzeihen Sie. Ich habe an Cal gedacht. Sie sagten ..."

Mr Westwell wusste nicht mehr genau, was er gesagt hatte. Er hatte sich seine Rede so schön zurechtgelegt und nicht damit gerechnet, von Linnets abwesendem Blick aus dem Konzept gebracht zu werden. Schon gar nicht wollte er an den leichtsinnigen kleinen Jungen erinnert werden, dessentwegen er Hector aus seinem Stall hatte entfernen müssen. „Ich will sagen ... ich hoffe jedenfalls, dass Sie entdeckt haben, dass in meinem Charakter mehr ist als die Defizite, die Sie in ihm zu erkennen glaubten."

„Es war sehr nett, dass Sie dem Waisenhaus gespendet haben", erwiderte Linnet. „Und für die Dachschindeln möchte ich mich auch bei Ihnen bedanken."

Damit hatte Mr Westwell seinen Weg wiedergefunden. „Ich würde Ihnen gerne mehr als einen Turm bauen, Linnet", erklärte er mit unbestreitbarer Poesie und griff nach ihrer Hand, die sie ihm nicht schnell genug entzog. „Ich würde Ihnen ein Schloss bauen."

„Ich mag meinen Turm", bemerkte sie mit einem kleinen Lächeln. „Bitte, Mr Westwell, ich weiß Ihre Güte wirklich zu schätze ..." – Aber Mr Westwell, der sich auf der Zielgeraden wähnte, ließ keine weiteren Unterbrechungen zu. „Miss Carter, ich würde lügen, wenn ich sagte, meine Gefühle wären unverändert gegenüber denen von vor einigen Wochen. Nein, meine Gefühle sind noch stärker, obwohl ich das nicht für möglich zu halten wagte ... sie sind noch stärker, kräftiger, entschlossener. Meine Bewunderung für Sie kennt keine Grenzen, und ich liebe Sie ... ich liebe Sie, und wenn ich mein Leben für Sie geben müsste."

Linnet betrachtete ihn ein wenig erstaunt. Erstens wollte ihr keine Gelegenheit einfallen, bei der er in die Verlegenheit käme, sein Leben für sie herzugeben. Zweitens hatte sie nun einige Erfahrung im Anblick verliebter Männer, und sie fand, dass keines der Anzeichen, die Mr Bart, Mr Somerville oder Jamies Tutor ins Gesicht geschrieben gewesen waren, sich bei Mr Westwell zeigte. „Ich flehe Sie mit aller Vehemenz an", fuhr er fort. „Verweigern Sie sich mir nicht länger. Erweisen Sie mir die Ehre. Werden Sie meine Frau."

„Mr Westwell - ... ich kann nicht", erklärte sie schlicht.

„Ich weiß, welche Zweifel Sie quälen!", rief er. „Der Makel Ihrer Herkunft, Ihre mangelhaften Verbindungen ... oh Linnet, meine Liebste, ich liebe Sie zärtlich, ich werde Ihnen nie den geringsten Vorwurf machen."

„Ich schäme mich meiner Eltern nicht", erklärte sie würdevoll. „Nein, Mr Westwell, ich hätte mich deutlicher ausdrücken sollen. Ich möchte Sie wirklich nicht heiraten, Sir."

Mr Westwell, wieder auf den Beinen, wich ein paar Schritte zurück. „Sie meinen ... Sie sagen ... Sie lieben mich nicht. Sie werden mich nie lieben können."

Linnet nickte. „Es tut mir leid, Mr Westwell."

„Nein. Nein, ich verstehe vollkommen. Sie haben ein Recht darauf, Ihre Ansicht zu äußern. Ihre Aufrichtigkeit ist es ja, die Ihnen allenthalben Respekt entgegenbringt." Die Gelassenheit, die er in seiner Niederlage zeigte, überraschte sie. „Nun, Miss Carter, lassen Sie mich Ihnen sagen ... meine Anträge werden Sie nicht weiter belästigen. Meine

Niederlage gestehe ich für heute ein. Ihre Ablehnung mag stark sein im Moment, doch gestatten Sie mir die Hoffnung, dass unsere Freundschaft sie zu überwinden vermag."

Linnet nickte höflich, obwohl sie Mr Westwell bisher nie für einen Freund gehalten hatte.

Als sie später Mr Somerville von dieser Unterredung erzählte, wollte sie ihr gar nicht mehr so komisch erscheinen. Es war jetzt zu kalt, um die Treffen im Turm fortzuführen, ihre vertrauten Augenblicke im Haus waren flüchtig und beschränkten sich auf kurze Umarmungen, zufällige Berührungen, einen eiligen Kuss, immer voller Furcht vor Entdeckung. „Mr Westwell ist eigenartig", sagte Linnet. „Einen Moment lang hätte ich schwören können, er liebt mich. Im nächsten dachte ich, er liebt mich nicht, er will mich nur als Teil seiner Sammlung außergewöhnlicher, teurer Dinge."

„Mir erscheint er eigenartig kalt", gestand Mr Somerville, und dann kam seine Gattin in den Salon gerauscht und setzte der vertraulichen Unterhaltung ein Ende. Mrs Somerville verübelte ihrer Cousine die Ablehnung von Mr Westwells ehrenvollem Antrag sehr. Seit die wiederholte Zurückweisung seines Ansinnens bekannt geworden war, behandelte sie Linnet nicht viel besser als vor viereinhalb Jahren während ihrer ersten Wochen in Mr Somervilles Haus. Sie ignorierte sie entweder oder hielt Tiraden über ihre Pflichtvergessenheit. Der ewige Unfrieden in seinem Haus verstärkte Mr Somervilles schlechtes Gewissen, aber wenn er seine Gattin zur Ordnung zu rufen versuchte, erwiderte ihm diese, dass sein Haus das friedlichste der Welt sein würde, wenn er seinen Pflichten als Vormund nachgekommen wäre und sein Mündel gezwungen hätte, die vermutlich einzige ehrenvolle, vorteilhafte Verbindung einzugehen, die sich ihm je bieten würde.

Er fühlte sich unglücklich und einsam, und wenn er zu Linnet hinüberschaute, stellte er fest, dass es ihr genauso erging. Verzweifelt suchte er einen neuen, sicheren Schlupfwinkel innerhalb des Hauses, doch sie verweigerte sich allen seinen Vorschläge, als würde eine Theaterkulisse zusammenbrechen, wenn er seine Gattin in ihrem eigenen Heim betrog. Berührungen, Blicke, ein geflüstertes Wort: Darauf reduzierte sich ihre Beziehung in den kalten Wintermonaten, und es war zu wenig. Sie jeden Tag zu sehen, ohne ihr nahe sein zu dürfen, schien ihm schmerzvoller, als sie gar nicht zu sehen. Er ergriff wieder die Flucht, und dieses Mal nahm er seine Gattin mit. Mrs Somerville wollte ihre Eltern besuchen und bestand darauf, dass Jamie und sein Tutor sie begleiteten, während Mr Somerville seinen Geschäften nachging und Linnet unter Mrs Enderbys Aufsicht zurückblieb. Mrs Jevington und Mr Westwell hatten Whithersden House ebenfalls verlassen, um, wie Mr Westwell sich ausdrückte, ihren Londoner Freunden mit dem Anblick ihrer Gesichter zu beweisen, dass sie noch lebten. Linnet verbrachte einsame Wochen in Mr Somervilles Haus, traurige Wintertage, in denen sie jede Unterhaltung, jeden Hoffnungsschimmer, jeden Glücksmoment noch einmal durchlebte. Am Ende hatte sie eine Entscheidung getroffen.

# XIV

A ls Mr Somerville einige Tage vor seiner Gattin heimkehrte, war er äußerst guter Dinge. Mrs Somerville hatte ihre Freundin Mrs Jevington in der Stadt getroffen und deren Angebot angenommen, den Aufenthalt in London in ihrem Haus zu verlängern und mit Mr Westwells Kutsche heimzureisen. Mr Somerville hatte sie nicht daran gehindert, allerdings darauf hingewiesen, dass es ihn und Jamie eiligst nach Hause zog. Aber er war ein verständnisvoller Mann und erkannte das Bedürfnis seiner Gattin, sich an Mrs Jevingtons Seite in elegante Gesellschaft zu begeben, und so trennten sich ihre Wege. Sein einziger Gedanke war „Linnet!", als er nach Hause kam. Ein, zwei, drei Tage lang konnte er ungestört ihre Gesellschaft genießen, ein, zwei, drei Tage lang war ihr beider schlechtes Gewissen weit weg in London. Es taute, der Winter ging dem Ende zu, sprichwörtlich, vielleicht würden die matschigen, überschwemmten Straßen Mrs Somerville um einen weiteren Tag aufhalten.

Ihre Begrüßung fühlte sich eigenartig an: überschäumende Freude auf seiner Seite, schüchterne, fast ängstliche Zurückhaltung bei Linnet. Er hätte sie am liebsten hochgehoben und vor den Augen der gesamten Dienerschaft in die Luft gewirbelt. „Wir werden uns heute Abend sehen", flüsterte er in ihr Ohr. Sie hielt ihn auf Armeslänge Abstand und murmelte mit niedergeschlagenem Blick: „Willkommen zuhause, Sir."

Beim Dinner leistete ihnen der Tutor Gesellschaft, Mr Somerville fand, dass er ein interessanter junger Mann sei, durchaus geeignet, die Erziehung seines einzigen Sohnes erfolgreich durchzuführen, aber er fand auch, dass der Blick des jungen Mannes zu häufig und zu sehnsuchtsvoll zu Linnet wanderte. Linnet schien es nicht zu bemerken. Sie stocherte so lustlos und nervös in ihrem Gemüse herum, dass Mr Somerville sich ernstlich fragte, ob sie das Billett erhalten hatte, das er ihr vor dem Essen unter der Zimmertür durchgeschoben hatte und in dem er sie zu einem heimlichen Rendezvous in einer der Dachkammern gebeten hatte. Das war nicht unbedingt der Gipfel der Romantik, dessen war er sich bewusst. Andererseits fühlte er sich jetzt, da Mrs Somerville nicht im Haus war, weniger schuldig. Und er brauchte Linnet. Er brauchte sie jetzt, um sich nach der Kälte der Stadt an ihr zu wärmen, um nach Mrs Somervilles Gleichgültigkeit zu spüren, dass er geliebt und gebraucht wurde, um sich wieder zuhause zu fühlen. Linnet war sein Heim, sein Haus, seine Heimat, sein Garten, seine Blume. Er wollte ihr das alles sagen - und er wartete vergeblich. Sie kam nicht. Vorsichtig schlich er hinunter vor ihr Zimmer, ein Dieb in seinem eigenen Haus, kratzte an ihrer Tür, und fand sie verschlossen. „Linnet?" Keine Antwort. Und wenn das Billett verloren und in falsche Hände geraten war? In wessen Hände? Der Tutor? Der hatte nichts in Linnets Zimmer zu suchen. Einsam schlich er zurück in sein eigenes Schlafzimmer und verbrachte eine unruhige Nacht in seinem Ehebett.

„Wenn Sie Miss Carter sehen, schicken Sie sie sofort zu mir ins Arbeitszimmer", informierte er Mrs Enderby am nächsten Tag mit einer Miene, die die Haushälterin erschrocken zusammenfahren ließ. Miss Carter ließ sich Zeit an diesem Morgen. Als sie schließlich anklopfte, hockte er mit zerrauften Haaren hinter seinem Schreibtisch. Linnet blieb vorsichtig neben der Tür stehen, die sie sorgfältig geschlossen hatte. Mr Somerville war mit zwei

205

Schritten bei ihr. „Linnet!" Er schloss sie so in die Arme, wie er das am Vortag unter den Augen der Dienerschaft nicht gewagt hatte. Sie verharrte unbewegt in seiner Umarmung und schob ihn von sich. „Linnet?", fragte er verständnislos. „Habe ich etwas getan ... bist du mir böse?" Endlich schaute sie auf. Tränen glitzerten in ihren Augen und ließen ihn an alles Mögliche denken ... an Regentropfen im Sonnenschein, an glitzernde Glasmurmeln, an eine Diamantenkette ... „Linnet?" Sie ging an ihm vorbei und blickte, ihm den Rücken zuwendend, in den kahlen winterlichen Garten. „Sie haben mir nichts getan, und ich kann Ihnen niemals böse sein." Ihre Stimme zitterte, er hörte ganz genau, wie viel Kraft es sie kostete, sie nicht brechen zu lassen. „Ich kann nicht mehr lügen. Mrs Horton ... der Doktor ... Mrs Jevington ... sie alle halten mich für einen ganz anderen Menschen, als ich eigentlich bin. Ich kann meine Cousine nicht mehr belügen ... sie ist meine Cousine ..."

„Oh, Linnet." Mr Somerville war hinter sie getreten, die Hände auf ihre Schultern gelegt, den Kopf ganz nah ihrem. Selbst jetzt, am Ende des Winters, konnte er noch den Geruch des Sommers an ihr wahrnehmen, den Duft von Rosenblüten und Feldblumen, den Geschmack von Erdbeeren und warmer Luft. Er wusste nicht, was er sagen sollte, außer ihrem Namen, den er so sehr liebte und den leise auszusprechen ihm eine unendliche Freude bereitete. Aber wenn sie sprechen konnte, dann würde er es auch schaffen. „Linnet. Wir haben doch gewusst, dass wir diesen Punkt irgendwann erreichen würden, nicht wahr?" Er drehte sie um und hob ihr Kinn, so dass sie ihn anschauen musste. „Wir haben beide Angst davor gehabt. Ich habe auch keine Lösung für uns. Du bist keine Lügnerin, Linnet.

Wir zwei, du und ich, wir sind zueinander ehrlich. Und das ist für mich das wichtigste und schönste auf der Welt."

„Nein!", rief Linnet unerwartet heftig und machte sich von ihm los. „Es geht um mich! Sie haben es doch gesagt ... erinnern Sie sich nicht? Wie sehr es mich erniedrigen würde. Ich bin erniedrigt! Ich besitze nichts außer Ihrer Liebe und einigen Freunde, an denen mir liegt, aber wenn ich so fortfahre, wird der Punkt kommen, an dem diese Freunde sich entsetzt von mir abwenden, und dann habe ich nur noch Ihre Liebe. Dann werden Sie genauso erniedrigt sein wie ich. Niemand wird mehr mit Ihnen sprechen wollen, niemand wird etwas mit Ihnen zu tun haben wollen, in der Gesellschaft wird man Ihnen den Rücken zuwenden, und Sie werden feststellen, dass Ihre Liebe zu mir Sie zu einem einsamen Menschen macht. Und dann werden Sie aufhören mich zu lieben."

Mr Somerville schloss kurz die Augen. Sie hatte recht. Was sie sagte, entsprach der Wahrheit, und er hatte nicht geahnt, dass man die Wahrheit körperlich spüren konnte – so, wie man Hass spürte oder Enttäuschung oder eben die Liebe. „Linnet ..." Er griff nach ihrer Hand, die sie ihm nicht sofort entzog. Er zeichnete den Verlauf ihrer Lebenslinie nach, ehe er sie losließ. „Du bist frei nach deinem Willen zu handeln, Linnet. Ich habe dich nie gezwungen und ich zwinge dich jetzt nicht." Sie nickte stumm und verließ sein Arbeitszimmer ohne ein weiteres Wort. Mr Somerville starrte noch lange in den Garten, der all seine Farben verloren zu haben schien.

Doktor Horton, dem nie etwas entging, entging auch nicht die gedrückte Stimmung seines Mündels. „Wie wär's mit einer kleinen Ausfahrt?", schlug er vor. „Ich bin immer dankbar für hübsche Gesellschaft bei meinen

Krankenbesuchen. Von meinen Patienten ganz zu schweigen." Linnet lehnte ab mit Hinblick auf eine sich anbahnende Erkältung. Der Doktor verordnete Zwiebelsaft und wandte sich Mr Somerville zu, um herauszufinden, was in Linnet Carter gefahren sei. Doch auch Mr Somerville befand sich nicht bei allerbester Laune. Mrs Somerville Einkaufsrechnungen aus London waren eingetroffen, und obwohl Mr Somerville ein großzügiger Mensch war, ertappte er sich plötzlich bei der Frage, in welcher Währung Mrs Somerville seine Großzügigkeit eigentlich zurückzahlte. „Wozu braucht eine Frau sieben Hauben?", fragte er den Doktor. „Sie hat doch nur einen Kopf."

„Aber die Woche hat sieben Tage", erwiderte Doktor Horton.

„Ein Reisemantel mit Kapuze", fuhr Mr Somerville fort. „Vier Paar Sandalen, ein Paar Reitstiefel ... wann hat Mrs Somerville das letzte Mal auf einem Pferd gesessen? - Drei Morgenkleider, vier Tageskleider, drei Sonnenschirme, zwei Strohhüte ... oh, und dieses ist mein Lieblingsposten. Ein Mückennetz. Können Sie sich erinnern, dass wir hier je eine Mückenplage gehabt hätten? Es sei denn, Miss Carter verwandelt bei ihren Arbeiten den ganzen Garten in einen Sumpf ..."

„Miss Carter!", fiel der Doktor dankbar ein, denn die Aufzählung Mrs Somervilles persönlicher Einkäufe entbehrte zwar nicht einer gewissen Faszination, ging ihn jedoch eigentlich nichts an. „Wegen Miss Carter wollte ich mit Ihnen sprechen. Tom, mein lieber Junge, haben Sie irgendeine Ahnung, was mit dem armen Kind los sein könnte?"

„Nein", sagte Mr Somerville schroff.

„Aber es ist Ihnen doch sicher aufgefallen ... diese

Blässe in ihren Wangen ... der traurige Ausdruck in ihren Augen ... der mangelnde Appetit."

„Meiner Ansicht nach ist sie immer blass und kümmerlich gewesen."

„Tom!", entfuhr es dem Doktor.

„Verzeihung", sagte Mr Somerville. „Ich wollte nicht herzlos erscheinen. Miss Carter ist allmählich alt genug, um auf sich selber aufzupassen, finden Sie nicht?"

„Tom!", wiederholte der Doktor, weil ihm die Sprache abhanden gekommen war.

„Vier Spitzennachthemden, zehn Paar Strümpfe, sieben Paar Handschuhe ... zwei aus Spitze, drei aus Baumwolle, eines aus Seide, eines aus Leder, zehn Yard rotes Seidenband ... sie trägt nie rot ..." Doktor Horton hielt sich die Ohren zu und verließ Mr Somervilles Haus, um seiner exzellenten Gattin sein Leid zu klagen. Mrs Horton fand die Lage der Dinge nicht weniger besorgniserregend, verzichtete jedoch mit dem ihr angeborenen Feingefühl auf jegliche Form der Einmischung.

Mrs Somerville kehrte aus London zurück, ohne ihre Einkäufe, die beim Schneider auf den letzten Feinschliff warteten, dafür aber mit genügend Anekdoten und Geschichten aus der Londoner Gesellschaft, um über den Sommer zu kommen. Ihre Laune war ausgezeichnet, und nachdem man sie monatelang nur in Trauerfarben gesehen hatte, wirkte sie in ihrem gewohnten Weiß eleganter denn je zuvor. Als auch Mr Westwell und Mrs Jevington heimgekehrt waren, begann wieder ein reger gesell-schaftlicher Austausch zwischen Whithersden und Mr Somervilles Haus. Wie immer war Mrs Somerville der Mittelpunkt eines jeden Beisammenseins, und bald hatte es den Anschein, als ob ein kleiner Junge namens Cal und eine schreckliche Sommernacht nie existiert hätten.

Mrs Jevington fiel Linnets gedrückte Stimmung ebenfalls auf. Ihr gutes Herz und die Freundschaft, die sie für das junge Mädchen empfand, gestatteten keine Zurückhaltung, und ihr Sinn für einfache, klare Zusammenhänge hatte bald die Ursache für Linnets Kummer ausgemacht. „Natürlich bereuen Sie", erklärte sie Linnet an einem trüben Märztag, an dem man im Salon von Whithersden beieinandersaß, während Mr Westwell Mr und Mrs Somerville das Portrait zeigte, das er in London von sich hatte anfertigen lassen. Mrs Somerville fand das Bild sehr gelungen. Mr Somerville rechnete das Portrait in Strohhüte, Morgenkleider, Handschuhe und rotes Seidenband um und ertappte sich bei dem Gedanken, dass ein hübsches Bild ihm wahrscheinlich mehr Freude bereitet hätte als eine Ladung von Einkäufen, die niemals einzutreffen schienen.

„Linnet, Sie sind ja ganz abwesend", bemerkte Mrs Jevington. „Hören Sie mir überhaupt zu? Ich sagte, dass jede an Ihrer Stelle bereuen würde."

Linnet löste sich von dem Anblick von Mr Somervilles Rückansicht und wandte sich wieder ihrer Gastgeberin zu. „Was bereuen, Mrs Jevington?"

„Ach, Sie liebes unschuldiges Mädchen. Sie wissen gar nicht, was Sie angerichtet haben, nicht wahr? Die Vehemenz, mit der Sie sich geweigert haben, das Werben meines Bruders anzunehmen. Jede an Ihrer Stelle würde genauso bereuen wie Sie."

Wie ein fernes Echo schien Doktor Hortons Stimme an Linnets Ohr zu dringen: Sie müssen lernen, Ihre Wünsche laut zu äußern ... wenn Sie nicht sprechen, wird man Sie immer wieder verletzen ...

„Mrs Jevington", erklärte sie laut, „Ich wünsche, dieses Thema nicht weiter verfolgen zu müssen." Mrs Jevington, überrumpelt von so viel Entschlossenheit, schwieg auf der Stelle.

Eine Woche später bekam Mrs Horton Besuch von Linnet. Der Doktor war schon am Morgen zu einer Geburt auf einem entlegenen Gehöft aufgebrochen, das Wetter war endlich schön geworden, und Mrs Horton stand in ihrem Garten und kümmerte sich mit Hingabe um ihre Rosen. Als Linnet hinter dem Cottage hervorkam, schaute sie überrascht auf. „Linnet! Mit Ihnen hatte ich gar nicht gerechnet. Ich dachte, Sie verkriechen sich wie ich bei Ihren Beeten. Ich liebe diese ersten Tage nach dem Winter, wenn sich die Natur wieder regt und ... oh Linnet! Bitte weinen Sie nicht."

Mrs Horton entledigte sich eiligst ihrer Rosenschere und ihrer Arbeitshandschuhe, um ihrer jungen Freundin tröstend einen Arm um die Schultern zu legen. „Was es auch ist ..."

Linnet putzte sich die Nase und schaute auf. „Verzeihung, Mrs Horton. Jetzt bin ich wieder vernünftig."

Mrs Horton verschwendete ein paar Gedanken an die Welt, in der ein empfindsames junges Mädchen sich vor einer Freundin für ihre Tränen rechtfertigen musste, dann führte sie sie zu der Bank vor der Südmauer, wo auch zu dieser Jahreszeit genügend Sonne für einen behaglichen Sitzplatz schien.

„Nun erzählen Sie mir, was passiert ist."

„Gar nichts", erwiderte Linnet schuldbewusst, weil sie wegen „gar nichts" so ein Drama machte. „Ich habe nur so viel nachgedacht in den letzten Tagen, und nun bin ich zu einer Entscheidung gekommen und bitte um Ihre Unterstützung."

Mrs Horton, die ebenfalls seit Tagen nachgedacht hatte - meistens zusammen mit ihrem Gatten – nahm die Hände ihrer jungen Freundin in die Ihren. „Sie können sich mir anvertrauen, Linnet."

„Ich brauche weniger Ihr Vertrauen als Ihre Hilfe, Mrs Horton", gestand Linnet. Ihr Blick lag jetzt tränenfeucht, aber gefasst und ernst auf ihrer Freundin. „Erinnern Sie sich noch, was Sie mir sagten, nachdem ich Mr Westwells Antrag abgelehnt hatte?"

„Natürlich erinnere ich mich! Ich war sehr stolz auf Sie, Linnet."

„Wahrscheinlich wissen Sie nicht, dass Mr Westwell sein Ansinnen wiederholt und ich ihn ein zweites Mal abgelehnt habe."

Davon hatte Mrs Horton durchaus gehört. In einem kleinen Ort wie diesem blieb wenig ungehört. „Und Sie haben damit ein zweites Mal Charakter bewiesen."

„Ja", meinte Linnet gedehnt, wobei sie nachdenklich auf ihre Finger schaute. „All meine Gründe schienen mir damals so vernünftig ... so aufrichtig ... so ... nobel ..."

Mrs Horton begriff. „Sie haben doch nicht etwa Ihre Meinung geändert?"

Linnet sah auf. „Nein ... meine Meinung über Mr Westwell hat sich kaum geändert. Er liebt nicht mich, sondern eine Idealvorstellung, die er mit mir verwechselt. Es ist das Ungewohnte, das ihn reizt, nicht meine Persönlichkeit. Er gesteht mir auch gar keine Persönlichkeit zu ... trotz seiner bemühten guten Werke liebe ich ihn nicht mehr als zu Anfang unserer Bekanntschaft. Dennoch hatte wohl meine Cousine mehr recht als jeder andere, als sie mich undankbar nannte. Ich bin niemand. Ich kann einem Mann nichts bieten. Ich hätte dankbar sein sollen für Mr Westwells Aufmerksamkeit, anstatt so kalt abzulehnen."

„Aber nein ...", begann Mrs Horton, brach jedoch ab, weil ein Monolog über all die Vorzüge, die Linnet einem

212

Mann zu bieten hatte - Ehrlichkeit, Aufrichtigkeit, ein warmes Herz, das Liebe zu geben und zu empfangen verstand, Witz, Phantasie, nicht zuletzt ein hübsches Gesicht und eine reizvolle Figur - kaum geeignet war, sie in ihrer eigenartigen Entschlossenheit zu trösten.

„Ich verstehe auch nicht mehr, weshalb ich mir einbildete, Anspruch darauf zu haben, lieben und geliebt zu werden, solange ich nicht weiß, wovon ich ohne die Unterstützung anderer leben sollte."

„Linnet!", rief Mrs Horton mit einer Mischung aus Bestürzung und Entsetzen, da sie begriff, worauf die Worte ihrer jungen Freundin hinauslaufen würden.

„Ich bereue, Mr Westwells Anträge abgelehnt zu haben", gestand Linnet, ohne ihr in die Augen zu schauen. „Ich weiß, dass mein Verhalten ihn sehr verletzt haben muss, und ich könnte verstehen, wenn er nie wieder etwas mit mir zu tun haben wollte. Ich habe mich nur gefragt ... Mrs Horton, wenn seine Zuneigung zu mir so tief und stark ist, wie er immer betont, glauben Sie nicht, dass er dann in der Lage wäre, mir zu verzeihen?"

Mrs Horton sah das Mädchen, das ihr nun seit Jahren eine Ziehtochter war, lange an, ehe sie antwortete. „Warum fragen Sie mich das, Linnet?", sagte sie schließlich.

„Weil ich Mr Westwells Antrag nicht nochmals ablehnen würde, wenn er mich ein drittes Mal fragte."

„Ich verstehe Sie nicht, mein liebes Kind."

„Doch, ich glaube, Sie verstehen mich, Mrs Horton." Linnet schaute ihre Freundin, die durchaus verstanden hatte, gerade an. „Ich kann nicht in Mr Somervilles Haus bleiben. Meine Cousine will mich nicht mehr sehen, und Mr Somerville ... ich will nicht länger eine arme Verwandte sein, die man durchfüttern muss. Als Mrs Westwell wäre ich meine eigene Herrin, meinen

Verwandten gleichgestellt und so nah, dass ich auf meine Freunde nicht verzichten muss."

Zu ihrer Überraschung spürte Mrs Horton, dass ihr Tränen in die Augen stiegen. Sie begriff den Umfang von Linnets Opfer, die Verzweiflung, die sie zu dieser Entscheidung getrieben haben musste, und die Stärke ihrer nie ausgesprochenen Liebe. „Mein armes Mädchen", erklärte sie gerührt. „Ich werde Ihnen weder zu- noch abraten. Sie müssen selbst entscheiden. Wenn ich in dieser Angelegenheit etwas für Sie tun kann, tue ich es gerne."

Linnet, die auf diese Worte gehofft hatte, seufzte erleichtert auf. „Sie können mir helfen ... ich sagte: wenn Mr Westwell mich ein drittes Mal fragte, obwohl ich nicht weiß, ob er nach meiner zweiten Ablehnung überhaupt noch etwas mit mir zu tun haben will. Mrs Jevington ist meine Freundin, aber ich kann mich ihr nicht anvertrauen. Vielleicht ... wenn Sie ... wenn Sie mit Mr Westwell sprechen könnten - vorsichtig sprechen könnten, ob ... ob sein Interesse ..."

„Meine liebe Linnet", Mrs Horton legte ihr liebevoll die Hand auf den Arm, „ich werde mit Mr Westwell sprechen, darauf haben Sie mein Wort. Es wird sich alles zum Guten wenden, glauben Sie mir." Davon war sie selbst gerade nicht überzeugt. Aber sie wusste, dass es manche Dinge gab, an die man einfach glauben musste, um sie wahr werden zu lassen.

# XV

*D*as unerwartet gute Wetter hielt noch mehrere Tage an. Linnet vertiefte sich wieder in ihre Gartenarbeit, und je mehr Zeit sie in ihrem Garten verbrachte, desto weniger dramatisch erschien ihr ihre Lage. Es stimmte, es war eine maßlose Erniedrigung, Mr Westwell jetzt gewissermaßen um seine Hand anzuflehen. Schamesröte stieg ihr ins Gesicht, wenn sie an den Triumph dachte, den er empfinden musste. Dennoch hatte sie nur diese eine Chance. Als Mrs Westwell würde sie immer hier bleiben können, freundschaftlichen Umgang mit Mr Somerville pflegen und aus seiner Nähe die Kraft ziehen, die sie als Ehefrau von Mr Westwell benötigte.

Die Stimmung in Mr Somervilles Haus blieb gespannt, und Linnet bemühte sich weiterhin, ihrer Cousine aus dem Weg zu gehen. Mrs Somerville war in den letzten Wochen launenhafter denn je zuvor geworden. Erst am vergangenen Sonntag hatte Miss Carey zu dem Reverend gesagt, dass einer Dame noch so viel Eleganz nicht gut stand, wenn sie mit einem unleidlichen Wesen einherging. Linnet entzog sich den täglichen Streitereien, indem sie die Fenster in ihrem Turm gründlich putzte, Staub wischte, den Boden kehrte und ein frisches Federbett auf ihre Liege breitete. Mehrere kleine Seufzer gestattete sie sich bei der Erinnerung an die vielen schönen Stunden, die sie mit Mr Somerville hier verbracht hatte, dann wurde sie wieder vernünftig und konzentrierte sich auf die Zukunft. Zwei Tage waren seit ihrer Unterredung mit Mrs Horton vergangen. Mr Westwell war mehrere Tage in geschäftlichen Angelegenheiten in London gewesen und erst heute zurückgekehrt. Natürlich glaubte sie nicht, dass

Mrs Horton gleich nach seiner Heimkehr bei ihm vorsprechen würde. Aber in den nächsten Tagen würde eine Entscheidung fallen, das spürte sie deutlich. Es lag eine eigenartige Spannung in der Luft, jeder schienen zu fühlen, dass sich ihrer aller Leben bald verändern würde. Es roch förmlich nach Abschied.

Nach dem Abendessen an diesem Tag schlich Linnet sich aus dem Haus, um in ihrem Turm zu übernachten. Sie ertrug Mrs Somervilles Feindseligkeiten ebenso wenig wie Mr Somervilles Bemühungen, sie zu ignorieren. Die fröhlichen Gespräche, die man einst bei Tisch geführt hatte, schienen einer vergessenen Vergangenheit anzugehören. Mrs Somerville schmollte, weil Mr Somerville angesichts ihrer eigenartigen Schneiderrechnungen entschieden hatte, sie möge diese aus ihrem Vermögen bezahlen, anstatt weiter von ihm zu verlangen, für Reithüte und Fächer aufzukommen, die sie seiner Ansicht nach in seinem Haus nie benötigen würde - zumal sich die Ware noch immer in Verzug befand. Mrs Somerville fand ihre Schneiderrechnung keineswegs eigenartig und beklagte auch nicht die Lieferzeit, obwohl sie eigentlich ein sehr ungeduldiger Mensch war.

Linnet fand lange keinen Schlaf in ihrem Turm. Noch nie waren ihr die Geräusche des Waldes so aufgefallen. Sie fürchtete sich nicht, doch das ständige Knacken, Knistern und Pfeifen hielt sie ebenso vom Schlaf ab wie die lästigen Gedanken, die sich immer wieder in ihren Kopf stahlen. Wenn Mr Westwell sich nicht nochmals erklärte ... dann würde sie fortgehen müssen. Ans Ende der Welt - sie würde Mr Somerville bitten – ihn bitten müssen – ihr eine Reise zu seiner Schwester zu ermöglichen. Und sie würde einen Plantagenbesitzer heiraten ... einen Mann, der in jeder Beziehung anders war als Tom Somerville, und ... Tom

Somerville. Es war so ungerecht, dass sein Name sich immer wieder in ihre Gedanken schlich, und sein Gesicht, und seine Hände, die sie liebkosten, und seine Stimme, die ihr ins Ohr flüsterte, wie sehr er sich nach ihr gesehnt hatte. Linnet fuhr aus ihrem Traum auf. Nur ein Schwarm Vögel, ermahnte sie sich, die aus einem Baum aufgeflattert sind. Das Mondlicht schien hell in ihre Fenster. Wenn ich Mrs Westwell bin, dachte sie, und wenn ich Mr Westwell Söhne geschenkt habe, wird nichts und niemand mich davon abhalten, Mr Somerville wieder zu lieben. Damit schlummerte sie endlich ein.

Am nächsten Morgen schlief sie länger als gewöhnlich. Eilig kleidete sie sich an, um rechtzeitig zum Frühstück in Mr Somervilles Haus zurückzukehren. Das ist vielleicht das letzte Mal, dass ich hier geschlafen habe, dachte sie traurig, als sie die Wendeltreppe herunterstieg. Wenn man herausfand, dass sie ihre Nächte in einem einsamen Turm im Wald verbrachte, war sie nicht nur für Mr Westwell als Braut indiskutabel.

Unten vor ihrem Gärtchen blieb sie kurz stehen, schüttelte dann den Kopf und beugte sich, obwohl sie jetzt ganz sicher zu spät zum Frühstück kommen würde, zu ihren Erdbeerpflanzen herab. Was immer sie in der letzten Nacht gehört hatte, war kein Schwarm Vögel gewesen, sondern ein wildes Tier, das ihre Stockrosen und ihre geliebten Erdbeerpflänzchen niedergetrampelt hatte. Linnet wischte sich angesichts der Zerstörung die Tränen aus den Augenwinkeln. Vielleicht war es gut so. Einerlei was geschehen würde, bald wäre Mr Somervilles vergessener Garten ohnehin nicht mehr ihr Garten. Sie pflückte einen kleinen Strauß wilder Narzissen und schlenderte jetzt ohne Hast zum Haus zurück. Auf der Wiese vor der Terrasse verweilte sie, um Mr Somervilles Haus nochmal in allen Einzelheiten in sich aufzunehmen. Da oben war das Fenster des Zimmerchens unter dem Dach, in dem sie ihre ersten Wochen verbracht hatte. Dort Mr Somervilles Schlafzimmerfenster ... sein Arbeitszimmer ... „Miss Linnet! Gott sei Dank, Miss Linnet!" Mrs Enderby kam mit wehenden Röcken auf die Terrasse gelaufen. „Wir haben uns solche Sorgen gemacht ... dass Sie wohlauf sind!"

„Es geht mir gut", versicherte Linnet erstaunt. „Ich habe einen Morgenspaziergang gemacht." Eigentlich war ihre Angewohnheit, bei Tagesanbruch im Garten herum- zuspuken, bestens bekannt.

„So ein Unglück!", seufzte Mrs Enderby, wobei sie sich die Hände vor das Gesicht schlug. Linnet empfand es nicht unbedingt als Unglück, dass sie wohlauf war. „Sie Arme!", schluchzte die Haushälterin weiter, woraufhin Linnet nichts anderes übrig blieb, als ihr tröstend den Arm um die Schultern zu legen. Die Terrassentür des Salons öffnete sich, und zu Linnets Erstaunen trat Doktor Horton heraus. „Miss Carter! Meine Liebe ... ah, Mrs Enderby, lassen Sie Ihre Tränen versiegen. Alles wird gut, das verspreche ich Ihnen."

„Es ist eine solche Gemeinheit", weinte Mrs Enderby. „Er ist ein so guter Herr."

„Kommen Sie herein, Miss Carter", bat der Doktor.

Linnet, die gar nichts mehr verstand, betrat den Salon. Sie hoffte auf eine Lösung des Rätsels, aber sobald sie die kleine Versammlung dort sah, verstand sie noch weniger. Mrs Jevington, mehr als nachlässig in ein Morgenkleid gewandet und so gut wie unfrisiert, war in einem von Mr Somervilles Sesseln zusammengesunken und hielt sich ein Taschentuch vor das Gesicht. Mrs Horton, die mit ihrem strengen Gesichtsausdruck einem Racheengel nicht unähnlich sah, stand ihr bei. Auf der weißen Chaiselongue, auf der sich ausschließlich Mrs Somerville elegant zu drapieren pflegte, kauerte ein Mann im Morgenmantel, den Kopf in der rechten Armbeuge verborgen. Sein Körper wurde von einer starken Empfindung geschüttelt. Linnet war nicht sicher, ob Mr Somerville lachte oder weinte.

„Miss Carter ist zu uns gestoßen, Mrs Jevington", erklärte der Doktor, woraufhin die Dame das Taschentuch von ihrem Gesicht nahm. Mr Somerville zeigte keinerlei Reaktion. Weitere Schauer durchliefen seinen Körper. Linnet entschied, dass er weinte, und wäre gerne zu ihm gelaufen.

„Meine liebste Freundin!", stöhnte Mrs Jevington. „Meine arme ... meine teuerste ... man hat uns so grausam betrogen! Man hat uns verraten, hintergangen, beleidigt ... Sie ... Sie gutes, unschuldiges Lämmchen am allermeisten!"

Linnet blickte sich hilfesuchend um. „Ich verstehe gar nichts."

„Linnet", erklärte der Doktor mit Grabesmiene, umfasste ihre beiden Hände und schaute ihr ernst in die Augen. „Sie müssen jetzt sehr stark sein."

Sie spürte, wie ihr die Knie wegsackten. Wenn Doktor Horton sie nicht gehalten und seine Gattin ihr keinen Stuhl zugeschoben hätte, wäre sie umgekippt wie eine Marionette, der man die Schnüre durchschneidet. „Jamie ...", hauchte sie. Nein, nicht Jamie. Nicht nach Cal auch noch Jamie. Wenn Gott so hart mit ihr ins Gericht ging –

„Jamie ist wohlauf", sagte der Doktor. „So wohlauf, wie es geht, unter den Umständen."

„Hatte er einen Unfall? Ist er verletzt? Kann ich zu ihm?"

„Linnet, Jamie hatte keinen Unfall, er ist nicht verletzt, es geht ihm gut, und in ein paar Minuten können Sie auch zu ihm." Doktor Horton warf einen Blick auf Mrs Jevington, die sich die Nase putzte, während weitere Tränen aus ihren Augen quollen.

„Es ist niemand gestorben?", fragte Linnet erleichtert.

„Sie sind mehr als gestorben!", rief Mrs Jevington. Mr Somervilles Rücken bebte immer noch. „Oh, wenn sie nur gestorben wären! Dann dürften wir sie beweinen ..."

„Wer sind *sie*?", wandte sich Linnet an den Doktor, der ihr in dieser tränenreichen Versammlung die vernünftigsten Antworten zu geben schien.

„Mr Westwell und Mrs Somerville. Sie haben uns alle hinters Licht geführt. Mr Westwell hat Mrs Somerville heute Nacht entführt. Es steht zu befürchten, dass dies seit Wochen geplant war."

„Mr Westwell?", wiederholte Linnet. „Das ist doch absurd", fügte sie dann vernünftig hinzu. „Er wollte doch ..." – mich heiraten, dachte sie.

„Mein arme Freundin", stöhnte Mrs Jevington. „Ich war so froh, als Mrs Horton mir vorgestern von Ihrer Entscheidung erzählte. Ich habe mich darauf gefreut, Sie meine Schwester nennen zu dürfen." Linnet schoss einen überraschten Blick zu der Gattin des Arztes, deren Miene noch immer der steinernen Maske eines Racheengels glich. Mrs Horton hatte ihr Vertrauen missbraucht? Mrs Horton hatte Mrs Jevington von ihrem Gespräch berichtet? Was um alles in der Welt –

„Ich verstehe das nicht", sagte sie schlicht.

Der Doktor räusperte sich. „Mrs Jevington, darf ich zu Miss Carter offen sein? Sie hat, finde ich, mehr als irgendjemand anderes in diesem Raum die Wahrheit verdient." Mrs Jevington nickte erschöpft.

„Ich verstehe das alles nicht", wiederholte Linnet.

„Wie sollten Sie auch", seufzte Mrs Jevington. „Sie sind zu jung und zu reinen Herzens."

„Wir müssen befürchten, dass dieses ... diese ... Liaison zwischen Mr Westwell und Mrs Somerville schon seit vielen Monaten bestand, Linnet. In etwa seit der Zeit, da Mrs Somerville nach Master Cals Tod zu Gast in Whithersden House war."

„Und ich hatte es befürchtet", stöhnte Mrs Jevington. „Ich fand, dass er zu viel Zeit bei ihr verbrachte ... oh wäre ich bloß eingeschritten ... doch als er sagte, ... als er mir versicherte, dass Sie es waren, an die er sein Herz gekettet fand ... wie konnte er nur so perfide sein ..." Mrs Horton reichte ihr ein frisches Taschentuch.

„Linnet." Der Doktor schaute ihr ernst in die Augen. „Sie müssen die Tatsache akzeptieren, dass Sie für Mr Westwell nicht mehr waren als ein Ablenkungsmanöver."

„Er wollte mich gar nicht heiraten?", hörte sie sich erstaunt fragen.

„Doch, das wollte er. Um einen Vorwand zu haben, Mrs Somervilles Nähe suchen zu können."

„Ich werde es ihm nie verzeihen!", rief Mrs Jevington. „Er ist nicht mehr mein Bruder. Er hat Sie missbraucht, gedemütigt ... oh Linnet, wenn Sie mir nur vergeben wollen ..."

„Ich vergebe Ihnen", sagte Linnet abwesend, denn ihr war gerade erst das eigentlich Ungeheuerliche klar geworden. „Er hat Mrs Somerville entführt?" Der Doktor nickte ernst.

„Das ist doch völlig absurd. Mrs Somerville würde nie in so etwas einwilligen. Sie ist viel zu ... elegant ..."

„Das hat nichts mit Eleganz zu tun, glauben Sie mir", versicherte der Doktor. „Das sind nur menschliche Regungen. Sie können Ihrer Cousine verzeihen, wenn Sie überlegen, was Sie alles aus Liebe tun würden." Er ging zu der Chaiselongue herüber und tippte Mr Somerville auf den bebenden Rücken. „Tom. Linnet ist da. Sie benötigt genauso viel Trost wie Sie, mein Junge."

Mr Somerville verbarg sein Gesicht weiter in der rechten Armbeuge, aber seine linke Hand streckte sich auffordernd nach ihr aus, und sie ging wie auf Wolken zu ihm, um sie zu ergreifen.

„Der arme Mann ist vollkommen gebrochen", bemerkte der Doktor zu Mrs Jevington. „Geteiltes Leid ist bekanntlich halbes Leid. – Genug für diesen aufregenden Morgen. Ich gebe Ihnen Laudanum mit, Mrs Jevington. Legen Sie sich hin und schlafen Sie sich aus. Danach wird die Welt ganz anders aussehen. Alles wird gut, das verspreche ich Ihnen."

Linnet hielt Mr Somervilles Hand, sie atmete seinen Duft ein, den geheimnisvollen Geruch jamaicanischen Kaffees, der ihr so viel Kopfzerbrechen bereitet hatte, und sie spürte das sanfte, fast fragende Streicheln seines Daumens auf ihrer Handfläche. Als die Tür sich hinter Mrs Jevington und dem Arztehepaar geschlossen hatte, schaute er endlich auf. Er hatte tatsächlich geweint, aber jetzt stand ein Lachen in seinen Augen. „Willkommen in meinem Haus, Linnet."

# Epilog

*O*bwohl man sich auf äußerste Diskretion verständigt hatte, machte die Geschichte von Mrs Somervilles Entführung sehr schnell und sehr laut die Runde in der ganzen Gegend und in der eleganten Londoner Gesellschaft, in der die beiden Hauptpersonen verkehrt hatten. Jeder hatte etwas Neues hinzuzufügen, und das Ende ließ sich je nach Temperament unterschiedlich ausschmücken.

Es stellte sich heraus, dass Mr Westwell seinen letzten Londoner Aufenthalt ausschließlich zur Planung seiner Flucht genutzt hatte. Aus London hatte Mr Westwell nicht nur sein gesamtes Barvermögen mitgebracht, sondern auch seinen Hengst Hector, mit dem er in mondheller Nacht von Whithersden House kommend über Linnets Erdbeerbeete gesetzt war, um Mrs Somerville aus ihrem Elfenbeinturm zu befreien. Mr Somerville war die Abwesenheit seiner Gattin zunächst nicht aufgefallen, denn sie pflegten getrennte Schlafzimmer, aber Mrs Jevington hatte am frühen Morgen einen Abschiedsbrief ihres Bruders gefunden, war daraufhin so hysterisch geworden, dass man den Doktor geholt hatte, der in weiser Voraussicht gleich seine krisenerprobte Gattin mitgebracht hatte. Gemeinsam waren sie zu Mr Somervilles Haus gekommen, wo man gcrade rätselte, ob Mrs Somerville und Miss Carter zusammen einen Morgenspaziergang unternehmen würden.

Später an diesem Vormittag brachen Mr Somerville und Doktor Horton auf, um die Spur der Entflohenen aufzunehmen. Noch am Nachmittag kehrten sie um: Der Vorsprung war zu groß. Außerdem wussten sie nicht, in welche Richtung sie suchen sollten. Das einzige, was Mr

Somerville auf Nachfrage bei den Schneidern seiner Gattin herausfand, war, dass Mrs Somervilles lang erwartete Londoner Einkäufe überhaupt nie in seinem Haus eintreffen konnten, da sie direkt an die Adresse eines Lagerhauses in Bristol geliefert und von dort aus verschifft worden waren. Als Eigner des Schiffes zeichnete Mr Hemsby Westwell, und dasselbe Schiff war einen Tag nach Mrs Somervilles Verschwinden in Richtung Westindien gesegelt. Als dies bekannt wurde, war Mr Somerville längst nach London gereist, um mit seinen Anwälten eine Scheidungsklage zu formulieren. Gleichzeitig hatte Mrs Horton ein langgehegtes Versprechen wahr gemacht und Linnet mit Jamie zu ihrer Schwester Miss Nicolson nach Tonbridge verschickt.

Linnet blieb über ein Jahr in Tonbridge, und sie sah oder schrieb Mr Somerville nicht ein einziges Mal in dieser Zeit. Sie vermisste ihn mehr als sie in Worte zu fassen vermochte, aber manchmal, wenn sie in Miss Nicolsons Garten arbeitete, Erdbeerpflänzchen zurecht zupfte oder Stecklinge umtopfte, lächelte sie glücklich in sich hinein und dachte, dass ein Jahr doch recht kurz war im Vergleich zu einem ganzen Leben.

Eines Tages kam Mr Somerville wirklich. Er kam an einem warmen Junitag voller Sonnenschein und Vogelgezwitscher, während Linnet mit sich auflösender Frisur und schwarzen Trauerrändern unter den Fingernägeln im Erdbeerbeet hockte. Sie hörte nur die Schritte hinter sich und rief, ohne sich umzuwenden: „Die ersten sind schon reif, Miss Nicolson. Möchten Sie probieren?"

„Ja", sagte Mr Somerville.

Linnet fuhr herum wie vom Blitz getroffen.

„Miss Carter." Er ging vor ihr in die Knie. „Dies mag überraschend sein, aber ich habe seit sehr langer Zeit das Bedürfnis Ihnen mitzuteilen, dass Ihre Augen die allerschönsten auf der ganzen Welt sind. Ich bin ein freier Mann, mein Einkommen ist zufriedenstellend, ich habe einen Sohn, der eine Mutter braucht, ein Haus mit zwanzig Zimmern, einen vergessenen Garten und neugierige Nachbarn, kurz, zu meinem Glück fehlt mir nur noch eine Gefährtin, und - ..." – hier ergriff er ihre Hand und fuhr etwas atemlos fort: „- und ich liebe Sie sehr und bitte Sie, meine Frau zu werden."

Linnet sank sprachlos rückwärts ins Beet.

„Die schönen Erdbeeren", seufzte Mr Somerville. „Da spart Miss Nicolson sich das Muskochen."

„Ja", erwiderte Linnet, und der Kuss, der ihre Zusage besiegelte, war nicht ganz so keusch, wie man es in einem Roman – oder einem Lehrbuch – vorgesehen hätte.

*Über die Autorin*

Antonia Hansen kommt aus Hamburg und hat beruflich mehr mit Zahlen als mit Buchstaben zu tun.

Als sie sechs Jahre alt war, hatte ihre Schwester bei der Rückkehr von einer Sprachreise neben vielen anderen neuen Vokabeln auch *„chicken pox"* im Gepäck. Antonia versuchte den Rest des Sommers über, ein braves Kind zu sein und ihre Windpocken nicht aufzukratzen (was ihr nicht glückte), verpasste fast ihre Einschulung und hat heute eine gute Erklärung für ihre Liebe zu den britischen Inseln: „Ich wurde als Kind mit einem England-Virus infiziert!".

„Im vergessenen Garten" ist ihre erste Roman-Veröffentlichung.